rororo

Christiane Franke wurde an der Nordseeküste geboren und lebt immer noch gerne dort. Neben ihren gemeinsamen Projekten mit Cornelia Kuhnert schreibt sie weitere Krimis und Romane, die im Emons Verlag und im Goya Verlag erscheinen.

Cornelia Kuhnert lebt in Hannover und hat bereits zahlreiche Kriminalromane veröffentlicht und Anthologien herausgegeben.

Neben ihrer Bestsellerserie um Henner, Rudi und Rosa veröffentlichen die Autorinnen bei rororo eine Krimireihe um Heißmangelbetreiberin Martha Frisch, die in den Fünfzigerjahren in Leer ermittelt.

Mehr über die Autorinnen unter: www.kuestenkrimi.de

«Zum Brüllen komisch, echter ostfriesischer Humor (nicht zu verwechseln mit platten Ostfriesenwitzen). Situationskomik aus dem prallen Leben!» *Klaus-Peter Wolf*

«Das Autorinnen-Duo schreibt fluffig-liebenswerte Geschichten mit viel Sympathie für die Figuren.» *Nicola Förg*

«Wer geglaubt hat, dass er Ostfriesland kennt, der wird hier eines Besseren belehrt – und das mit einer saftigen Portion Spannung und vor allem Humor!» *Margarete von Schwarzkopf*

«Küste ist Kult. Wie so oft macht es die richtige Mischung – und die gelingt Christiane Franke und Cornelia Kuhnert besonders gut.» *Krimi – Das Magazin*

Christiane Franke
Cornelia Kuhnert

SPRÖDE SPROTTEN
SCHWIMMEN SCHLECHT

Ein Ostfriesen-Krimi

Rowohlt Taschenbuch Verlag

2. Auflage März 2025
Originalausgabe
Veröffentlicht im Rowohlt Taschenbuch Verlag,
Kirchenallee 19, 20099 Hamburg, März 2025

Covergestaltung yellowfarm gmbh, Stefanie Freischem
Coverabbildungen Getty Images; Mauritius Images; Shutterstock
Satz aus der Kepler bei Pinkuin Satz und Datentechnik, Berlin
Druck und Bindung CPI books GmbH, Leck
ISBN 978-3-499-01472-7

Kontaktadresse nach EU-Produktsicherheitsverordnung:
produktsicherheit@rowohlt.de

FREITAG

Grete Kleinmeier ist mit sich und der Welt zufrieden. Seit Kurzem bewohnt sie ein helles und großzügiges Apartment in der exklusiven Seniorenresidenz «Beningaburg». Die Entscheidung hierherzuziehen hat sie getroffen, ohne mit ihren Kindern darüber zu sprechen. Und das hat sich als ausgesprochen weitsichtig erwiesen, denn sosehr die drei sich untereinander auch misstrauisch beäugen, was die mütterlichen finanziellen Zuwendungen betrifft, umso einiger waren sie sich in dem Punkt, dass man in ihrem Alter keine achttausend Euro monatlich für eine Unterkunft ausgeben sollte.

Grete freut sich geradezu diebisch darüber, mit jedem Monat, den sie hier verlebt, das Erbe ihrer Kinder zu schmälern. Auf diese Art müssen die drei sich nach ihrem Tod wenigstens nicht übers Geld in die Haare kriegen. Ist ja dann kaum noch etwas übrig.

Im Gegenteil. Sollte es dem lieben Gott gefallen, sie noch über zwanzig Jahre leben zu lassen, wäre es durchaus möglich, dass ihre Kinder am Ende noch zur Kasse gebeten werden.

Das wäre nur gerecht, denkt sie, als sie auf dem Muschelkalkweg zum kleinen Teich flaniert. Schließlich haben sie und ihr verstorbener Mann die Söhne lange genug finanziert. Das eigene Auto nach dem Abitur – kein Gebrauchter, natürlich nicht. Das in die Länge gezogene Studium, die großzügigen Starthilfen bei der Existenzgründung, die Zuschüsse zu den drei Eigenheimen. Niemand kann den Kleinmeiers vorwerfen, sie hätten ihre Kinder am langen Arm verhungern lassen.

Aber nun ist sie an der Reihe. Diese Residenz ist genau das Richtige, und sie schiebt jeden Anflug eines schlechten Gewissens beiseite und genießt stattdessen den Blick auf die gepflegte Grünanlage, an deren Rand die Pfingstrosen blühen.

«Moin, Frau Kleinmeier.» Denise Bakker kommt ihr schnellen Schrittes entgegen.

«Moin, Frau Bakker», grüßt sie zurück. Die Pflegedienstleiterin ist eine nette Person, wenngleich sie das Personal mit strafferer Hand führen sollte. Es kann schließlich nicht angehen, dass in den letzten Wochen gleich drei Bewohner bestohlen worden sind. Dem müsste man doch auf den Grund gehen, aber Frau Bakker kümmert sich nicht. Grete will sie erneut darauf ansprechen, aber die junge Frau läuft zügig an ihr vorbei. Nun denn, es ist ja auch nicht Gretes Angelegenheit. Bei ihr selbst ist zum Glück noch nichts abhandengekommen.

Sie steuert auf die Holzbank am idyllisch gelegenen Teich zu und glaubt, ihren Augen nicht zu trauen. Hektisch blinzelt sie. Dann schreit sie, so laut sie kann, um Hilfe.

Der Wind der letzten Tage hat sich über Nacht verabschiedet, Schäfchenwolken ziehen gemächlich über den blauen Himmel. Das Thermometer an der Hauswand zeigt jetzt am Nachmittag knapp zwanzig Grad. Gut, es hängt in der Sonne, aber zwanzig Grad sind zwanzig Grad.

Noch in seiner Polizeiuniform setzt sich Rudi Bakker auf die Bank vor dem Gehege und streckt die Beine weit von sich.

Die schwarzen und grauen Araucana-Hühner wälzen sich auf dem Sandboden, und der Hahn Zorro schreitet majestätisch vor ihnen auf und ab, während erste Kirschblütenblätter wie Schneeflocken auf ihn herabrieseln.

«Moin.» Henner Steffens, sein bester Kumpel, kommt durch die Gartenpforte, zieht aus seiner Jutetasche zwei Flaschen Ostfriesenbräu und reicht ihm eine. «Zeit fürs Wochenendbier.»

«Jo.» Henner setzt sich neben Rudi, und zusammen lassen sie die Bügelverschlüsse ploppen.

Von allen Wochentagen liebt Rudi den Freitag am meisten. Zufrieden starren die beiden auf die Hühnerschar und grinsen, als Zorro sich aufplustert und mit gerecktem Hals laut kräht. Im selben Moment schmettert die Fanfare in Rudis Hosentasche los. Er zieht sein Handy heraus und wirft einen Blick aufs Display. Denise. Seine Ex-Frau. Oh nein. Seit ein paar Wochen ist sie zurück in Neuharlingersiel. Das war vielleicht ein Schock, als sie zu Ostern plötzlich auf dem Steffens-Hof auftauchte und verkündete, sie wolle wieder hier leben. Dabei hatte sie ihn vor Jahren verlassen, weil ihr Ostfriesland zu langweilig war, Rudi zu «lahmarschig» und Sven zu anstrengend. Aber Sven und er sind auch ohne sie bestens klargekommen, immerhin steht die ganze Steffens-Sippe hinter ihnen. Bislang sind sie sich auch kaum über den Weg gelaufen, er hat sie nur einmal beim Einkaufen im Edeka-Markt gesehen und einmal bei Bäcker Hinrichs getroffen. Die Fanfare schmettert weiter.

«Geh doch endlich ran.» Henner nimmt einen Schluck Bier.

«Lieber nicht.»

«Warum?»

«Ist Denise.»

Das Handy verstummt. Die beiden Männer sehen sich an und prosten sich zu.

«Siehste», sagt Rudi. «Nerven bewahren. Das hilft.»

Doch schon im nächsten Augenblick dröhnt sein Telefon erneut los.

«Vielleicht ist es wichtig», murmelt Henner.

Das glaubt Rudi den ganzen Tag nicht, aber bevor Denise noch länger nervt, nimmt er das Gespräch lieber an.

«Na endlich! Hier ist eine Leiche!»

Rudi zieht die Stirn kraus. «Das müsstest du doch gewohnt sein. So ein Seniorenstift ist schließlich die Endstation für die meisten Bewohner», meint er. Immerhin arbeitet Denise seit über zwanzig Jahren in der Altenpflege.

«Die Tote ist keine von denen. Es ist die Chefin.»

Rudi atmet tief durch. «Die Beninga?» Das darf doch nicht wahr sein. Isabell Beninga ist die vierzig Jahre jüngere Frau von Erich Beninga, der mit seinem Hörgeräte-Konzern einer der erfolgreichsten Unternehmer Norddeutschlands ist.

«Genau. Ich steh hier am Teich, sie treibt mit dem Gesicht nach unten zwischen den Seerosen.»

«Ich komme. Pass auf, dass niemand Spuren zertrampelt.» Rudi steckt das Handy wieder in die Hosentasche. «Eine Wasserleiche im neuen Altenheim. Musst das Bier allein austrinken.»

Die sogenannte Beningaburg hat nicht die geringste Ähnlichkeit mit einer Burg. Doch als Nachfahre einer ostfriesischen Häuptlingsdynastie wollte Erich Beninga, der Investor dieser Fünf-Sterne-Einrichtung, nicht nur Maßstäbe bei der Unterbringung älterer Menschen setzen, sondern auch sich selbst ein Denkmal. So stand es jedenfalls in der Zeitung. Das Gebäude befindet sich auf einem weitläufigen Grundstück. Mittelpunkt der Parkanlage ist ein Teich, der von Schilf und Bänken gesäumt ist.

An diesem Teich stehen nun Rudis Ex-Frau Denise und Fräulein Klostermann, die den Arm um eine andere alte Frau gelegt hat. Was macht seine ehemalige Lehrerin denn hier? Die wohnt doch im Seniorenheim mitten in Neuharlingersiel.

«Fräulein Klostermann, Sie hier?»

«Nu guck nicht so verwundert. Hier ist alles neuer und schöner. Das gönne ich mir auf meine alten Tage. Aber erst mal sagt man ja wohl vernünftig ‹Guten Tag›.» Käthe Klostermann hat nie aufgehört, Rudi zu duzen, obwohl er ja nun schon ewige Jahre aus der Grundschule raus ist.

«Moin.» Rudi nimmt aus Pietätsgründen die Uniformmütze vom Kopf und wirft einen Blick auf den Teich. Ganz in Ufernähe treibt bäuchlings eine Frau. «Die Kollegen der Spurensicherung müssten gleich hier sein.» Er deutet auf die beiden alten Frauen und schaut dabei Denise an, die nervös an einer E-Zigarette zieht. «Hab ich nicht gesagt, du sollst aufpassen, dass hier keine Spuren zertrampelt werden?»

«Wir zertrampeln nichts», weist ihn Fräulein Klostermann schroff zurecht. «Wir bewegen uns nicht mal auf der Stelle. Ich bin zu Grete geeilt, als sie um Hilfe geschrien hat.»

Überrascht blickt Rudi die beiden alten Damen an. «*Sie* haben die Tote entdeckt?»

Frau Kleinmeier nickt. «Ich wollte wie jeden Nachmittag nach dem Tee hier auf der Bank sitzen und meine Gedanken schweifen lassen. Das kann ich im Stift nicht. So feudal auch alles ist, die Wahrheit kann man nicht verdrängen. Wir alle, die wir hier leben, sitzen unsere Zeit ab, bis der Herrgott uns zu sich ruft. Deswegen liebe ich die Zeit vor dem Abendessen am Teich. Meistens bin ich allein hier. Aber heute schwamm da die tote Frau Beninga.»

«Und dann hat sie wie am Spieß geschrien», sagt Denise und zieht erneut an der E-Zigarette.

«Ich hab das auch gehört», ergänzt Fräulein Klostermann. «Frau Bakker war etwas schneller als ich, und als ich hier ankam, saß Grete wie ein Häufchen Elend auf der Bank, und Frau Bakker hatte das Handy schon am Ohr, um dich anzurufen.»

In diesem Moment kommt der Wagen mit Hauptkommissar Haueisen und Oberkommissar Schnepel über den Weg aus Muschelkalk gefahren, dicht gefolgt vom Bulli der Spurensicherung.

Kröver, der Chef der Abteilung, hat seinen Einweganzug bereits an. «Eine Wasserleiche?», fragt er, während er sich die Kapuze überzieht.

«Jo.»

«Wissen wir, wie lang die schon im Teich liegt?», will Haueisen wissen.

«Am Vormittag hab ich sie noch im Haus gesehen», sagt Frau Kleinmeier.

«Das ist gut.» Kröver klingt zufrieden. «Dann wird es eine einfache Bergung.» Er bemerkt den fragenden Ausdruck auf Fräulein Klostermanns Gesicht. «Wenn eine Leiche schon länger im Wasser ist, wird es schwierig, sie rauszuholen. Die Haut beginnt, sich abzulösen … Aber so genau wollen Sie das sicher nicht wissen.»

«Nein», sagt Fräulein Klostermann resolut und wendet sich ab.

«Dürfen wir jetzt endlich gehen?», fragt Denise.

«Natürlich», antwortet Haueisen. «Wir sprechen später. Lassen wir die Kollegen hier ihre Arbeit machen. Bakker, Sie bleiben hier.»

Das war ja nun nichts mit einem gemütlichen Feierabendbier. Tut Henner ja auch leid für Rudi, aber als Polizist ist man eben ständig in Bereitschaft. Im Unterschied zu ihm. Er muss nur die Post sortieren und verteilen. Henner streckt die Beine aus, nimmt einen Schluck und beobachtet die Hühner, die im Sand scharren. «Ich wollt, ich wär ein Huhn, dann hätt ich nichts zu tun», summt er vor sich hin. Obwohl er natürlich nicht mit einem Huhn tauschen möchte. Er fühlt sich wohl in seiner Haut und ist rundum zufrieden mit sich und seinem Leben. Noch ein Schluck, und die Bierflasche ist leer. Er sollte nach Hause gehen. Wer weiß, wie lange es bei Rudi dauert. Und so langsam müsste Rosa ihr Fahrrad in Gang gebracht haben. Er hat nämlich keine Lust, zu irgendwelchen Hilfsdiensten verdonnert zu werden. Denn das macht seine Mitbewohnerin gerne. Seit Rosa Moll vor ein paar Jahren in die Wohnung über ihm gezogen ist, muss er sich davor hüten, von ihr nicht allzu sehr vereinnahmt zu werden. Zugegeben, manches Mal gefällt es ihm ganz gut, aber manchmal braucht er einfach seine Ruhe.

Schon von Weitem sieht Henner Rosa auf der Bank vorm Haus sitzen, vor sich ihr Fahrrad, das mit den Rädern nach oben auf Lenker und Sattel steht. Mist. Sie ist immer noch nicht fertig.

«n' Abend», brummt er und starrt auf die mit Wasser gefüllte Plastikwanne neben dem Rad.

«Das ging aber schnell. Was ist los? Habt ihr euch gestritten?»

«Nee.»

Rosa hält den schwarzen Fahrradschlauch in der einen Hand, mit der anderen streicht sie über den roten Flicken. «Gib mir mal bitte die Luftpumpe. Ich will prüfen, ob ich das Loch nun richtig dicht gekriegt habe. Nach meinen ersten drei Versuchen hat es immer noch im Wasser geblubbert. Da musste ich alles von vorn machen.»

Henner bückt sich und reicht ihr die Pumpe. «Warum kaufst du dir nicht einfach so einen unkaputtbaren Fahrradschlauch bei Klattenberg? Rudi und ich haben die längst.»

«Wussten Sie gleich, dass die Tote Frau Beninga ist?», will Haueisen von Frau Kleinmeier wissen, als sie zum Hauptgebäude der Seniorenresidenz gehen. Die alte Dame hat sich inzwischen wieder gefangen, sie hat es sogar abgelehnt, sich bei der anderen unterzuhaken.

Schnepel grient insgeheim. Hat der Chef denn nicht genau hingeguckt? Die Tote trug einen schwarzen engen Rock mit Schlitz und eine pinkfarbene Bluse. Außerdem war sie sehr schlank, und das, was er an Bein sehen konnte ... oh, là, là.

«Natürlich bin ich sicher», empört sich Frau Kleinmeier. «Ich habe sie doch heute Vormittag schon gesehen. Da trug sie dieselben Sachen. Wollte wohl wieder nach Hamburg abdampfen. Dass Herr Beninga ihr das gestattet, kann ich nicht verstehen. Immerhin ist sie seine Frau und sollte an seiner Seite sein. Außerdem waren ihre Blusen für meinen Geschmack viel zu tief ausgeschnitten.» Sie dreht sich zu Fräulein Klostermann um. «Stimmt's, Käthe?»

Die nickt. «Es waren zwar alles sündhaft teure Sachen, aber Frau Beninga schaffte es immer, darin auszusehen, als wolle sie sich den Männern anbieten.»

«Vielleicht steht ihr Mann auf so was», vermutet Schnepel. Er jedenfalls tut es.

«Ich bitte Sie!», gibt Fräulein Klostermann zurück. «Erich ist fünfundachtzig!»

Nun ist Schnepel überrascht. Die Tote hatte lange dunkle Haare, die im Wasser um ihren Kopf hin und her schwebten. Nach alt und grau sah an der nichts aus. Was wollte die mit so einem alten Knacker?

Auch Haueisen stutzt. «Fünfundachtzig? Und wie alt war seine Frau?»

Frau Kleinmeier überlegt. «Anfang vierzig, oder was meinst du, Käthe?»

«Ja, das würde ich auch schätzen.»

«Finden wir Herrn Beninga im Haupthaus?», fragt Haueisen. Er schaut geradeaus. Am Eingang des beeindruckenden Gebäudes tragen zwei runde Sandsteinsäulen einen großzügigen Balkon. Die neu gebauten Flügel links und rechts imponieren durch ihre großen, bodentiefen Fenster.

«Nein. Die Beningas bewohnen weiter hinten einen Bungalow.» Frau Kleinmeier zwinkert Haueisen zu. «Sie glauben doch nicht, dass so eine junge, attraktive Frau ständig alte und gebrechliche Menschen um sich haben will. Sie ist ohnehin kaum hier. Hält sich lieber in der schnieken Wohnung mit Alsterblick in Hamburg auf. Die hat ihren Mann hierher abgeschoben, damit sie sein Geld und ihr Leben in vollen Zügen genießen kann. So sieht das nämlich aus, nicht wahr, Käthe?»

Das kann Schnepel verstehen. Würde er auch so machen.

Allerdings findet er alte reiche Frauen nicht wirklich verlockend. Nie würde er mit einer Mumie ins Bett gehen.

Sie haben den Eingang der Seniorenanlage beinahe erreicht, als ihnen ein Mann mittleren Alters in Anzug mit Weste und Einstecktuch entgegeneilt. «Frau Kleinmeier», ruft er. «Wie schrecklich. Kommen Sie, ich begleite Sie hinein.» Er greift nach ihrem Arm, doch die alte Dame zieht die Hand schnell zurück.

«Lassen Sie das, Herr Buttkamp. Der Anblick der toten Frau Beninga war zwar ein Schock, doch ich bin weder senil noch hilflos.»

Der Mann zuckt für einen Sekundenbruchteil zusammen.

«Sie sind?», fragt Haueisen schroff.

«Buttkamp. Jochen Buttkamp. Der Residenzleiter. Frau Bakker hat mich angerufen und mir von dem Unglück erzählt. Ich habe Herrn Beninga gleich aufgesucht. Er ist am Boden zerstört.»

Schnepel grient. Frau Bakker. Die scharfe Braut am Teich war also Rudis Ex-Frau. So eine hätte er dem nie zugetraut. Kein Wunder, dass sie abgehauen ist, bei einem Langweiler wie Rudi. Schnepel hat zwar mitgekriegt, dass sie wieder zurück ist. Nur gesehen hat er sie noch nie.

«Sie sind von der Polizei?», fragt der Geschäftsführer.

Was für eine blöde Frage, denkt Schnepel, doch da Haueisen seinen Ausweis zückt, holt er seinen ebenfalls aus der Jackeninnentasche.

Der Mann wirft nicht einmal einen Blick darauf, macht stattdessen eine fahrige Kopfbewegung, dass die braune Haarsträhne, die ihm in die Stirn gefallen ist, wieder zur Seite fliegt. «Herr Beninga möchte seine Frau sehen. Er kann es gar nicht fassen. Und ich auch nicht.»

Nur Haueisen bleibt ungerührt. «Die Kollegen sind gerade dabei, sie aus dem Teich zu bergen. Wo finden wir Herrn Beninga?»

«Ich bringe Sie gern zu ihm. Aber seien Sie bitte rücksichtsvoll. Er ist ... wie soll ich das sagen ... er hat manchmal ein paar unklare Momente. Beginnende Demenz, wenn Sie verstehen. Da müssen wir sehr achtsam sein.»

«Papperlapapp. Sie mit Ihrer Demenz. Für Sie sind wir alle nicht mehr ganz klar im Kopf. Ich komme besser mit», sagt Fräulein Klostermann schulmeisterlich. «Immerhin kennen wir uns seit über siebzig Jahren.» Herausfordernd schaut sie Haueisen an. «Erich und ich sind schon zusammen zur Volksschule gegangen. Es kann nur helfen, wenn jetzt jemand bei ihm ist, dem er vertraut und den er gut kennt.»

Verärgert schaut Rosa Henner an. «Den Tipp hättest du mir auch schon vorhin geben können. Dann hätte ich mir die Arbeit mit dem Flicken gespart und das Rad gleich zu Klattenberg gebracht. Aber du hattest es ja so eilig, zu Rudi zu kommen.» Eindringlich mustert sie Henner. «Warum bist du denn nun eigentlich schon wieder da? Ist was passiert?» Rosa spürt augenblicklich ein Kitzeln in ihrer Nase. Das hat sie immer, wenn etwas im Busch ist.

«Rudi musste plötzlich weg.»

«Warum denn?» Ihre Augen funkeln neugierig.

«Denise hat angerufen.»

Schlagartig ist das Kribbeln weg. Denise. Seit Rudis Ex-Frau wieder in Neuharlingersiel aufgetaucht ist, ist Rosa in Habachtstellung. Erst kürzlich hat sie die beiden mit ihrem gemeinsamen Sohn Sven bei Bäcker Hinrichs einen Kaffee trinken und lachen sehen. Sogar ein Stück Kuchen hatte jeder vor sich. Dabei hat Rudi stets behauptet, Denise könne ihm den Buckel runterrutschen, so schnöde, wie sie Sven, ihn und Ostfriesland damals verlassen hat. Dass sie etwas im Schilde führt, ist Rosa klar. Nur was? Gesagt hat Rudi ihr gegenüber natürlich nichts. Auch keine Andeutungen gemacht. Aber Rudi hat es ja mit Geheimnissen, selbst wenn man ihm das auf den ersten Blick nicht ansieht. Man denke nur an Schnepels Fast-Ex-Ehefrau Susanne. Erst ist Rudi mit der ganz dicke, und dann ist es plötzlich wieder aus gewesen. Warum, hat Rosa nicht herausgekriegt. Aber da Susanne Schnepel inzwischen in Bremen lebt, hat Rosa sich auch nicht weiter dafür interessiert. Weg ist weg. Und jetzt Denise. Das gefällt Rosa gar nicht. Denn es wäre sicher vorbei mit ihrem gemütlichen Singletrio, wenn Rudi und Denise wieder ein Paar wären.

«Interessant.» Rosa zieht das Wort in die Länge, um ihren Unmut deutlich zu machen. «Und du lässt dir das einfach bieten, dass er springt, wenn sie anruft?»

Verdutzt schaut Henner sie an. «Ich verstehe nicht, was du meinst. Denise hat angerufen, weil im Teich der neuen Seniorenresidenz eine Leiche schwimmt. Da musste er doch los.»

Die Kollegen haben die Tote gerade vorsichtig aus dem Wasser geborgen und auf eine große dunkelblaue Plane gelegt, als ein alter, schmutziger Jeep neben dem Fahrzeug der Spurensicherung hält. Die Fahrertür öffnet sich, und eine Frau Anfang dreißig mit grün und blau gefärbten Strähnen im dunklen, kinnlangen Haar steigt aus. Gekleidet ist sie ganz in Schwarz, auf der Jeans glänzen Metalldreiecke.

«Moin. Irina Buschkowski, Rechtsmedizin. Ich vertrete

Doktor Emterbäumler. Der fällt wohl längerfristig aus.» Sie reicht Kröver und Rudi die Hand, stellt ihren dunklen Koffer ab und tritt an die Plane. Isabell Beninga liegt auf dem Rücken. An einem Fuß steckt noch ein pinkfarbener halbhoher Schuh, der andere ist nackt, man sieht die passend lackierten Zehennägel. Die ebenfalls pinkfarbene Bluse gibt den Blick auf den Brustansatz frei. Perlstecker schmücken ihre Ohren, eine Perlenkette den Hals. Zwei Fingerbreit über der Schläfe klafft eine Wunde.

«Na, die hat ja nicht lange was von ihrem Leben gehabt», meint die Rechtsmedizinerin lapidar und schaut zu Kröver. «Habt ihr außer der Verletzung an der Schläfe etwas entdeckt, was Aufschluss über die Todesursache geben könnte?» Sie bückt sich, öffnet den Koffer, zieht einen weißen Schutzanzug heraus und schlüpft hinein.

«Nein.» Kröver zeigt sein Womanizer-Lächeln, das bei Irina Buschkowski allerdings nicht verfängt. Die trägt nun auch Einmalhandschuhe und Überzieher an den Schuhen und hockt sich neben die Tote. Vorsichtig befühlt sie den Hals, betrachtet die Verletzung, hebt den Kopf der Toten und begutachtet sorgfältig Isabell Beningas Hinterkopf. «Also, die Verletzung stammt von einem stumpfen Gegenstand. Vielleicht von einem der Steine hier.» Sie deutet auf die kohlkopfgroßen Wackersteine, die zwischen den hohen Gräsern am Teichufer liegen. «Habt ihr schon überprüft, ob an einem der Steine Blut klebt?»

«Wir haben die Tote gerade erst aus dem Teich geborgen», sagt Kröver gelassen. «Hexen können wir auch nicht.»

«Das ist allerdings bedauerlich.» Ohne den Anflug eines Lächelns öffnet die Rechtsmedizinerin die Bluse der Toten. «Hier sehe ich keine Verletzung, Genaueres kann ich erst nach der Obduktion sagen. Sie kann durch einen Schlag ohnmächtig geworden sein, ist ins Wasser gefallen und ertrunken. Darauf deutet zumindest zum jetzigen Zeitpunkt alles hin. Wenn sie ohne Fremdeinwirkung gefallen und auf einen Stein aufgeschlagen wäre, hätte man sie vermutlich am Ufer des Teichs gefunden.» Irina Buschkowski erhebt sich und streift die Einmalhandschuhe ab. «Ihr könnt sie mir in die Rechtsmedizin bringen. Ich melde mich, sobald ich sie obduziert habe.»

Zum Glück hat der Chef ein Machtwort gesprochen und die alte Schachtel nicht mit zu dem Witwer genommen. Wäre ja noch schöner, sich von diesen alten Fregatten rumkommandieren zu lassen, denkt Schnepel zufrieden.

Der Bungalow liegt hinter dem Hauptgebäude auf der anderen Seite des Teichs. Buttkamp klopft an. «Herr Beninga, die Herren von der Polizei möchten Sie gerne sprechen.»

Es dauert einen Moment, bis Erich Beninga die Tür öffnet. Er ist groß und schlank. Sein graues Haar ist akkurat, aber nicht zu kurz geschnitten. Zur braunen Cordhose trägt er einen kamelhaarfarbigen Pullunder über einem weißen Hemd. Seine Hände zittern, als er Buttkamp, Haueisen und Schnepel hereinbittet.

Etwas unsicher geht er ins Wohnzimmer vor, wo er sich auf einen cremefarbenen Stoffsessel fallen lässt. «Nehmen Sie bitte Platz. Ich kann gerade nicht so lange stehen. Der Schock. Ich vermag es einfach nicht zu glauben.» Mit fast flehentlichem Blick schaut er Haueisen an. «Es besteht wirklich kein Zweifel? Ist meine Frau wirklich tot?»

Mausetot, denkt Schnepel.

«Es tut uns sehr leid, aber es gibt keinerlei Zweifel. Natürlich müssen Sie sie noch offiziell identifizieren, aber das können wir in Ruhe machen, es muss nicht sofort sein.» Haueisen blickt den Mann mit einem aufmunternden Blick an.

«Nein.» Das klingt wie ein Peitschenknall. «Ich will sie hier sehen. Am Teich. Ich würde es nicht ertragen, ihr im Leichenschauhaus Adieu sagen zu müssen. Aufgeschnitten und wieder zugenäht. Auf gar keinen Fall.» Unter Mühen steht Beninga auf. «Buttkamp, wir beide nehmen das Golfcart. Die Herren von der Polizei sind ja noch gut zu Fuß.»

«Sehr gern, Herr Beninga. Kommen Sie, ich stütze Sie.»

Während der Geschäftsführer Erich Beninga unterhakt, klingelt Haueisens Handy. «Ja, Bakker?»

«Die Rechtsmedizinerin hat die erste Untersuchung vor Ort abgeschlossen. Wir haben den Bestatter angerufen, um Isabell Beninga nach Oldenburg bringen zu lassen.»

«Warten Sie noch. Herr Beninga möchte seine Frau sehen.» Ohne Bakkers Antwort abzuwarten, beendet Haueisen das Gespräch.

Rudi schiebt das Handy in die Tasche seiner Polizeihose. «Wir sollen mit dem Abtransport noch warten. Der Witwer ist auf dem Weg.» Irgendwie kann er verstehen, dass der alte Beninga seine junge Frau hier zum Abschied sehen möchte. Im Grünen und im Sonnenschein. Er wirft einen Blick auf die Plane. Sie war eine wirklich hübsche Frau. Eine, nach der man sich auf der Straße umdrehte. Die Rechtsmedizinerin hat die Bluse der Toten auf Rudis Bitte hin wieder zugeknöpft. Sogar einen Knopf mehr als vorher. Das schien ihm angebracht.

Ein Golfcart rauscht heran, in einiger Entfernung folgen

Haueisen und hinter ihm Schnepel. Rudi grient. Sein Kollege hat noch nie eine gute Kondition gehabt. Bei einer Verfolgungsjagd zu Fuß hätte der Straftäter gute Karten, Schnepel abzuhängen.

Keine fünf Meter von ihnen entfernt stoppt das Golfcart. Zwei Männer steigen aus, der Ältere hält sich am Rahmen des kleinen, elektrisch betriebenen Gefährts fest, bevor der Jüngere ihn beim Gehen am Ellenbogen stützt.

Jetzt ist auch Haueisen angekommen, Schnepel folgt schnaufend. Vor der Leiche bleiben die Männer stehen. Erich Beninga zittert, bemüht sich aber um eine aufrechte Haltung.

«Isabell», flüstert er. «Sprotti, meine Sprotti.»

Betreten stehen Rudi, Haueisen und Schnepel hinter dem Witwer und dessen Begleitung. Auch Kröver und sein Team halten pietätvoll mit dem Zusammenräumen ihrer Ausrüstung inne, um das stumme Abschiednehmen nicht zu stören.

Langsam nähert sich der schwarze Kombi des Bestatters. Pöppelmeyer wartet jedoch mit dem Aussteigen, bis der Witwer sich umdreht und auf wackeligen Beinen zum Golfcart zurückgeht.

Auf Zehenspitzen ist Rosa durch die Wohnung gelaufen, um ja nicht zu verpassen, ob Rudi bei Henner vorbeischaut. Doch das «geheime» Dreimal-klingeln-Zeichen blieb aus, allerdings hat Rosa vor einer Viertelstunde die Haustür ins Schloss fallen hören. Also wird Henner noch einmal zu Rudi gegangen sein. Das ärgert sie insgeheim. Er kann sich doch denken, dass Rosa alles, was mit der Wasserleiche zu tun hat, brennend interessiert. Also muss sie selbst aktiv werden. Sie sperrt ihren Beo in den Käfig, zieht die weiße Steppjacke an und macht sich auf den Weg. Bei Rudi ist alles dunkel, das sieht sie schon von Weitem. Dann werden die beiden wohl im Dattein sein, ihrer Lieblingskneipe am Hafen. Und richtig. Als Rosa den Gastraum betritt, sitzen Rudi und Henner einträchtig an der Theke, Henner hat den Ellbogen auf die Galionsfigur gelegt, die den Tresen ziert.

«'n Abend.» Zufrieden schiebt Rosa ihren Po auf den Hocker neben Rudi. Berthold ist heute nicht da, dafür lacht Frank sie hinter der Theke an. «Eine Weißweinschorle wie immer?»

«Unbedingt.» Rosa grinst und wendet sich Rudi zu. «Also?»

«Was also?» Rudi tut, als wisse er nicht, wovon Rosa redet, doch damit kommt er bei ihr nicht durch.

«Die Wasserleiche bei der Seniorenresidenz. Wer ist es, wie kam sie in den Teich, war es Selbstmord, Unfall oder Mord? Und was hat deine Ex-Frau damit zu tun?»

«Ach Rosa.» Rudi stöhnt auf. «Erstens hab ich Feierabend, und zweitens darf ich dir nichts sagen. Das weißt du genau.»

«Unsinn. Morgen steht sowieso alles in der Zeitung, also stell dich nicht so an. Spätestens in einer halben Stunde wird die Vorabendausgabe online gestellt.»

Frank stellt ihr die Weinschorle hin.

«Danke. Zum Wohl.» Rosa hebt das Glas, trinkt einen Schluck, und auch Rudi und Henner greifen zu ihren Gläsern.

«Prost.»

«Und?», wiederholt Rosa.

«Die Tote ist Isabell Beninga, die Frau von Erich Beninga», verrät Rudi.

«Dem Eigentümer von HörGut?»

«Jo.»

«Und wie kommt die in den Teich?»

«Das müssen wir herausfinden.»

«Nun sei nicht so einsilbig. War die Frau senil, hat die sich im Teich ertränkt?»

«Nee, die war noch gar nicht alt.»

«Nicht?»

«Nein. Aber mehr sag ich dazu jetzt nicht. Ich hab schließlich Feierabend. Wer weiß, was das Wochenende noch bringt.»

SAMSTAG

Eigentlich hat Rosa erst um elf Uhr den Termin im Frisörsalon von Henners Schwester Gudrun, aber sie hält es vor Neugierde nicht länger aus. Den ganzen restlichen Abend kreisten ihre Gedanken darum, weshalb die junge Frau des ostfriesischen Hörgeräte-Moguls als Wasserleiche im Teich trieb. Natürlich hat sie, kaum dass sie zu Hause war, die Zeitung im Internet gelesen. Die Tote war eine bildhübsche Frau, ein Archivbild des Ehepaares beherrschte die Titelseite. Der Altersunterschied zwischen den Eheleuten war gigantisch. Über vierzig Jahre, hat Rosa vorhin bei Bäcker Hinrichs aufgeschnappt, nachdem sie ihr Fahrrad bei Diana Klattenberg abgegeben hat. In zwei Stunden kann sie es mit neuen Schläuchen wieder abholen.

Die Glöckchen über der Tür bimmeln, als Rosa den Frisörsalon betritt. Sofort rast Gudruns Hund auf sie zu und springt an ihr hoch.

«Aus, Schecki», ruft Gudrun, und die Promenadenmischung gehorcht tatsächlich. Verwundert mustert Rosa den Hund, beugt sich hinab und streicht ihm über das helle Fell. «Was ist mit dir denn passiert? Hat man dir einen Irokesenschnitt verpasst?»

«Sieht man doch», ruft Gisela Frerichs, Neuharlingersiels größte Tratschtante, deren Hinterkopf in der Mulde des Waschbeckens lehnt. «Das hat Mercedes Schneider ihm angetan.»

«Was heißt hier angetan?», fährt Gudrun Gisela über den Mund. «Das trägt der moderne Hund heutzutage, meint Mercedes. Und die kennt sich schließlich aus. Ihre selbst gebackenen Hundekuchen sind der Hit! Seit ich die beim Gassigehen in der Tasche habe, frisst Schecki mir im wahrsten Sinne des Wortes aus der Hand.»

«Männer.» Gisela seufzt theatralisch. «Sie sind so einfach gestrickt und mit Kleinigkeiten bestechlich.»

Die anwesenden Frauen prusten laut los vor Lachen. Rosa nimmt auf dem freien Stuhl neben Gisela Platz und zieht das belegte Brötchen aus der Bäckertüte. «Kann ich vielleicht einen Kaffee haben? Ich hab noch nicht gefrühstückt.»

«Und einen Prosecco für uns Mädels», ergänzt Gisela, was von allen augenblicklich beklatscht wird.

«Ihr nun wieder.» Gudrun schmunzelt. «Aber klar. Steven, bring doch bitte einen Kaffee mit Milch, die Flasche Prosecco aus dem Kühlschrank und ...», sie zählt durch, «... fünf Sektgläser.»

«Gerne», hört Rosa eine männliche Stimme aus dem Personalraum.

Gleich darauf tritt ein junger Mann in den Salon, auf einem Schiefertablett balanciert er eine Tasse und ein Minimetallkännchen mit Milch. «Bitte schön.» Er stellt es vor Rosa. «Prosecco kommt gleich.»

Verblüfft schaut sie den jungen Mann an. Er hat dunkle, schräg geschnittene Haare, die Augen sind stärker geschminkt, als Rosa es bei sich selbst machen würde. Auf den Fingern entdeckt Rosa kleine Tattoos, die Nägel glänzen türkis lackiert.

«Hi. Ich bin Steven.»

Gudrun registriert Rosas überraschten Gesichtsausdruck und lacht laut auf. «Steven kommt aus Berlin. Er hat da in einem großen Salon gearbeitet, aber wegen seines Asthmas hat es ihn an die Nordsee verschlagen. Ich freue mich, dass er mich ab jetzt unterstützt und ein bisschen Großstadtflair in unsere Frisuren bringt.»

«Das ist ja ein Ding.» Rosa lacht Steven an. «Aber ich lasse mir gern ein bisschen Berliner Chic verpassen. Von mir aus kannst du gleich anfangen, wenn du Zeit hast.»

Steven grinst. «Sehr gern.»

Während er ihr die Haare wäscht, redet Rosa weiter. «Habt ihr schon von der Wasserleiche in der Seniorenresidenz gehört?»

«Hab ich in der Zeitung gelesen.» Gisela hebt den Kopf, das Wasser rinnt ihr über die Stirn. «Das war die Frau von dem Hörgerätefuzzi.»

Gudrun drückt Giselas Kopf wieder zurück, damit sie den Rest der Spülung auswaschen kann.

«Was aber nicht in der Zeitung stand: Denise Bakker hat die Polizei benachrichtigt», sagt Rosa. «Ich meine, sie hat Rudi angerufen.»

Sofort hebt Gisela wieder den Kopf.

«So kommen wir nicht weiter.» Gudrun drückt Giselas Kopf erneut runter, beim Reden lässt die sich aber trotzdem nicht stoppen.

«Stimmt, die arbeitet ja neuerdings in diesem Nobelseniorenstift als Pflegerin.» Gisela senkt die Stimme. «Aber die ist bestimmt nicht nur wegen der Arbeit zurück nach Neuharlingersiel gekommen.»

Das hat Rosa auch schon überlegt, doch alle acht Schwestern von Henner halten es für ausgeschlossen, dass Denise wieder was mit Rudi anfangen will. Darüber haben sie ausführlich bei einem Treffen des Häkelbüdel-Clubs gesprochen.

«Wer ist im Seniorenstift geschwommen?», fragt Tante Hildegard, die mit Lockenwicklern auf dem Kopf neben Gisela sitzt und eine Tasse Tee vor sich stehen hat. «Ich wusste gar nicht, dass die da ein Schwimmbad eingebaut haben.»

«Haben sie auch nicht. Wann gehst du endlich zum Ohrenarzt?», fragt Gudrun.

«Da war ich doch! Vor zwei Wochen erst. Der hat mir gesagt, ich höre auf der einen Seite nur noch die Hälfte ... und auf der anderen auch nicht viel mehr. Ich war bei HörGut. Heute Mittag kann ich die Hörgeräte zum Ausprobieren abholen. So ganz neumodische Dinger. Ich soll sogar mein Smartphone zur ‹Anprobe› mitbringen.» Lachend schüttelt sie den Kopf. «Was haltet ihr davon, wenn ihr heute Nachmittag zu mir kommt. Dann können wir testen, ob ich mit den Dingern wirklich besser höre.» Tante Hildegard greift zu ihrer Teetasse. «Und jetzt möchte ich endlich wissen, wer im Seniorenstift schwimmt.»

«Das hast du falsch verstanden.» Rosa spricht bewusst deutlich. «Die Frau von dem Beninga lag tot im Teich. Die Polizei hat sie zur Obduktion nach Oldenburg gebracht.»

«Die Beninga?», wundert sich Tante Hildegard. «Die war doch noch so jung.»

«Sterben geht nicht immer nach dem Alter.» Gudrun dreht den Wasserhahn zu.

«Oh, das tut mir aber leid für den Beninga», seufzt Tante Hildegard. «Da stirbt dem vor vier Jahren seine erste Frau an Krebs, und nun auch noch die zweite. Hätte er bestimmt nicht mit gerechnet. Wenn man in dem Alter eine so viel Jüngere heiratet, denkt man doch, die kann einen pflegen, wenn's drauf ankommt. Aber das Leben geht manchmal seltsame Wege. Die arme Frau.»

«Wie man's nimmt», sagt Gisela. «Diese Isabell hat schon ein paar Jahre in dem Konzern gearbeitet, als die erste Frau Beninga gestorben ist. Danach hat sie sich wohl schamlos an den Alten rangeschmissen.» Gisela macht eine kurze Pause. «Hab ich zumindest gehört.»

«Von wem?», fragt Rosa und beißt von ihrem Brötchen ab.

«Weiß ich nicht mehr. Ist aber auch egal. Kaum war die erste Frau Beninga ein paar Wochen unter der Erde, wurden die beiden händchenhaltend in Hamburg fotografiert. Das Bild war groß in der *Welt am Sonntag*. Und kein halbes Jahr später haben sie geheiratet. Im kleinen Kreis.» Bei «kleinen» hebt sie die Hände, um das Wort in Tüddelchen zu setzen. «Mit dreihundert Leuten.»

Gemütlich sitzt Rudi mit Sven am Frühstückstisch. Sein Sohn ist übers Wochenende gekommen. Das macht er nicht mehr so oft, meistens bleibt er in Emden, wo er sich inzwischen einen neuen Freundeskreis aufgebaut hat. Darum genießt Rudi dieses Zusammensein umso mehr. Muddern hat extra Svens Lieblingskörnerbrot gebacken. Dazu gibt es Fenchelsalami, selbst gemachten Kräuterfrischkäse und ihre phänomenale Holunderblütenmarmelade.

«Denise hat gefragt, ob wir uns heute sehen.» Sven beißt von seinem Brot ab. «Sie hat Frühschicht und am Nachmittag frei. Ich weiß gar nicht, was das soll. Erst interessiert sie sich jahrelang nicht für mich, und nun macht sie einen auf heile Familie.»

Rudi überlegt. Am liebsten würde er genau in diese Kerbe schlagen. Auch er findet es ziemlich dreist, dass Denise so tut, als wäre der Kontakt zwischen Mutter und Sohn all die

Jahre eng gewesen. Aber vielleicht versucht sie, Versäumtes wiedergutzumachen. Das jedenfalls hat Muddern vermutet, als er vor ein paar Tagen bei ihr Rat gesucht hat.

«Gib ihr eine Chance», sagt Rudi deshalb halbherzig. «Und guck, wie es dir damit geht. Wenn du absolut keinen Draht zu ihr hast, dann musst du dich nicht weiter mit ihr treffen. Du bist inzwischen erwachsen, keiner kann dich dazu zwingen.»

«Amira sagt, ich soll mir Mühe geben. Es sei wichtig, sich mit meinen familiären Wurzeln auseinanderzusetzen.» Amira ist Svens neue Freundin. Sie studiert Pädagogik. «Ich weiß aber nicht, worüber ich mit Denise reden soll.» Sven lehnt es schon länger ab, Denise mit *Mama* anzureden. «Wir haben einfach keinen gemeinsamen Nenner. Jedes Mal, wenn sie von ihrem Leben erzählt, von dem, was sie in all den Jahren gemacht hat, wo sie mit irgendwelchen Typen im Urlaub war, bin ich fassungslos darüber, dass sie von mir erwartet, ich soll das gut finden.» Sven bleibt ganz ruhig, während er redet, als hätte er mit seiner Mutter längst schon emotional abgeschlossen.

Die Fanfare von Rudis Handy schmettert los. Er steht auf, tritt an die Arbeitsplatte, wo das Telefon zum Aufladen liegt, und wirft einen Blick aufs Display. «Mein Chef», sagt er und nimmt das Gespräch an.

«Haueisen hier. Die eifrige junge Rechtsmedizinerin war heute Nacht noch lange aktiv. Sie hat bestätigt, dass Isabell Beninga einen heftigen Schlag mit einem dieser Wackersteine gegen den Kopf bekommen hat. Daran ist sie allerdings nicht gestorben. Sie muss anschließend in den Teich geschubst worden sein und ist dort ertrunken. Ein Unfall war es nicht.»

«Verdammt», rutscht es Rudi raus, denn dass Denise mitten im Zentrum des Geschehens arbeitet, macht die Angelegenheit für ihn nicht angenehmer.

«Wir treffen uns in einer halben Stunde bei der Seniorenresidenz. Genauer: am Bungalow der Beningas. Wir müssen nun doch ausführlicher mit dem Witwer reden. Und übrigens, seine Frau war schwanger.»

Die erste Postrunde führt Henner heute bis zur Beningaburg, die am Rand der Gemeinde liegt. Das Haupthaus ist eine Gründerzeit-Villa, die ein reicher Fabrikant im Stil einer toskanischen Villa für seine Familie hatte erbauen lassen. Das gab vielleicht ein Gerede im Ort, als Beninga das Gebäude von Grund auf sanieren und zu einer exklusiven Seniorenresidenz umbauen ließ.

Mit seinem neuen E-Trike düst Henner über den Zufahrtsweg, bremst vor dem Eingang und stellt das Fahrrad neben dem Transporter der Einrichtung ab. Schnell hat er die Sendungen aus der vorderen Posttasche herausgesucht – es sind nur eine Handvoll Briefe und ein kleines Päckchen – und betritt die geräumige Eingangshalle mit den polierten Eichendielen, die von einem opulenten Kronleuchter erhellt wird. Am Empfangstresen ist niemand zu sehen. Die silbern schimmernde Rüstung eines Ritters steht gegenüber in der Ecke, als wolle sie die Residenz beschützen. Beim ersten Mal hat Henner sich tüchtig erschreckt, als er sie gesehen hat. Mit dem geschlossenen Visier und der gen Decke gerichteten Lanze sieht die Rüstung beinahe bedrohlich aus. Der alte Beninga muss einen Ritterfimmel haben, anders kann sich Henner das nicht erklären.

Er legt die Post auf den Empfangstisch und will schon wieder verschwinden, da öffnet sich die Tür links hinter dem Tresen.

«Moin, Henner.» Denise.

«Moin. Die Post liegt da schon.»

«Danke. Möchtest du eine Tasse Tee? Ist gerade ruhig.»

Unschlüssig sieht Henner sie an. Er kennt Denise, seit Rudi sich auf einer Hafenrundfahrt in Hamburg Hals über Kopf in sie verliebt hat. Dass Henner schon drei Monate später Trauzeuge bei der überstürzten Hochzeit gewesen ist, verdrängt er gerne. Kam ihm alles zu plötzlich. Genau wie das Kind. Obwohl er Sven liebt, wie ... ja, wie seinen eigenen Sohn. Schließlich hat er Rudi kräftig bei der Erziehung unterstützt, nachdem Denise ihr Gastspiel in Ostfriesland sang- und klanglos abgebrochen hat, als Sven gerade in den Kindergarten gekommen war.

«Nee, lass man. Hab noch viel zu tun.»

«Weiß Rudi schon, ob Frau Beninga bereits obduziert wurde?» Denise schnappt sich die Post und schaut sie beiläufig durch.

Ah, daher weht der Wind. Denise will ihn aushorchen. Da ist sie bei ihm an der falschen Adresse. «Nee.» Er macht Anstalten zu gehen.

«Du hast dich überhaupt nicht verändert», sagt Denise mit einem eigenartigen Unterton in der Stimme. «Im Unterschied zu anderen.»

Henner dreht sich um. «Wie meinst du das?»

«Na, ich zum Beispiel. Ich hab mich verändert.» Sie dreht sich vor Henner und spannt ihre Oberarmmuskeln an. Wie in einer Werbung für Fitnessstudios.

«Stimmt. Früher warst du eher mollig.» Das hat Henner

aber besser gefallen. Sagt er aber lieber nicht. Frauen sind immer so empfindlich.

«Und ich weiß jetzt, dass ich vor Jahren Fehler gemacht habe. Ich war viel zu jung, als ich hier in Ostfriesland gelandet bin. Aber jetzt will ich meine Fehler wiedergutmachen. Heute Nachmittag treffe ich mich mit Sven. Du wirst sehen, es dauert nicht lang, und Sven und ich kriegen ein tolles Mutter-Sohn-Verhältnis hin.»

Unwillkürlich zieht Henner die Augenbrauen hoch. Er ist in dieser Hinsicht eher skeptisch, aber besser, er hält sich zurück. Immerhin kennt er Rudis und auch Svens Einstellung genau. Da müsste ein Wunder geschehen, wenn das so einfach liefe, wie sich Denise das vorstellt.

Auf dem Weg vom Frisörsalon zum Fahrradgeschäft mustert Rosa ihre neue Frisur in den spiegelnden Schaufensterscheiben. Verdammt kurz. Nur die Deckhaare sind lang geblieben und fallen ihr wie eine Tolle in die Stirn. Das soll angeblich der Renner in Berlin sein. Grau wollte Steven ihre Haare auch noch färben, aber da hat Rosa energisch widersprochen. Sie lässt sich doch nicht freiwillig älter machen, als sie ist.

Vor einem Schaufenster bleibt sie stehen und fasst sich in den ausrasierten Nacken. Nein, wirklich sicher ist sie sich nicht, ob ihr das gefällt. Zum Glück wächst ja alles schnell wieder nach. Mit einem tiefen Seufzer löst sie sich von ihrem ungewohnten Spiegelbild, marschiert weiter Richtung Campingplatz und biegt in die Nordseestraße ab. Schon von Weitem sieht sie ihr Fahrrad etwas abseits der Leihräder vor dem Laden stehen.

Es geht doch nichts über zuverlässigen Kundendienst, und

das, obwohl die Saison begonnen und das Klattenberg-Team jede Menge zu tun hat.

«Danke, dass ihr das so schnell erledigt habt», sagt Rosa, während sie bezahlt.

«Na hör mal, ist doch Ehrensache», erwidert Diana Klattenberg.

Nach einem kurzen Plausch übers Wetter radelt Rosa los. Die Reifen sind stramm aufgepumpt, da fährt es sich gleich wesentlich besser. Rosa tritt kraftvoll in die Pedale. Eigentlich könnte sie noch weiterfahren, zu Hause wartet ja niemand auf sie. Das herrliche Frühlingswetter lädt geradezu dazu ein, einen kleinen Ausflug zu machen. Bis Carolinensiel braucht sie höchstens eine halbe Stunde. Ganz begeistert von ihrer sportlichen Idee radelt sie weiter und genießt den Anblick der Natur.

Sie ist schon eine Weile unterwegs, als sie auf der rechten Seite des Weges eine große Wasserfläche sieht. Vögel mit langen Beinen und ebensolchen Schnäbeln trippeln am Ufer hin und her. Rosa verlangsamt das Tempo, möchte am liebsten anhalten, aber ein Achtung-Schild mit einem skizzierten Vogel und seinen Jungen untersagt genau das. Also fährt sie weiter bis zu einem quadratischen Beobachtungspodest mit mehreren Hinweisschildern. Ein Hüne im grünen Overall und einer farblich passenden Kappe steht dort und schaut durch ein beeindruckend großes Fernglas. Sie stoppt, steigt ab, lehnt ihren Drahtesel an das hölzerne Geländer und steigt die Stufen hoch. Im Gehen zieht sie sich die weiße Steppjacke aus, ihr ist beim Strampeln richtig warm geworden.

«Moin», grüßt Rosa. Der Mann reagiert nicht.

«Kie-wit, wit-wit-wit-wit», kreischt es in diesem Moment über ihr. Rosa legt den Kopf in den Nacken. Über dem Podest kreisen zwei taubengroße Vögel, die abgerundeten Flügel wedeln waschlappig durch die Luft.

«Wer seid ihr denn, ihr kleinen Tollpatsche?», murmelt Rosa.

Der schlaksige, fast schon dürre Mann lässt das Fernglas sinken und mustert sie aus seinen wasserblauen Augen. «Ein Kiebitz ist nun mal kein Falke», sagt er. «Aber im Verjagen von Brutfeinden ist er nicht zu unterschätzen.»

«Das sind Kiebitze? Brüten die denn im Moment?»

Ehe Rosa es sich versieht, legt der Mann los und hält ihr einen Vortrag über den Vogel, der fast überall in Deutschland vom Aussterben bedroht ist und der in den geschützten Gebieten der Kleipütten Ostfrieslands noch ausreichend Lebensraum findet.

«Hier in Jheringsgroden ist ein ideales Brut- und Rastgebiet für Austernfischer, Nonnengänse, Rotschenkel und Stockenten. Gerade jetzt im Frühjahr lassen sich hier Säbelschnäbler und Kiebitze mit zahlreichen Brutpaaren beobachten.»

Staunend lauscht Rosa und betrachtet den Mann mit ganz anderen Augen. «Wow. Ich bin beeindruckt. Sie kennen sich wirklich gut mit dem Thema aus.»

«Das sollte ich wohl. Ich bin Ornithologe.»

Augenblicklich kommt Rosa eine Idee. Sie strahlt ihn an. «Und ich bin Grundschullehrerin in Esens. Hätten Sie vielleicht Lust, meinen Schülern etwas zu den Kiebitzen und Ihrer Arbeit zu erzählen? Das Thema wird meine Viertklässler brennend interessieren.»

«Warum nicht? Ich halte öfter Vorträge in der Wattenmeerstation. Allerdings in der Regel vor Studenten. Melden Sie sich einfach in den nächsten Tagen mal.» Er greift in die Tasche seiner Weste, zieht eine Visitenkarte heraus und reicht sie ihr. «Da ist die Telefonnummer der Wattenmeerstation drauf. Dort können Sie mich erreichen. Und jetzt muss ich weitermachen.»

Der Wind kommt aus Ost, doch er ist nicht mehr so eisig wie in den letzten Wochen. Zur Seniorenresidenz fährt Rudi mit dem Rad. Allein schon wegen Sven, der ihm sonst garantiert wieder einen Vortrag darüber hält, dass jeder seinen Beitrag zum Umweltschutz und zur Schonung der Ressourcen leisten muss. Dabei macht Rudi das ohnehin, so gut er kann.

Am Tor wartet er auf Haueisen, er hat keine Lust, Denise über den Weg zu laufen. Während er wartet, zieht er sein Smartphone aus der Tasche und stöbert ein wenig auf Facebook. Ludwig Twenge, der eifrige Online-Reporter aus Neuharlingersiel, hat den Todesfall ordentlich ausgeschlachtet: *Tote Millionärin treibt im Teich – wie sicher ist die Seniorenresidenz?*

Endlich kommt sein Chef. Er parkt den Wagen auf dem Besucherparkplatz vor der Hecke. Nachdem das Eingangstor auf ihr Klingeln hin fast lautlos zur Seite geglitten ist, gehen sie über den gepflasterten Weg zum Bungalow der Beningas.

Ein hochgewachsener blonder Mann um die sechzig öffnet ihnen die Tür. Er trägt zur dunkelblauen Chino ein weißes Hemd, darüber einen ebenfalls dunkelblauen Pullover. Er stutzt beim Anblick von Rudis Uniform. «Polizei. Geht es um den Unfall von Isabell?» Er macht einen Schritt zurück. «Kommen Sie bitte herein. Mein Vater sitzt im Wohnzimmer. Gestatten: Wolfgang Beninga.»

Interessant, denkt Rudi. Der Sohn ist um einiges älter als die Stiefmutter.

Erich Beninga erhebt sich schwerfällig aus dem Sessel am gläsernen Couchtisch, als Rudi und Haueisen eintreten. «Meine Herren. Was gibt es noch?», fragt er kühl.

«Das Ergebnis der Obduktion liegt vor», sagt Haueisen. «Es gibt ein paar Punkte, über die wir miteinander sprechen müssen.»

Beninga zieht fragend eine Augenbraue hoch und lässt sich zurück in den Sessel fallen. Sein Sohn setzt sich auf die Couch, keiner von beiden bietet ihnen einen Platz an. Das scheint Haueisen nicht zu stören.

«Ihre Frau ist ertrunken. Sie erhielt zuvor allerdings einen Schlag gegen den Kopf – vermutlich mit einem der Steine, die am Teich liegen. Das war jedoch nicht todesursächlich.»

«Einen Schlag gegen den Kopf?», wiederholt Beninga.

Sein Sohn atmet vernehmlich ein, steht auf und tritt an die Fensterfront, die den Blick in einen kleinen, sichtgeschützten Garten freigibt. Es ist still im Raum, draußen zwitschern Vögel. Erich Beninga senkt den Kopf und räuspert sich schließlich. «Sie gehen davon aus, dass meine Frau getötet wurde?»

«So ist es», bestätigt Haueisen. «Die Person, die zugeschlagen hat, wollte auf Nummer sicher gehen und hat nach dem Schlag dafür gesorgt, dass Ihre Frau tatsächlich starb. Sie muss bewusstlos gewesen sein, als sie ins Wasser fiel.»

Wolfgang Beninga dreht sich um, tritt an den Sessel und legt dem alten Herrn die Hand auf die Schulter. «Vater.» Ihm fehlen offensichtlich die Worte.

Erich Beninga schiebt die Hand fort. «Lass das», sagt er mit schroffer Stimme.

Sein Sohn setzt sich wieder auf die Couch. Abermals tritt Ruhe ein, was Rudi erstaunlich findet. Nach bestimmt zwei Minuten Stille fragt Haueisen: «Mit wem hatte Ihre Frau Streit, Herr Beninga?»

«Streit. Was für ein banales Wort. Nichtssagend. Was ist schon dabei, sich zu streiten? Das macht man jeden Tag. Im Beruf, im Privatleben. Streit ist Würze, wenn er richtig ausgetragen wird.»

«Was in diesem Fall offensichtlich nicht so war», sagt Haueisen trocken. «Wen könnte Ihre Frau also dermaßen gegen sich aufgebracht haben, dass dieser Jemand so massiv die Hand gegen sie erhoben hat?»

Erich Beninga schließt für einen Moment die Augen.

Sein Sohn ergreift das Wort. «Ich kann mir nicht vorstellen, dass Isabell jemanden derart verärgert haben könnte, dass das in einem solchen Streit gipfelte. Zugegeben, sie ließ sich die Butter nicht vom Brot nehmen, stand für das ein, was sie wollte. Vor allem für das, was sie erreichen wollte. Da gab es für sie keine Grenzen. Auch wenn mein Vater sich inzwischen aus dem aktiven Geschäft unseres Unternehmens zurückgezogen hat, behielt sie ihren Posten als Head of Marketing. Bei ihr lief alles zusammen, was die Werbung und das Unternehmensbild nach außen betraf. Sie machte ihren Job einwandfrei. Selbstverständlich schafft man sich dabei nicht nur Freunde. Sie ließ in unserem Unternehmen einige Konkurrenten hinter sich.»

«Wie lange sind Sie verheiratet, Herr Beninga?», fragt Haueisen unvermittelt.

«Vier Jahre.»

«Mein Vater und Isabell haben fünf Monate nach dem Tod meiner Mutter geheiratet», ergänzt Wolfgang Beninga, und

Rudi meint herauszuhören, dass der Sohn mit dieser Eheschließung nicht einverstanden war.

«Das tut nichts zur Sache», wischt der Senior den Einwand seines Sohnes brüsk beiseite. «Richtig ist, dass Isabell einen hervorragenden Job gemacht hat. Da konnte so mancher aufgeblasene Kerl seinen Schwanz einziehen, wenn sie mit ihren Ideen und Strategien aufwartete. Allerdings muss ich meinem Sohn zustimmen, das war nichts Neues. Berufliche Zusammenkünfte finden außerdem überwiegend in Hamburg oder den entsprechenden Filialen vor Ort statt. Nie in unseren privaten Räumen.»

«Also könnte ein privater Streit eskaliert sein», sagt Haueisen.

«Was wollen Sie damit andeuten?» Beninga schaut Haueisen erbost an.

«Wenn Ihre Frau in Ostfriesland rein privat war, liegt der Gedanke doch nahe, dass es sich um einen Konflikt auf persönlicher Ebene handelt.»

Beninga senior entspannt sich ein wenig. «Sie haben mich falsch verstanden. Sie hat hier keine Geschäftspartner getroffen. Gearbeitet hat sie selbstverständlich von hier aus. Ich denke, auch Sie werden inzwischen mitbekommen haben, dass es Menschen gibt, die remote arbeiten.»

Remote? Das Wort hat Rudi noch nie gehört. Haueisen anscheinend auch nicht, denn er fragt: «Remote?»

Der alte Beninga grinst süffisant. «Ortsunabhängig. Von überall auf der Welt, solange der Rechner geschützt und die Internetverbindung sicher ist.»

«Ach so. Homeoffice.»

Beninga schüttelt den Kopf. «Nicht ganz so schlicht, aber so ungefähr.»

Diese Bemerkung wurmt Haueisen, prompt schlägt er einen härteren Ton an. «Also könnte sie doch einen Geschäftspartner hier getroffen haben.»

«Theoretisch ist das natürlich möglich, aber davon weiß ich nichts. Und ich denke, sie hätte mir davon erzählt.»

«Vielleicht wollte Isabell dich nur nicht beunruhigen», sagt Wolfgang Beninga und klingt versöhnlich.

«Unsinn. Wir haben über alle Entscheidungen gesprochen.» Er wirft seinem Sohn einen schneidenden Blick zu. «Glaub nicht, nur weil du mich aus der Geschäftsleitung gedrängt hast, habe ich keine Ahnung mehr, was läuft. Im Gegenteil. Durch Isabell bin ich die ganze Zeit mitten im Geschehen.»

Da liegt eindeutig Zündstoff in der Luft, findet Rudi.

«Meinst du, das habe ich nicht gemerkt?», faucht Wolfgang Beninga. «Meinst du, ich weiß nicht, warum du sie geheiratet hast? Aber nicht du, sondern sie hat dich benutzt.»

Schweigend messen sich die beiden Männer mit Blicken. Dann wendet Beninga senior sich Haueisen zu. Mit einem dünnen Lächeln auf den Lippen sagt er: «Sie sehen hier das beste Beispiel für einen ordentlich ausgeführten Streit. Das kommt auch in unserer Familie vor, doch immer ist einer von uns der Klügere und beendet den Streit ... durch Schweigen.»

Wolfgang Beninga steht schnaubend auf und tritt wieder ans Fenster. Sein Vater ignoriert das und redet unbeirrt weiter.

«Und um nur kurz auf meine Ehe einzugehen: Isabell war ein Jungbrunnen für mich. Ihre Lebendigkeit, ihre Intelligenz, ihr Humor, ihre Zärtlichkeit ... man musste sie einfach lieben.» Beninga dreht den Kopf zur Seite. «Da stimmst du mir sicher zu, Wolfgang?»

Der antwortet nicht, allerdings bemerkt Rudi, dass er die rechte Hand zur Faust ballt. Rudi könnte schwören, zwischen Vater und Sohn ist es auch schon wesentlich härter zur Sache gegangen.

«Wie auch immer», sagt Haueisen, «Tatsache ist, dass Ihre Frau mit jemandem eine tödliche Auseinandersetzung hatte. Falls Ihnen also noch etwas dazu einfällt, melden Sie sich bitte bei uns.» Er zieht seine Visitenkarte aus seiner Manteltasche und legt sie auf den Glastisch.

Rudi wundert sich. Soll das jetzt alles gewesen sein? Sie gehen schon zur Tür, als Haueisen sich an die Stirn fasst und so tut, als würde ihm noch etwas einfallen. «Ach ja, fast hätte ich vergessen, es zu erwähnen. Wussten Sie eigentlich, dass Ihre Frau schwanger war?»

Bei diesen Worten werden Vater wie Sohn kreidebleich.

Feierabend. Nach dem üppigen Mittagessen macht sich Henner auf den Weg zur Poststation, um sein E-Trike aufzuladen. Anschließend will er noch kurz bei Ludwig vorbeischauen, um ihm endlich den Bericht über das Boßelturnier gegen die Konkurrenten aus der Kreisliga vom letzten Wochenende reinzureichen. Normalerweise hätte er ihm den Bericht mit der Post in die Hand gedrückt, aber heute hatte er in der Reihe am Hafen überhaupt nichts zuzustellen. Keine Rechnung, keine Postkarte, nicht mal Werbung. Das kommt selten vor.

Er klingelt bei Twenges.

«Is offen», ruft Ludwig aus dem geöffneten Fenster, und Henner nimmt die Treppe ins obere Stockwerk mit großen Schritten. Sein Kumpel sitzt am Tisch und tippt auf seinem neuen Laptop herum.

«Moin. Hier ist der Spielbericht.» Henner reicht Ludwig den Umschlag.

«Bist spät dran damit.»

«Ist nicht meine Schuld. Tjark hat so getrödelt.»

«Der konnte eure Niederlage wohl nicht verknusen.»

«Hmm», brummt Henner und muss Ludwig insgeheim recht geben. Das Ergebnis hat Tjark wohl die Lust am Berichteschreiben verdorben. Aber man kann nicht jedes Mal gewinnen. So ist das im Leben.

«Dabei habt ihr letztes Jahr bei der Europameisterschaft hier in Neuharlingersiel doch ganz gut abgeschnitten.»

«Jo. War nur brechend voll, das hat gestört.» Henner erinnert sich nur ungern daran, wie sein Verein sich vor Tausenden von Zuschauern mit Boßel-Mannschaften aus Holland, England, Irland und Delegationen aus der Schweiz und Spanien auf höchstem Niveau messen musste. Er war froh, als der ganze Spuk vorbei war.

«Aber gräm dich nicht, man hat immer mal so Aufs und Abs. Das ist letztlich vollkommen unwichtig. Das Leben kann so kurz sein, da sollte man sich auf das Wesentliche konzentrieren.»

Henner schaut ihn irritiert an. «Wie bist du denn heute drauf?»

«Ich schreib gerade den Nachruf für Isabell Beninga. Ist gar nicht so einfach.» Nachdenklich sieht Ludwig Henner an. «Was soll man über so eine schreiben? Die hat ja nicht mal richtig hier gelebt. Und das, was alle denken, kann man auch nicht bringen.»

«Was denken denn alle?»

«Dass sie eine junge Frau war, die sich einen reichen alten Sack geangelt hat.»

«Das willst du schreiben?», fragt Henner entsetzt.

«Blödsinn. Über Tote darf man doch nur Gutes sagen. Ich hab da allerdings so meine Vorurteile. Wenn der Beninga nicht so viel Kohle hätte, wären die beiden garantiert nie vor den Traualtar getreten. Vierzig Jahre Altersunterschied machen achtzigjährige Milliardäre – oder von mir aus auch nur Millionäre – sexy und begehrenswert. Auf mich wirft keine Frau ein Auge, dabei bin ich erst Mitte sechzig.»

«Du bist auch nicht alleinstehend, sondern verheiratet.»

«Stimmt. Sogar glücklich verheiratet.» Ludwig blinzelt Henner zu. «Hier, hör mal, so weit bin ich bislang: ‹Isabell Beninga wurde in der Blüte ihrer Jahre aus dem Leben gerissen. Voller Energie hat sie in der Firma HörGut die Entwicklung neuartiger Hörgeräte vorangetrieben und so …›» Ludwig wiegt seinen Körper von einer Seite zur anderen. «Hier hakt es noch. Ich will irgendwie aufs Geld kommen. Die verdienen sich schließlich dumm und dusselig mit diesen Hörgeräten. Hast du eine Idee?»

Da muss Henner nicht lange überlegen. Bei solchen Mutmaßungen spielt er nicht mit. «Nee. Keine Ahnung. Ich muss dann auch wieder.» Im Gehen dreht er sich noch einmal um. «Du kannst ja was über die Beningaburg schreiben. Ohne Isabell Beninga würde es die Seniorenresidenz nicht geben, wenn man den Presseberichten glauben darf.»

«Ach was, das ist doch auch nur so eine Einrichtung, um Kohle ohne Ende zu scheffeln. Nä, sympathisch ist mir diese Bagage nicht.»

Als sie das Gelände der Seniorenresidenz verlassen, entriegelt Haueisen zwar das Auto, steigt aber nicht ein, sondern schiebt den Kiefer von links nach rechts. «Sieht nach einem harten Brocken aus, den wir da vor uns haben.» Er öffnet die Fahrertür. «Soll ich Sie mit nach Wittmund nehmen, oder fahren Sie mit dem Rad?»

«Fahren Sie ruhig vor», sagt Rudi. «Ich tausche das Rad zu Hause gegen das Auto und komme dann nach. Informieren Sie Schnepel noch?»

«Der wartet bereits in der Polizeiinspektion auf uns. Er nimmt sich den Obduktionsbericht vor, den die Neue uns gemailt hat. Was halten Sie eigentlich von der?»

Rudi zuckt mit den Schultern. «Ist ein ganz anderer Schnack als Emterbäumler. Aber sie wird ihr Fach sicher auch verstehen.»

«Wie die rumläuft. Schwarze Klamotten mit Nieten und grüne und blaue Strähnen in den schwarzen Haaren, man denkt nicht, dass das eine seriöse Rechtsmedizinerin ist.»

Rudi schmunzelt. «Sie sollten sich von Vorurteilen freimachen, Chef. Die Zeiten haben sich schon lange – und zum Glück – geändert. Das Leben wird bunter. Lassen wir es einfach zu.» Rudi ist über sich selbst erstaunt. Nie hätte er gedacht, dass er sich mal so äußern würde. Aber es stimmt ja. Und es ist gut, dass sich was verändert. Das müssen auch die einsehen, die immer an alten Mustern festhalten wollen.

«Nun gut, lassen wir das. Beeilen Sie sich lieber. Ich möchte nicht den ganzen Samstag im Büro verbringen.»

«Mach ich, Chef.» Schwungvoll steigt Rudi auf sein Rad.

Als Rudi die Polizeiinspektion in Wittmund betritt, meldet eine junge Frau gerade den Diebstahl ihres Portemonnaies. «Aus meiner Handtasche hat man es mir geklaut», sagt sie aufgebracht. «Mitten im Supermarkt.»

Selbst schuld, denkt Rudi, der beim Anblick von offenen Handtaschen im Einkaufswagen schon öfter dachte, dass das eine ganz klare Einladung für Taschendiebe ist.

Haueisen und Schnepel sitzen am Besprechungstisch, als Rudi hereinkommt, und nicken ihm zu.

«Wie gesagt, die Verletzung am Kopf hat zwar zu einem schweren Schädel-Hirn-Trauma geführt, war aber nicht so gravierend, dass sie allein zum Tod geführt hätte», erläutert Schnepel, während Rudi Platz nimmt. «Sie lag über der Hutkrempenlinie, was aber auch nicht verwunderlich ist, schließlich holt man mit einem Stein ja aus. Wie die Rechtsmedizinerin schon am Telefon gesagt hat, ist Isabell Beninga nach dem Schlag bewusstlos ins Wasser gestoßen worden und dann ertrunken. Es fehlt die typische Bildung von Schaumpilzen. In ihrer Lunge befand sich nur Wasser.» Schnepel wirft einen Blick auf den ausgedruckten Bericht. «Ach ja, die Schwangerschaft war übrigens ganz frisch. Durchaus möglich, dass die Tote selbst noch nichts davon wusste, schreibt die Buschkowski.»

«Beide Beningas waren mehr als überrascht, als Sie das erwähnten.» Rudi sieht Haueisen an. «Der Sohn wirkte sogar regelrecht entsetzt. Ich frage mich, warum.»

Schnepel grinst süffisant. «Na, das liegt ja wohl auf der Hand. Der hat wahrscheinlich gedacht, sein Vater kriegt keinen mehr hoch und da läuft nur noch Blümchensex oder die Handmaschine. Dass der doch noch in der Lage war, für ein Geschwisterchen zu sorgen, kommt verständlicherweise nicht gut an. Da hätte er das Erbe ja durch eine Person mehr teilen müssen.»

«Diese Gefahr besteht ja nun nicht mehr», meint Haueisen. «Ich denke allerdings über einen Satz nach, denn der Senior zu seinem Sohn gesagt hat. Dass der doch auch der Meinung sein müsse, dass man Isabell Beninga lieben müsse. Er spielte auf deren Zärtlichkeit an.»

«Das ist mir auch aufgefallen», stimmt Rudi zu. «Wolfgang Beninga hat dabei seine Hand zur Faust geballt. Vielleicht hatte die Beninga vor ihrer Ehe mit dem Alten ein Verhältnis mit dem Sohn.»

«Ist der eigentlich verheiratet?», überlegt Haueisen laut.

«Ich glaube schon, an seiner Hand steckt zumindest ein Ehering.»

«Eins ist zumindest glasklar», behauptet Schnepel. «Isabell hat sich nach dem Tod der ersten Frau Beninga den Alten gekrallt. Kennt man doch. Ehrgeizige Frauen, die sich hochschlafen.»

«Oder aber Erich Beninga hat seinem Sohn die Geliebte ausgespannt, um ihm zu beweisen, wie vital, attraktiv und mächtig er noch ist», meint Haueisen. «Immerhin war in unserem Gespräch klar erkennbar, dass er seinen Posten als Oberhaupt des Unternehmens nicht gerade bereitwillig aufgegeben hat. Die Spannung zwischen den beiden Männern war deutlich zu spüren.»

«Nee, das glaube ich nicht», hält Schnepel dagegen. «Wahrscheinlich hat Isabell Beninga sich zu Lebzeiten der ersten Ehefrau nicht an den Senior rangetraut, dann aber ihre Chance genutzt. Männer, die so lange mit einer Frau verheiratet waren, fühlen sich nach deren Tod einsam, können es kaum verkraften, dass sie plötzlich allein sind. Sie hat ihn umgarnt, betüdelt, die bekannte Masche abgezogen. Und sich dann von ihm schwängern lassen, damit sie auf jeden Fall an seine Kohle rankommt. Bei einem Mann in dem Alter ist ja absehbar, dass der die Volljährigkeit seines Nachzüglers nicht mehr erlebt. Dann hätte sie auf jeden Fall für etliche Jahre die Verwaltung des Vermögens übernommen. Muss 'ne Menge sein, bei dem Imperium, das der sich mit den Hörgeräten aufgebaut hat.»

«Die waren schon vier Jahre verheiratet», gibt Rudi zu bedenken. «Da hätte sie doch schon längst ein Kind haben können, wenn sie es so drauf angelegt hätte.»

«Na, die Allerjüngste war die ja auch nicht mehr. Schon mal gehört, dass das nicht immer gleich auf Anhieb klappt?», widerspricht Schnepel. «Aber sie könnte natürlich auch eine Affäre gehabt haben. In Hamburg konnte sie ja wohl machen, was sie wollte, wenn ich die Bemerkungen von der alten Schachtel am Teich richtig verstanden hab.» Er grient breit. «Vielleicht war der andere Typ verheiratet, seine Frau ist dahintergekommen und hat die Beninga hier aufgesucht, um ihr zu sagen, dass sie die Finger von ihrem Mann lassen soll.»

«Wir sollten uns die Aufnahmen der Überwachungskameras anschauen», geht Haueisen auf Schnepels Idee ein. «Es wird auf dem Gelände sicher einige geben. Bakker, das übernehmen Sie. Am besten im Beisein von jemandem, der alle Bewohner und auch das Personal kennt. Jeder Fremde wird hier auffallen.»

«In Ordnung. Am Montag?», fragt Rudi in der schwachen Hoffnung, das Wochenende mit Sven noch genießen zu können.

«Unsinn. Sie fangen gleich damit an.»

Ganz in Gedanken versunken radelt Henner die Auffahrt zum Steffens-Hof hoch. Hühni springt in die Blumenrabatte und gackert lautstark, als wolle es protestieren. Hofhund

Butscher hebt träge den Kopf, aber zu einem Bellen kann er sich nicht aufraffen, er hat Henner längst erkannt. Wie gewohnt sitzt sein Vater auf der Bank vorm Haus und schmökt eine Selbstgedrehte. Ihn bringt so leicht nichts aus der Ruhe.

Erleichtert stellt Henner das Trike am Carport ab und ist froh, es noch pünktlich zum Mittagessen geschafft zu haben. «Moin, Vaddern.»

«Moin.» Vaddern wirft den Zigarettenstummel in die Blechdose am Fuß der Bank und steht auf. «Lass uns reingehen. Muddern hat schon vor fünf Minuten zum Essen gerufen.»

Beim Betreten der Diele schnuppert Henner. Das riecht nach Bohnen und Speck, wenn er sich nicht täuscht. Der große Tisch der Bauernküche ist für vier gedeckt. Muddern trägt gerade die Terrine zum Tisch. Henner wirft einen Blick hinein. Insett Bohnen. Sofort läuft ihm das Wasser im Mund zusammen.

«Bist spät dran.» Muddern knufft ihn in die Seite.

«Bin aufgehalten worden. Auf der Beningaburg.»

«Denise?» Clara grinst ihn an. Sie ist die Drittälteste der Geschwister. Das kann man sich gut merken, seine Eltern haben ihren neun Kindern Namen in alphabetischer Reihenfolge verpasst: von Adelheid bis Ina. «Die hat ja im Moment noch mehr Redebedarf als sonst. Mich hat sie heute Morgen auch zugetextet, als ich zum Bungalow der Beningas wollte. Weil sie doch gestern die Tote im Teich gefunden haben. Nachdem ich sie abgewimmelt hab, meinte der alte Beninga, er wolle heute keine Putzfrau um sich haben. Und nächste Woche auch nicht. Er brauche erst mal seine Ruhe. Da konnte ich die anderen Aufgaben vorziehen, und deshalb sitze ich jetzt hier. Ist eine prima Alternative.»

Clara arbeitet als Vorarbeiterin für die Gebäudereinigungsfirma «Alles Sauber!» und kümmert sich mit ihrem Team auch um die Seniorenresidenz.

«Der Alte hat schon recht», fährt sie fort. «Man muss nicht auch am Samstag jedes Staubkörnchen entfernen. Ein- bis zweimal die Woche gründlich durchwischen reicht vollkommen.»

«War seine Frau denn so pingelig?», fragt Henner, schaufelt sich eine ordentliche Portion der mit Kartoffeln vermanschten Schnippelbohnen auf den Teller und schiebt die Schüssel weiter zu Clara.

«Und ob. Jeden Tag musste gesaugt und gewischt werden, die Beninga war eine Hundertprozentige. Sie wollte alles unter Kontrolle haben.» Clara nimmt sich eine geräucherte Mettwurst. «Die hatte auch den alten Beninga fest im Griff und in der Firma wohl auch das Sagen. Ich hab die häufiger mal laut werden hören, wenn die in dem kleinen Büro des Bungalows telefoniert hat. Die hatte einen Ton am Leib, von der möchte man nicht gern zusammengestaucht werden.» Clara schneidet sich ein Stück von der Mettwurst ab und blickt Henner an. «Bei der Beningaburg hat sie die Organisation allerdings komplett dem Geschäftsführer überlassen und die Pflegedienstleitung Denise. So richtig schien sie das alles nicht zu interessieren, obwohl sie und ihr Mann die Investoren sind. Aber man muss natürlich auch Ahnung von der Leitung einer solchen Einrichtung haben. Und die hatte sie nicht. Sie war mehr in Hamburg als hier.» Clara schiebt sich das Wurststück in den Mund. «Kann ich verstehen. Wer möchte mit Mitte vierzig schon in einem Altenheim versauern? Da kann es noch so schick sein.»

«Genau deshalb wundere ich mich ja, dass Denise dort wohnt», sagt Muddern.

«Die arbeitet da nur», verbessert Clara sie.

«Vielleicht sollten wir sie nächste Woche Sonntag zum Essen einladen. Rudi und Sven kommen auch», übergeht Muddern den Einwand.

Vaddern zieht die Augenbrauen hoch, isst aber schweigend weiter.

«Die wohnt in der Nordseestraße», sagt Henner und pikt ein Wurststück auf die Gabel. Schließlich hat er ihr letzte Woche drei Briefe in die Ferienwohnung hinter dem Fahrradladen gebracht.

«Ist doch egal. Einladen können wir sie trotzdem.»

«Wieso das denn?», fragt Henner mit vollem Mund.

«Sie ist Svens Mutter. Damit gehört sie zur Familie.»

Plötzlich ist es mucksmäuschenstill am Tisch, niemand sagt etwas, nur das Besteck klappert.

«Das hat sie sich verspielt», sagt Henner schließlich. «Sie gehört schon lange nicht mehr zur Familie, auch wenn sie Svens Mutter ist.»

«Genau.» Vaddern sieht seine Frau mit einem verständnislosen Blick an. «Hast du vergessen, wie sie Rudi damals mit Sven einfach sitzen gelassen hat?»

«Nein, natürlich habe ich das nicht vergessen. Aber man muss nach vorne schauen. Schließlich ist sie jetzt hier, da sollte man ihr die Hand zur Versöhnung reichen. Versöhnung ist ganz wichtig. Da hab ich neulich gerade einen Bericht im Radio zu gehört.»

«Das müssen Sie in unserem Technikraum machen.» Residenzleiter Buttkamp ist nicht gerade angetan von Rudis Wunsch, sich die gespeicherten Aufnahmen der Kameras von Freitag anzuschauen. «Obwohl ich nicht weiß, was das bringen soll.»

Sie stehen in der großzügigen Empfangshalle vor der Rezeption, hinter der eine junge Frau in weißer Bluse und dunkelblauer Strickjacke sitzt. Ein üppiger Tulpenstrauß in bunten Farben ziert den Tresen. Die Ritterrüstung in der Ecke scheint sie zu beobachten.

«Notieren Sie sich die Namen von jedem einzelnen Besucher?», beharrt Rudi und fragt sich gleichzeitig, ob auch im Helm des Ritters eine Kamera versteckt ist.

«Wo denken Sie hin», weist Buttkamp diese Frage empört zurück. «Wir sind eine exklusive Wohnanlage mit sämtlichem Service, den man sich wünschen kann. Kein Gefängnis.»

«Gut. Dann werden Sie verstehen, dass ich die Aufnahmen überprüfen muss.»

«Natürlich, ich werde unserem Hausmeister, Herrn Tönjes, Bescheid sagen, dass er Ihnen alles erklärt.»

«Ich benötige jemanden, der die Aufzeichnungen mit mir zusammen ansieht», sagt Rudi. «Ich kenne ja weder das Personal noch die Bewohner. Falls also Fremde hier waren, brauche ich Unterstützung, um das herauszufinden. Ach ja, und den Dienstplan des Personals benötige ich auch.»

«Warum das denn?»

«Darum.» Rudi ist es leid, dass jede seiner Bitten abgelehnt oder hinterfragt wird. Er macht den ganzen Kram hier ja nicht zum Spaß und würde auch lieber zu Hause sein. Ist schließlich Samstag.

«Na gut. Wenn's denn sein muss. Leider hat Frau Bakker, unsere Pflegedienstleitung, heute Nachmittag frei, und der Hausmeister muss dringende Arbeiten erledigen, die Elektrik in der Küche spinnt. Ich werde mal sehen, wen ich sonst abstellen kann.»

Wenig später kommt Buttkamp mit Fräulein Klostermann zurück.

«Bevor Sie sich jetzt wundern, Herr …?» Fragend sieht Buttkamp ihn an.

«Bakker.»

Buttkamp stutzt kurz, als Rudi seinen Namen sagt. Anscheinend weiß er nicht, dass Denise in Neuharlingersiel schon mal verheiratet war. Im Unterschied zu seiner ehemaligen Klassenlehrerin, die breit grinst.

«Fräulein Klostermann kennt jeden hier. Ich kann im Augenblick niemanden aus der Pflege abziehen, Frau Onken muss vorn am Empfang bleiben, und ich selbst habe auch keine Zeit, mir stundenlang Videomaterial anzuschauen. In den Technikraum kommt man durch die Verbindungstür vom Büro der Pflegedienstleitung aus. Ich gehe mal grad vor. Herr Tönjes kommt gleich und zeigt Ihnen, wie Sie die Bänder von Freitag anschauen sowie vor- und zurückspulen können, dann müssen Sie alleine klarkommen.»

Fräulein Klostermann fasst Rudi am Ellenbogen. «Keine Angst, Rudi. Das kriegen wir zusammen schon hin.»

Auf dem Rückweg ist Rosa ins Schwitzen gekommen. Die Sonne hat schon ordentlich Kraft, und der Gegenwind hat sie ganz schön gefordert. Aber nun radelt sie mit Blick auf die Häuser hinter dem Deich auf den Hafen zu. Schon taucht am Ende das Café Störmhuus mit dem markanten Turm auf. Europäischer Kolonialstil in Neuharlingersiel, da muss man erst mal drauf kommen. Ein Amerikaner hat es Anfang des letzten Jahrhunderts gebaut. Besonders die mit Glas umrandete Dachterrasse hat es Rosa angetan. Auch bei Wind kann man dort oben herrlich sitzen und den Blick schweifen lassen. Was im Moment etliche Gäste tun. Zwei kommen ihr sehr bekannt vor. Zugegeben, eigentlich nur einer: Sven. Die Frau ihm gegenüber ist seine Mutter. Die beiden scheinen sich mittlerweile gut zu verstehen, so einträchtig, wie sie da oben zusammensitzen. Neben ihnen ist ein Tisch frei. Rosa muss nicht lange überlegen. Eigentlich wäre jetzt genau die richtige Zeit für ein Stück Kuchen. Die Rumflockentorte im Störmhuus ist einsame Spitze.

Sie stellt ihr Fahrrad ab und erklimmt die Treppen. Auf der Terrasse steuert Rosa zielstrebig den freien Tisch neben Sven und seiner Mutter an. Die beiden unterhalten sich lebhaft. Rosa schnappt die Worte «Klappmechanismus» und «Start-up» auf. Vermutlich erzählt Sven von dem Umweltprojekt, an dem er in Emden mitarbeitet, ein Verfahren, um Plastik aus der Ems zu fischen, bevor das Zeug mit der Strömung in die Nordsee gelangt.

«Moin», grüßt Rosa.

Sven steht auf und drückt sie mit einem strahlenden Lächeln an sich. «Setz dich doch zu uns, ich hol einen Stuhl.»

«Gerne.» Rosa reicht Denise die Hand. «Ich möchte aber nicht stören.»

«Ach was, du störst doch nicht.» Fast kommt es Rosa so vor, als wäre Sven erleichtert, nicht länger alleine mit seiner Mutter am Tisch sitzen zu müssen. «Rosa wohnt über Henner. Manchmal darf sie am Sonntagabend sogar mit Papa und ihm Tatort gucken», erklärt er grinsend.

Fragend sieht Denise Rosa an. Vermutlich kennt sie das Ritual der beiden Männer gar nicht, so wenig Kontakt, wie sie zu Rudi hat.

«Wie gefällt dir denn Neuharlingersiel nach all den Jahren? Ich darf doch du sagen?», versucht Rosa ein Gespräch in Gang zu bringen.

«Natürlich. Du scheinst ja quasi zur Großfamilie Steffens zu gehören», sagt Denise und wirkt im Unterschied zu Sven wenig begeistert, Zuwachs am Tisch bekommen zu haben. «Es hat sich ja hier doch einiges verändert. Früher gab es das BadeWerk noch nicht, und der neu gestaltete Bereich mit dem begehbaren Teich hat etwas richtig Mondänes.»

In diesem Moment stellt die Bedienung ein großes Stück Rumflockentorte vor Denise ab, zusammen mit einem Milchkaffee, während Sven einen Espresso bekommt.

«So ein Stück hätte ich auch gerne», sagt Rosa zu der Bedienung. «Und ein Kännchen Ostfriesentee.»

Sven lässt Zucker in die kleine Tasse rieseln und rührt um, während Denise beherzt mit der Kuchengabel in die Torte sticht und sich einen Happen in den Mund schiebt. «Köstlich», sagt sie und rollt dabei mit den Augen. «Willst du mal probieren?» Sie teilt erneut ein Stückchen ab und hält es Sven hin. Der schüttelt den Kopf. «Nein, danke. Ich muss jetzt los.» Er kippt den Espresso runter, steht auf und zwinkert Rosa zu. «Mein Bus geht gleich.» Schon klopft er auf den Tisch und ist im nächsten Moment weg. Rosa muss innerlich grinsen. Da hat Sven sie schamlos als Lückenbüßer genutzt, dieser Schlawiner.

«Ich wohne ja auch erst ein paar Jahre hier, aber selbst in dieser Zeit hat sich schon enorm viel verändert», nimmt Rosa den Faden wieder auf. «Nicht nur die Fischerhäuschen am Kurpark-See, auch der Anbau der Fischereigenossenschaft hat das Bild verändert. Vor allem aber natürlich die Beningaburg.»

«Ja, die ist wirklich ein Highlight im Bereich des betreuten Wohnens. Nach so einer exklusiven Ausstattung muss man lange suchen. Da kann die Einrichtung, in der ich vorher gearbeitet habe, nicht mithalten. Aber nach diesem unglücklichen Unfall muss man natürlich schauen, wie es weitergeht.»

Denise löffelt ein wenig Milchschaum, und Rosa ist stolz darauf, wie gut sie den Themenwechsel hingekriegt hat.

«Was für ein Unfall denn?», stellt Rosa sich ahnungslos.

«Weißt du es noch gar nicht? Gestern wurde Isabell Beninga tot im Teich gefunden.»

Rosa setzt einen betroffenen Gesichtsausdruck auf. «Um Gottes willen.»

«Rudi und seine Leute ermitteln sogar. In ein paar Tagen ist hoffentlich alles erledigt. Wir müssen die Daumen drücken, dass das kein negatives Licht auf die Residenz wirft. Wahrscheinlich muss der Teich eingezäunt werden, damit keiner mehr so einfach reinfallen kann.»

«Die Beningas sind die Eigentümer, oder hab ich das falsch in Erinnerung?», fragt Rosa und bedankt sich bei der Bedienung, die das Tablett mit Tee, Kluntjes, Sahne und das Stück Torte bringt.

«Nein, das stimmt. Sie bewohnen selbst einen Bungalow auf dem Gelände. Der ist viel größer als die anderen. Isabell wollte es ihrem Mann eben so komfortabel wie möglich machen, wenn sie in Hamburg arbeitet und er hierbleibt.»

«Ist das denn die richtige Umgebung für die Beningas? Ein Seniorenheim? Sie war doch noch jung.» Rosa gibt einen Kluntje in die Tasse und gießt den Tee darüber. Der Zucker knackt.

«Für sie nicht. Für ihn schon. Er ist ja über achtzig. Und da der Bungalow mit allem Schickimicki ausgestattet ist und etwas abseits von den anderen Gebäuden liegt, merkt man eigentlich nicht, dass man so viele Alte direkt neben sich hat. Ich persönlich denke ja, das hat sie geschickt gemacht, um ihren Mann abzuschieben, aber Jochen sagt, die Beninga wollte ihren Mann nur gut versorgt wissen, wenn sie unterwegs ist. Und sie ist sehr viel unterwegs.»

«Jochen?»

«Jochen Buttkamp. Der Geschäftsführer unserer Einrichtung. Mein neuer Lebenspartner.» Denise nimmt einen großen Happs Torte, lässt ihn genussvoll im Mund zergehen und grinst Rosa an. «Er ist der Grund, weswegen ich nach Neuharlingersiel zurückgekehrt bin. Aber das weiß Sven noch nicht. Ich wollte erst mal zusehen, dass ich unser Verhältnis wieder auf eine gute Basis bringe.»

Bereits seit anderthalb Stunden schauen sich Rudi und Fräulein Klostermann die Aufnahmen auf dem Computer an. Seiner ehemaligen Lehrerin macht das offensichtlich einen Heidenspaß. Zu fast jeder aufgenommenen Person hat sie eine kleine Geschichte parat. Rudi raucht mittlerweile der Kopf von all den Informationen. Allerdings ist keine dabei, die ihm in der Sache weiterhilft. Inzwischen beherrscht er den Vor- und Rücklauf aus dem Effeff. Nacheinander gehen sie die Daten aller Kameras durch. Am wichtigsten ist natürlich das Filmmaterial aus dem Eingangsbereich. Die ersten beiden Stunden sind langweilig, aber ab neun Uhr kommt Leben in die Bude. Rudi erkennt Clara und das Team von «Alles sauber!», ein Klempner kommt, dann Denise, ein DHL-Wagen hält, der Fahrer bringt vier Pakete, diverse Bewohner gehen hin oder her, auch Denise ist etliche Male zu sehen. Bei einem Mann im Anzug mit Aktentasche stoppt Rudi das Band. «Kennen Sie den?»

Fräulein Klostermann schaut Rudi verblüfft an. «Na klar. Ich wundere mich, dass du den nicht kennst. Das ist Rechtsanwalt Wittenfels aus Wittmund. Der ist doch öfter mal in der Zeitung, weil der auch etwas spektakulärere Fälle übernimmt.»

Ach so. Der. Mit dem hat Rudi aber persönlich und beruflich nie zu tun gehabt. «Wissen Sie zufällig, zu wem er wollte?»

«Nein. Leider nicht. Aber vielleicht entdecken wir ihn noch auf einer der anderen Kameras?» Fräulein Klostermann wirkt richtig aufgeregt, als hätte sie Blut geleckt bei dieser Puzzlearbeit. Und tatsächlich zeigt eins der anderen Bänder Wittenfels auf dem Weg zum Bungalow der Beningas.

«Bingo», entfährt es Rudi. Schnell notiert er sich die genaue Uhrzeit. Kurz darauf sind Wittenfels und Isabell Beninga gemeinsam zu sehen.

Rudi flucht leise, als die beiden aus dem Sichtfeld der Kamera verschwinden. Auch auf keiner anderen Aufnahme tauchen sie gemeinsam auf, später sieht man Wittenfels allein auf dem Hauptweg das Gelände verlassen. Rudi stoppt die Aufnahme und notiert sich ebenfalls, zu welcher Zeit der Anwalt gegangen ist. Sie passt in das Zeitfenster, das die Rechtsmedizinerin als mögliche Todeszeit angegeben hat.

«Nun noch den Rest», sagt Fräulein Klostermann mit Blick auf die Statusleiste auf dem Bildschirm, und Rudi startet die Wiedergabe. Der Hauptweg ist zu sehen. Die Abzweigung zum Teich. Frau Kleinmeier mit Handtasche, Denise kommt ihr entgegen. Auch hier notiert Rudi die Uhrzeit. Die beiden grüßen sich knapp, und Denise geht eilig weiter. Rudi spult vor. Wenig später rennt Fräulein Klostermann auf dem Hauptweg Richtung Teich.

«Das war, weil ich den Schrei gehört hab», erklärt sie. «Ich bin noch ganz schön flott, was meinst du, Rudi?»

Noch während sie spricht, sieht Rudi auf dem Bildschirm, wie Denise Fräulein Klostermann überholt. Erneut notiert er die Uhrzeit.

Rosas gute Laune ist im Gespräch mit Denise irgendwie flöten gegangen. Als sie nun die Wohnungstür aufschließt, dreht ihr Beo laut kreischend eine Runde durch den Flur. Mist. Sie hat heute Morgen vergessen, ihn einzusperren. Schon im nächsten Augenblick landet er auf ihrer Schulter. Sie hält ihm die Hand hin, und er klettert auf ihren Zeigefinger. Mit einem unzufriedenen Gefühl geht sie in die Küche, setzt Pepe auf eine Stuhllehne, nimmt ein Stück Apfel für ihn aus dem Kühlschrank und schenkt sich selbst ein Glas Ingwerwasser ein. Was macht sie nur falsch im Leben? Warum findet sie keinen Mann? Denise hat doch auch einen neuen Lebensgefährten. «Immerhin habe ich dich, mein Süßer.» Rosa streicht Pepe über das Gefieder.

«Halt die Klappe», kreischt der und setzt zum Rundflug durch die Küche an. Obwohl das sein Standardspruch ist, kommt es Rosa vor, als wolle ihr Beo noch Salz in ihre Wunde streuen. Sie hätte sich eine Katze zulegen sollen. Oder einen Hund. Und nicht so ein freches Vieh wie Pepe. Für einen Moment fühlt Rosa sich wie gerädert, dann verscheucht sie diese Gedanken. Sie ist gesund, hat zwei gute Kumpels, gehört mittlerweile quasi zur Steffens-Familie und ist Mitglied im Häkelbüdel-Club – der sich im Übrigen gleich bei Tante Hildegard trifft, wie ihr siedend heiß einfällt. Mit einigen Lockrufen und einem weiteren Apfelschnitz schafft sie es, Pepe in den Käfig zu sperren, kämmt sich schnell die Haare und legt ein wenig Lippenstift auf. Nichts vertreibt trübe Gedanken besser als ein Klönschnack mit den Mädels vom Häkelbüdel-Club.

Der Weg ist nicht weit, Tante Hildegard wohnt direkt hinter dem Deich. Unterwegs trifft sie Sigrid, die Frau des eifrigen Onlinereporters Ludwig Twenge.

«Hallo, Rosa, na, da bin ich ja gespannt, ob Hildegard nun besser hört.» Sigrid balanciert eine Kuchenplatte mit Käsepickern. «Die hab ich heute Mittag schon gemacht, ich hab ja bis vor einer halben Stunde noch im Andenkenladen gestanden.» Der gehört Henners ältester Schwester Adelheid, Sigrid arbeitet dort als Verkäuferin. Nicht nur wegen des Geldes, sondern auch, damit sie nicht den ganzen Tag mit Ludwig zusammen sein muss, der ziemlich anstrengend ist, seit er als Frühpensionär zu Hause sitzt. «War ja 'ne schräge Nachricht von Hildegard auf WhatsApp: ‹Ohren auf! Heute bei mir. Wer will, bringt was zu essen mit, Sekt hab ich genug.› Weißt du, was das zu bedeuten hat?»

Sie klingeln, und Gisela öffnet die Haustür.

«Kommt rein, die anderen sind schon da.»

Auf dem Sofa im Wohnzimmer sitzen Gudrun und Clara, Adelheid schenkt Sekt in langstielige Gläser mit Goldrand ein, Tante Hildegard trägt ein Silbertablett mit Schnittlauchschnittchen und einen Teller mit Matjeshappen auf Pumpernickel und geräucherten Sprotten herein.

«Die Matjeshappen sind ganz frisch von der Fischereigenossenschaft», sagt sie.

Sigrid und Rosa setzen sich und alle prosten sich zu. «Auf dein neues Hörgerät», rufen sie mehr oder weniger gleichzeitig.

«Danke. Und ihr müsst nicht so schreien. Ich verstehe euch gut. Aber das ist nicht *mein* neues Hörgerät. Das trage ich nur zur Probe.» Hildegard greift zu ihrem Smartphone, das auf dem Tisch liegt, und öffnet eine App. «Hier, guckt mal. Damit kann ich die Hörgeräte steuern», sagt sie stolz.

Rosa schmunzelt. Nur wegen der neu eingerichteten Häkelbüdel-Club-WhatsApp-Gruppe hat Tante Hildegard das «Ding» überhaupt akzeptiert. Ihr altes Klapphandy ist ihr allerdings viel vertrauter, und nur das nimmt sie mit, wenn sie das Haus verlässt.

«Hörst du denn jetzt besser?», flüstert Gisela, die rechts neben Hildegard sitzt.

«Kannst noch leiser flüstern, ich hab eben schon die Lautstärke höher gestellt. Kann man alles mit der App regeln.»

«Der Sekt schmeckt lecker», wispert Gisela, und Hildegard wiederholt die Worte.

«Das muss man HörGut lassen. Die haben da was Dolles entwickelt. Guckt mal, wie klein das ist.» Tante Hildegard pult das winzige Hörgerät aus dem Innenohr. «Funktioniert alles mit Bluetooth. Und ohne Batterie. Wird mit einem Kabel aufgeladen. Genau wie das Smartphone.»

Staunend hören die anderen zu, als Tante Hildegard ihnen von weiteren Funktionen des Geräts vorschwärmt. «Sogar telefonieren kann ich damit.»

«Wie das denn?», wundert sich Sigrid. «Der Knopf im Ohr kann doch nicht reden.»

«Nee, aber der leitet das Gespräch ins Ohr, wenn das richtig eingestellt ist. Das muss ich aber noch üben. Vorhin hat es bei mir im Ohr geklingelt. Da hab ich mich richtig erschrocken und das erst einmal wieder ausgestellt.»

Rosa kann sich ein Lachen nicht verkneifen. «Das ist ja wirklich eine beeindruckende Technik. Wenn man sich vorstellt, dass alles einmal mit einem Hörrohr angefangen hat. Kaum zu glauben.»

«Wohl wahr», stimmt Clara ihr zu. «Da ist es auch kein Wunder, dass sich die Beningas mit diesen Geräten eine goldene Nase verdienen. Das ist ein Riesenmarkt. Vor allem, weil die Leute immer älter werden.»

«Die Krankenkasse übernimmt einen großen Teil der Kosten», weiß Adelheid. «Aber jedes Extra kostet. Und das lassen die sich gut bezahlen. Genau wie die Unterkünfte in der Seniorenresidenz.» Adelheid zwinkert. «Und der Geschäftsführer nennt sich Residenzberater.»

«Das ist ja mal ein beeindruckender Titel.» Gudrun hält Adelheid auffordernd das Glas zum Nachschenken hin. Die füllt auch gleich die anderen Gläser nach.

«Kennt ihr den eigentlich?» Rosa angelt sich eine Sprotte vom Teller und dreht der den Kopf ab.

«Nein. Woher denn auch?», fragt Sigrid. «Die Residenz kommt für uns nicht infrage. So alt sind wir schließlich noch nicht. Und Ludwigs Rente reicht dafür nicht.»

«Na, dieser Residenzberater ist doch der neue Lebensgefährte von Denise.»

«Nee, Denise und der Buttkamp ... Das glaub ich nicht.» Gisela beißt ins Schnittchen, und ein paar Stückchen Schnittlauch rieseln in ihre geöffnete Handfläche. «Der soll doch was mit der Beninga gehabt haben. Das hab ich erst letzte

Woche aufgeschnappt, als wir nach dem Chor noch im Dattein waren. Die beiden sollen es hinter dem Rücken vom alten Beninga getrieben haben.»

«Ich weiß es aus erster Hand. Denise hat es mir heute Nachmittag im Störmhuus selbst erzählt.»

«Is ja ein Ding», meint Clara grienend und nippt an ihrem Glas. «Ich hab Denise in letzter Zeit in der Tat auch außerhalb ihres Dienstes öfter auf dem Gelände der Beningaburg gesehen. Meist mit dem Buttkamp. Also, nicht so, dass man da was hätte denken können, aber jetzt, wo ich's weiß, passt es zusammen. Auch mit der Beninga hat Denise in letzter Zeit häufig geredet. Keine Ahnung worüber, aber das schienen ernstere Gespräche zu sein.»

«Solltest dir mal solche Dinger anschaffen», feixt Tante Hildegard. «Damit kannst du astrein alle Geräusche der Umgebung hören. Ich verstehe jedes Wort. Sogar wenn ihr durcheinanderredet oder die Gläser klirren.» Sie grinst wie ein Honigkuchenpferd. «Ich hätte das mit dem Hörgerät schon viel früher in Angriff nehmen sollen.»

«Wie wahr», ruft Clara und rollt dabei mit den Augen. «In der Apothekerzeitung stand jetzt ein Artikel darüber, dass schlechtes Hören die Demenz fördert.»

Empört stellt Tante Hildegard ihr Glas ab. «Was willst du denn damit sagen? Meinst du, ich bin nicht mehr ganz klar im Oberstübchen?»

«Nein, im Gegenteil! Aber das mit der schleichenden Demenz sollte man nicht auf die leichte Schulter nehmen, sondern wirklich mal zum Ohrenarzt gehen. So stand das in dem Artikel.»

SONNTAG

Der Sonntag ist wieder rasend schnell vergangen. Erst hat Henner länger als gewohnt im Bett seinen Tee getrunken und die Sonntagszeitung gelesen, dann hat er sich an den Hausputz gemacht. Jetzt im Frühling, wenn die Sonne durch die Fenster scheint, springen sogar ihm die Staubflusen in den Ecken und die Spinnweben zwischen den Stuhlbeinen ins Auge. Und das Badezimmer war auch mal wieder dran.

Aber nach einem Abstecher bei Muddern zum Mittagessen – es gab Rinderrouladen mit grünen Bohnen und Klößen – und einem ausgiebigen Verdauungsspaziergang am Strand wird es nun langsam Zeit, sich für den Tatortabend vorzubereiten und sich um die Bratkartoffeln zu kümmern. Dafür hat er gestern schon Pellkartoffeln gekocht, das hat er von Muddern. Keine Ahnung, warum, aber wie fast immer hat Muddern recht.

Es klingelt dreimal an der Tür. «Hereinspaziert», ruft Henner. Das geheime Klingelzeichen ist inzwischen nicht mehr geheim, denkt er, als er die klackernden Schritte im Flur hört, und wundert sich nicht wirklich, als Rosa mit einer Flasche Wein in der Hand in die Küche kommt.

«Hallo, Henner.» Sie lächelt ihn an, und irgendwie freut er sich, sie zu sehen. «Ich hab dich heute Vormittag den Staubsauger schwingen hören ...»

Es klingelt erneut dreimal.

«Ist offen», ruft Henner, doch auch Rudi hat auf keine Aufforderung gewartet und steht schon im Türrahmen.

«Ist heute nicht Männerabend?»

Rosa hebt entschuldigend die Schultern. «Weiß ich doch, Rudi. Aber der Tatort fängt erst in zwei Stunden an, da hab ich gedacht, wir könnten ein bisschen plaudern.»

«Meinetwegen. Aber wirklich nur, bis der Krimi anfängt.»

«Versprochen.»

Rudi guckt Henner an. «Willst du auch ein Bier?»

«Jo.»

Kurz darauf ploppen die Bügelverschlüsse der beiden Flaschen. «Prost.» Rudi nimmt einen ordentlichen Schluck.

Rosa dreht den Verschluss des Weins auf. «Gib mir doch mal bitte ein Glas, Henner.»

Kaum steht das gefüllte Glas auf dem Tisch, quetscht Rosa sich zu Rudi aufs Sofa, greift nach dem Messer und einer Pellkartoffel und zieht die Haut ab. «Was ist denn nun genau bei der Beningaburg passiert?», kommt sie direkt zur Sache. Typisch. Und eigentlich mag Henner dieses Direkte an ihr. Rosa redet nicht lange um den heißen Brei. Aber dass sie sich am liebsten in Rudis Mordfälle einmischt, nervt manchmal schon – und er befürchtet, dass sie sich dadurch noch mal in Teufels Küche bringt.

«Du weißt doch, dass ich darüber nicht reden darf. Das sind laufende Ermittlungen.»

«Ludwig schreibt in der Mitmach-Zeitung, dass Isabell Beninga mit einem Stein erschlagen worden ist. Stimmt das?» So schnell gibt Rosa nicht auf.

«Jo.»

«Und habt ihr schon einen Verdacht, wer der Täter gewesen sein könnte?»

«Nein. Haben wir nicht.»

Nachdenklich nippt Rosa an ihrem Glas. «Ich hab heute Nachmittag im Internet herumgestöbert, dort habe ich mir ein paar alte Ausgaben der *Welt am Sonntag* angesehen. Den Hamburger Teil mit den Gesellschaftsnachrichten.»

«Und?» Auch Henner schnappt sich ein Messer und schneidet die abgepellten Kartoffeln in Scheiben.

«Da ist mir das eine oder andere hinsichtlich der Beningas aufgefallen.»

«Jetzt spuck's schon aus.» Rudi trinkt einen Schluck aus der Flasche. Der mag diese nebulösen Andeutungen überhaupt nicht, wie Henner weiß. Aber Rosa wirft Rudi gerne einen Brocken hin und lässt ihn dann wie einen Fisch am Angelhaken zappeln. Bei Henner macht sie das zum Glück nie, aber er hat ja auch nichts mit den Mordermittlungen zu tun.

«Also: Isabell Beninga hat seit über acht Jahren bei HörGut gearbeitet. Es gibt eine Reihe Fotos von Präsentationen auf Messen, Pressekonferenzen und Wirtschaftsempfängen. Auf den älteren Fotos steht sie ab und zu zwischen ihrem späteren Mann und seinem Sohn Wolfgang. Vermutlich war die alte Frau Beninga da schon krank. Die litt ja schon länger an Depressionen. Von da ab sah man Erich Beninga immer öfter mit Isabell bei den verschiedensten gesellschaftlichen Ereignissen. In mehreren Artikeln wurde übrigens berichtet, dass Wolfgangs Frau Brigitte mit ihrer Galerie auf Sylt und ihren Society-Events unglaublich ausgelastet ist. Sie stammt aus einer stinkreichen hanseatischen Familie. Vor dem Tod von Erichs Frau gab es aber auch etliche Paparazzi-Fotos von Wolfgang Beninga in Weinbars und Restaurants. Interessanterweise war die weibliche Begleitung meistens Isabell Beninga.»

«Ach nee.» Rudi greift nach der nächsten Kartoffel. «Haueisen hat auch so ins Blaue gedacht, ob die Tote vielleicht was mit dem Sohn gehabt haben könnte. Der Alte hat in unserem Gespräch nämlich so einen komischen Satz fallen lassen.»

«Wer weiß? Die beiden haben sich vor Jahren jedenfalls bestens verstanden, das hat man den Fotos angesehen. Und sie ist eine attraktive Frau. Auf jeden Fall hat Isabell aber nichts mit dem Geschäftsführer der Beningaburg gehabt. Auch wenn das Gerücht in Neuharlingersiel kursiert. Aber ich weiß aus *erster* Hand, dass der mit einer anderen Frau zusammen ist.»

«Ist immer gut, wenn man was ausschließen kann», sagt Henner lapidar und stellt einen Teller mit frisch geräucherten Sprotten auf den Tisch.

«Ach, hast du die aus der Fischereigenossenschaft? Tante Hildegard hatte gestern auch welche.» Beherzt langt Rosa zu.

«Muss wohl in der Familie liegen.» Henner grinst.

«Wer ist diese *erste* Hand?», will Rudi wissen.

«Denise.»

«Denise?»

«Ja.»

«Du meinst, dass Denise und der Buttkamp …?»

«Genau. Das hat sie mir selbst gesagt.»

Rudi fällt die Kartoffel aus der Hand. Ganz langsam rollt sie auf die Tischkante zu. Im letzten Moment fängt er sie auf.

MONTAG

Rudi kann es noch immer nicht glauben. Der Geschäftsführer der Seniorenresidenz ist Denises neuer Freund. Das hat ihn bis in den Schlaf verfolgt, obwohl er versucht hat, sich einzureden, dass es an den Bratkartoffeln lag, dass er so schlecht geschlafen hat.

Heute Morgen ist er ohne Frühstück aus dem Haus, hat in der Bäckerei in Esens zwei Mettbrötchen gekauft. Gemeinsam mit Bernie hat er erst mal in Ruhe in der Polizeistation gefrühstückt, bevor er nach Wittmund gefahren ist, um Haueisen von der Sichtung der Videoaufnahmen zu berichten. Die nicht wirklich was Neues ergeben hat. Der Teich wird von der Überwachung nicht abgedeckt.

«Tja, das ist schade, aber allein der Besuch dieses Anwalts wirft durchaus Fragen auf.» Haueisen reibt sich zufrieden die Hände. «Ich denke, Schnepel und Sie statten dem Herrn jetzt gleich einen Besuch ab.»

«Und wenn der sich auf sein Anwaltsgeheimnis beruft und nichts sagt?», fragt Rudi, als sie vor dem Haus stehen, in dem sich die Kanzlei befindet. «Was machen wir dann?»

«Abwarten und Tee trinken. Der redet schon, wirst sehen, ich kitzele das aus ihm raus.»

Der Summer ertönt, und Schnepel drückt die Tür auf. Drei Stufen führen in den Empfangsbereich hinauf. Dort sitzt eine Frau von etwa fünfzig Jahren hinter einem Tresen aus Kirschbaumholz. Aus seiner Manteltasche zieht Schnepel den Dienstausweis.

«Kriminaloberkommissar Schnepel, das ist mein Kollege Kommissar Bakker. Wir möchten Herrn Wittenfels sprechen.»

«In welcher Angelegenheit?», fragt die Frau freundlich.

«Isabell Beninga.»

«Oh. Einen Moment, bitte.» Sie steht auf und geht einen schmalen Flur entlang. Rudi schaut sich um. An den Wänden hängen Bilder, die ihn an Caspar David Friedrich erinnern. Nicht, dass er sich mit Kunst auskennen würde, aber im letzten Jahr hat er mit Sven eine Ausstellung seiner Werke in der Hamburger Kunsthalle besucht. Das hier sind sicherlich nur Drucke. Keine Originale. Die kosten ja ein Vermögen.

Die Frau kommt zurück. «Wenn Sie bitte einen Moment warten wollen, Herr Wittenfels führt noch ein Telefonat zu Ende, dann nimmt er sich Zeit für Sie.» Sie deutet auf vier sich gegenüberstehende Stühle am Ende des Flurs.

«Dann nimmt er sich Zeit für Sie», äfft Schnepel die Empfangsdame nach. «Na, dem werden wir zeigen, wer hier wem etwas zugesteht. Wir sitzen am längeren Hebel. Ganz eindeutig.» Er kneift die Augen zusammen und lässt seine Hand einen schiefen Kreis drehen. «Die Macht ist mit mir», raunt er, und Rudi muss grinsen, ob er will oder nicht.

Zehn Minuten später sitzen sie dem Anwalt in dessen Büro gegenüber. Auch hier sind die Möbel aus Kirschbaumholz, an den Fenstern, die zum Parkplatz gehen, hängen Vertikal-Jalousien.

«Isabell Beninga», sagt Wittenfels betroffen. «Furchtbare Sache. Mir tut vor allem ihr Mann leid. Auch wenn er in der Beningaburg die beste Pflege bekommt.»

«Pflege?», fragt Rudi. Erich Beninga kam ihm zwar wackelig auf den Beinen vor, aber geistig schien er noch sehr auf der Höhe zu sein.

«Nun ja. Herr Beninga ist fünfundachtzig, hat Schwierigkeiten mit dem Laufen und zeigt wohl Anzeichen einer beginnenden Demenz. Frau Beninga war es sehr wichtig, ihren Mann erstklassig betreut zu wissen, wenn sie sich um die Geschäfte des Unternehmens kümmert.»

Aha, denkt Rudi. Das hörte sich bei dem Sohn aber etwas anders an.

«Weswegen waren Sie am Freitagvormittag bei Frau Beninga?» Schnepels Augen blitzen bei dieser Frage.

«Es ging um eine neue Firma, die Frau Beninga gründen wollte. Animiert durch die körperliche Situation ihres Mannes plante sie eine revolutionäre Generation neuer Rollatoren. Eine absolute Innovation. Gehhilfen, die nicht mehr an gebrechliche Menschen erinnern, sondern stylish wirken. Gemeinsam mit einer Frau aus dem Pflegebereich hat sie eine solche Gehhilfe entwickelt. Wir sprachen Freitag über die detaillierte Ausarbeitung des Vertrages zwischen den beiden Frauen.» Der Anwalt lächelt, als wolle er Almosen verteilen.

«Wie hatte Frau Beninga sich den Vertrag denn vorgestellt?», fragt Rudi. Schließlich bergen Verträge in der Ausarbeitung immer recht viel Spannungspotenzial, bis man es beiden Seiten recht gemacht hat. Das weiß er noch von seiner Scheidung.

«Die Partnerin sollte zehn Prozent erhalten, Frau Beninga neunzig. Voraussetzung dafür war, dass sich die Partnerin entsprechend ihrer Prozente auch finanziell beteiligt. Wie heißt es doch so schön: Von nichts kommt nichts.» Bevor

Schnepel und Rudi etwas sagen können, fährt Wittenfels fort: «Wer am Gewinn beteiligt sein will, muss das finanzielle Risiko der Unternehmung mittragen. Wir haben bereits das Patent für den GehGut-Unterstützer beantragt.» Er lächelt und faltet dabei seine Hände.

«Warum ist Frau Beninga mit dieser Angelegenheit zu Ihnen gekommen und hat das nicht mit den Anwälten des Unternehmens HörGut erledigt?», fragt Schnepel.

Der Anwalt schmunzelt. «Wissen Sie, Frau Beninga ist ... war eine überaus intelligente Frau. Das Unternehmen HörGut gehört ihrem Mann. Der ältere Sohn ist geschäftsführender Gesellschafter. Frau Beninga selbst ist lediglich angestellt. Zwar in hoher und gut dotierter Position, aber rechtlich hat sie keinen Zugriff auf die Firma. Deswegen wollte sie mit GehGut ein eigenes Unternehmen aufbauen. Mit ihr selbst als geschäftsführender Gesellschafterin.»

«Und dem hat ihre Partnerin zugestimmt?», fragt Rudi. «Ich finde das gelinde gesagt ziemlich unausgeglichen.»

«Nun ja. Frau Bakker hat zwar die Expertise als Pflegefachkraft und auch den Anstoß zu diesem Start-up gegeben, aber sie hat kaum finanzielle Mittel. Die reichen nur knapp für die zehn Prozent Beteiligung, wie Frau Beninga hat durchklingen lassen. Da ist es doch verständlich, dass diejenige, die das größte Risiko trägt, auch das größte Stück vom Kuchen erhält. Das andere war ja – wie gesagt – nur eine Art Initialzündung.»

Bei dem Namen Bakker sackt Rudi beinahe die Kinnlade runter. Spricht der Anwalt wirklich von Denise? «Die andere Dame, also die Pflegefachkraft, die den Anstoß gab ... Können Sie uns deren Namen und Adresse bitte geben, wir werden auch mit ihr sprechen müssen.»

«Selbstverständlich. Ihr Name ist Denise Bakker. Die Adresse gibt Ihnen unsere Empfangsdame.»

Wie jeden Montag beginnt Rosa die Schulwoche in ihrer vierten Klasse mit einem Stuhlkreis. Für sie ist es wichtig, dass die Kinder loswerden können, was sie am Wochenende erlebt haben.

Karl meldet sich als Erstes zu Wort. Er erzählt von einer Wattwanderung mit seinem Opa am Strand von Norddeich. «Als Ebbe war, konnten wir im Watt ganz viele kleine Spaghettihaufen sehen.» Er zieht Daumen und Zeigefinger auseinander, um zu zeigen, wie groß sie gewesen sind. «Das sind Wattwurmhaufen, hat mir mein Opa erklärt. Er hat seine Forke ins Watt gestochen, und schon kam das Schwanzende des Wurms in Sicht. Hier.» Er holt ein schmales Marmeladenglas aus seiner Schultasche und hebt es in die Höhe. «So sehen die aus.»

«Iiihh», kreischt seine Sitznachbarin Cheyenne und hält sich die Hand vor die Augen. «Nimm das weg.»

Die anderen Kinder lachen, und Rosa bittet um Ruhe. Sie will schon etwas sagen, doch Tammo kommt ihr zuvor. «Du hättest ihn dalassen sollen. Diese Tiere sorgen dafür, dass der Wattboden umgegraben wird. Die fressen den Sand und filtern die Schadstoffe. Genau wie die Miesmuscheln. Das, was du Spaghettihaufen nennst, sind seine Kothaufen, er …»

«Jetzt hör aber mal auf, du Klugscheißer», unterbricht Karl ihn. «Mein Opa nimmt die Würmer zum Angeln.»

«Stopp. Es wird nicht gestritten. Karl, gib mir bitte das Glas. Wenn du den Wattwurm schon mitgebracht hast, können wir ihn uns auch anschauen.» Als sie das Behältnis in der

Hand hat, betrachtet sie den fingerdicken Wurm genauer. Er ist braun-schwarz gefärbt und hat rote Kiemenbüschel, sein Schwanzende ist dünner als der vordere Teil. «So, wer sich den Wurm ansehen möchte, kann zu mir kommen.»

Schon springen einige der Schüler auf und begutachten das Tier.

Nachdem wieder Ruhe eingekehrt ist, berichtet sie den Kindern von ihrem Fahrradausflug am Deich und den brütenden Kiebitzen. Wie sie es schon vermutet hat, sind alle Feuer und Flamme, einen Ausflug zur Wattenmeerstation zu machen.

In der ersten großen Pause nimmt Rosa die Visitenkarte, die ihr der Ornithologe gegeben hat, und wählt die angegebene Telefonnummer. Es klingelt achtmal, aber niemand nimmt ab. Auch in der zweiten Pause hat sie keinen Erfolg. Nicht mal ein Anrufbeantworter springt an. So ein Mist. Nach Schulschluss versucht sie es erneut. Wieder hat sie kein Glück. Vielleicht hat die Station ja montags geschlossen.

«Das ist ja ein Ding», sagt Schnepel süffisant, als sie sich auf den Weg zur Polizeiinspektion machen. «Deine Ex ist mittendrin im Geschehen, und dazu noch Vertragspartnerin der verstorbenen Beninga. Wow!»

Rudi kommt es vor, als lasse Schnepel die Worte bewusst langsam und fast schon genussvoll über seine Lippen gleiten.

«Warum hast du uns das nicht gesagt? Dir ist hoffentlich klar, dass Haueisen dich vom Fall abziehen muss. Du bist schließlich persönlich involviert.»

«So ein Unsinn. Ich hab mit Denise seit über fuffzehn Jahren nichts mehr zu tun.»

«Ihr habt ein gemeinsames Kind.»

«Das ist aber auch alles. Wir haben kaum Kontakt gehabt. Sie wollte sich nie wirklich um Sven kümmern. Nö, keine Chance. Ich lasse mich wegen Denise nicht aus dem Fall schmeißen. *Du* kannst sie ja befragen.»

Schnepel blickt ihn schräg von der Seite an. «Ach nee. Ist der gute Rudi ein wenig verschnupft? Wurmt es dich, dass deine Ex was Größeres aufziehen wollte, während du ein kleiner Bulle bleibst? Wenn das was wird – Rollatoren, denen man nicht ansieht, dass sie Hilfsgeräte sind –, dann ist sie eine gemachte Frau.»

«Nur, wenn der Vertrag entsprechend gestaltet ist», rutscht es Rudi heraus und könnte sich vor Wut auf die Zunge beißen. Denn natürlich springt Schnepel gleich darauf an.

«Ach ja. Stimmt. Die Prozente für deine Ex sind nicht wirklich üppig. Und wer weiß, was sonst noch für Fallstricke im Vertrag stehen. So ein ausgebuffter Anwalt schreibt da garantiert Dinge rein, die eine Pflegefachkraft gar nicht erkennt. Wer weiß, vielleicht hat sich deine Ex mit der Beninga gestritten ... und sie getötet.» Ein breites Grinsen legt sich auf Schnepels Gesicht. «Ich denke, ich werde sie mir mal ganz besonders gründlich vornehmen. Und glaub mir, ich werde ihr keinen Bonus zugestehen, bloß weil sie mal mit dir verheiratet gewesen ist.»

Am Ende ihrer Besprechung ist auch Haueisen dafür, dass Schnepel mit Denise spricht.

«Haben wir inzwischen die Dienstpläne?», fragt er und schaut selbst im Computer nach. «Ah ja. Da sind sie.» Ein paar Klicks weiter nickt Haueisen. «Frau Bakker hat heute Vormittag frei, sie ist zur Spätschicht eingeteilt. Sie wohnt derzeit in einer Ferienwohnung.» Ein fragender Blick trifft Rudi. «In einer Ferienwohnung?»

«Sie wollte erst mal schauen, ob sie wirklich hierbleiben will», gibt Rudi Auskunft. Das zumindest hat Denise ihm und Sven gegenüber behauptet.

«Nun gut. Also, fahren Sie da hin.» Haueisen schreibt die Adresse auf einen Zettel und reicht ihn Schnepel. «Warten Sie ab, ob sie von sich aus auf dieses Start-up zu sprechen kommt. Wenn nicht, sagt das ja einiges aus.» Sein Blick trifft Rudi. «Ich brauche Sie ja wohl nicht darauf hinzuweisen, dass Sie Ihrer Ex-Frau nicht das Geringste über unsere Ermittlungen sagen dürfen?»

«Natürlich nicht», gibt Rudi empört zurück. «Wie gesagt, meine Ex-Frau und ich sind nicht gerade die besten Freunde.» Er registriert Schnepels hämisches Grinsen und würde ihm am liebsten mit voller Wucht gegen das Schienbein treten. Blödmann.

Haueisen scheint das Grinsen nicht bemerkt zu haben. «Na schön. Bakker, Sie sprechen derweil mit Wolfgang Beninga. Er hält sich zurzeit in Neuharlingersiel auf. Immerhin gibt es nun einiges zu regeln.»

Gegen elf ist Henners Posttasche fast leer, bis auf zwei Kataloge für Adelheid.

«Moin», ruft er, als er den Andenkenladen seiner ältesten Schwester betritt. «Ich bin's.»

«Wir sind hier», hört er ihre Stimme aus dem hinteren Bereich des Ladens. Außer Leuchttürmen und Plüschrobben ist aber niemand zu sehen.

«Magst du auch 'ne Tasse Tee?», fragt Adelheid, nachdem

er sich mit den beiden Katalogen durch die eng beieinanderstehenden Regale nach hinten durchgeschlängelt hat. Sigrid Twenge und seine Schwester Clara sitzen gemeinsam mit Adelheid am kleinen runden Tisch.

«Das ist ja ein gemütliches Elführtje», grient er und legt die Kataloge auf den Tisch, während Adelheid ihm Tee eingießt. Eine geöffnete Keksdose steht auf dem Tisch. Jeversche Leidenschaften. Nach ostfriesischem Spezialrezept gebacken. Was ganz Besonderes. Die kennt er, seit er ein kleiner Knirps war. Hauchzarte Blätterbrezeln, mit Zucker bestreut. Er greift nach einer und beißt ab.

«Also, um weiterzumachen, wo ich stehen geblieben war», sagt Clara, «da hat mich doch heute der Buttkamp zu sich gerufen – ihr wisst schon, dieser Schönling, der die Beningaburg leitet – und mir gesagt, es sind Diebstähle gemeldet worden. Der fragte mich allen Ernstes, ob ich mir vorstellen könnte, dass eine von meinen Damen Bewohner beklaut haben könnte.» Claras Brust hebt und senkt sich aufgeregt vor Empörung.

«Is nich wahr!» Sigrid stellt vor Überraschung ihre Tasse auf dem Tisch ab. «Der verdächtigt ernsthaft dein Team?»

«Es scheint so. Das ist eine derartige Unverschämtheit», regt sich Clara weiter auf. «Bloß weil wir zum Saubermachen in alle Zimmer kommen. Dabei haben die anderen Mitarbeiter des Hauses auch Schlüsselkarten.»

Für einen Moment ist es still.

«Was wurde denn geklaut?» Henner greift erneut in die blau-weiße Blechdose mit der Mühle auf dem Deckel.

«Eine Brosche, eine Uhr und eine Halskette. Aus drei verschiedenen Zimmern.» Clara nippt an ihrer Teetasse.

«Hat der Anzeige gegen euch erstattet?», will Sigrid wissen und nimmt sich schnell den vorletzten Keks.

«Nein, das nicht. Aber eine von den Heimbewohnerinnen hat heute Morgen unsere langjährige Mitarbeiterin Martina wegen der Diebstähle angemacht. Und wenn jemand meine Putzkräfte so mir nichts, dir nichts verdächtigt, dann nehme ich das sehr persönlich. Martina hat ihren Wischeimer stehen gelassen, bei mir angerufen und sich krank gemeldet. Ich kann's ihr nicht verübeln. Das ist die reinste Rufschädigung, das lasse ich mir nicht gefallen. Ohne Beweise kann man das doch nicht einfach so behaupten.»

«Vielleicht ist der Dieb ja auch der Mörder», überlegt Adelheid laut. «Vielleicht hat Isabell Beninga ihn auf frischer Tat ertappt und wurde dann um die Ecke gebracht.»

«Aber die hat doch in den Zimmern nichts zu suchen», widerspricht Clara. «Wie soll die jemanden auf frischer Tat ertappen?»

«Keine Ahnung. Überleg doch mal. Eine Erklärung wäre das schon.»

«Hmmm.» Clara grübelt und kneift dabei die Augen zusammen. «Da fällt mir nur das Spendenboot für die Deutsche Gesellschaft zur Rettung Schiffbrüchiger ein, das an der Rezeption steht. Vielleicht wollte das jemand mitgehen lassen, und die Beninga hat's gesehen?»

«Aber das wäre doch kein Grund, jemanden umzubringen», meint Adelheid. «Ich fürchte, da hilft nur eins: Diesen Dieb muss man auf frischer Tat erwischen, um euch zu entlasten.»

«Stimmt. Und mir kommt gerade eine Idee, wer dafür hervorragend geeignet ist.» Claras Augen leuchten. «Wisst ihr, wie lange Rosa heut Schule hat?»

«Oh nein. Bitte nicht», ruft Henner. «Lass Rosa da raus.»

«Wieso? Ich weiß ganz genau, dass sie diebischen Spaß daran hätte, mir zu helfen. Und die suchen auf der Beningaburg dringend jemanden zum Vorlesen. Ich könnte mir vorstellen, dass das was für Rosa wäre.»

«Du spinnst doch. Das könnte gefährlich für sie werden.» Henner überkommt plötzlich ein ganz ungutes Gefühl.

Schnepel parkt den Wagen direkt hinter dem Fahrradladen. Die Ferienwohnung, in der Denise Bakker wohnt, befindet sich ein paar Schritte weiter im Obergeschoss eines rotbraun geklinkerten Zweifamilienhauses.

Es dauert ein wenig, bis der Summer ertönt und Helmut Schnepel das Haus betreten kann. Er spitzt die Lippen, als er Denise Bakker in hautenger Sportkleidung in der geöffneten Tür ihrer Wohnung stehen sieht. Die Muskeln ihrer nackten Oberarme nötigen ihm Respekt ab.

«Ja, bitte?»

«Oberkommissar Schnepel, Kripo Wittmund. Wir haben uns kurz am Teich gesehen, falls Sie sich erinnern.» Schnepel nimmt die letzten Treppenstufen, zückt seinen Dienstausweis und hält ihn ihr hin. «Ich würde gern mit Ihnen über Isabell Beninga sprechen.»

«Warum hier?» Denise Bakker macht keine Anstalten, ihn hereinzubitten.

«Weil Sie heute im Spätdienst arbeiten, ich meine Fragen aber jetzt beantwortet haben möchte.» Schnepel blickt ihr direkt in die Augen. Wenn die meint, dass er hier einen auf Einschmeichler macht, hat sie sich geschnitten. Wahrscheinlich ist sie es bei ihrem Aussehen gewohnt, dass die Männer ihr zu Füßen liegen, aber so läuft das bei ihm nicht.

«Also gut. Kommen Sie rein.» Widerwillig gibt sie die Tür

frei und geht in die Küche vor. Was für ein knackiger Hintern. Nicht zu glauben, dass diese Klassefrau mal mit Bakker verheiratet gewesen ist.

«Was wollen Sie denn wissen?» Denise Bakker setzt sich an den kleinen Küchentisch und macht ihm ein Zeichen, sich ebenfalls zu setzen.

Er bleibt jedoch lieber stehen. Dann muss sie zu ihm aufschauen.

«Schildern Sie mir bitte die Vorgänge am Freitagnachmittag noch einmal ganz genau.»

«Deswegen unterbrechen Sie mich in meinem Training?» Denise Bakker blickt ihn ungehalten an. «Das habe ich doch schon alles ausgesagt. Frau Kleinmeier ist zum Teich gegangen, hat Frau Beninga dort mit dem Gesicht nach unten treiben sehen und laut geschrien. Ich bin hingelaufen, genau wie Fräulein Klostermann. Als ich die Lage erfasst hatte, habe ich von meinem Handy aus meinen Ex-Mann angerufen. Rudi Bakker. Bis er kam, haben wir drei am Teich gewartet.»

«Sie sind recht durchtrainiert. Warum haben Sie nicht versucht, Frau Beninga aus dem Teich zu ziehen?»

Erstaunt schaut Denise Bakker ihn an. «Da war keine Bewegung mehr, kein Lebenszeichen. Mir war sofort klar, dass sie tot ist. Sonst hätte sie doch noch gezappelt oder irgendwas in der Art. Deswegen habe ich mir gedacht, lieber nichts an der Situation verändern.»

«Sie hätte bewusstlos sein und durch beherztes Eingreifen Ihrerseits vielleicht überleben können.»

«Wollen Sie mir unterlassene Hilfeleistung unterstellen?», schnaubt Denise Bakker.

«Nein. Ich frage mich nur, warum Sie nicht einmal ansatzweise versucht haben, ihr zu helfen.»

«Das habe ich gerade gesagt. Hören Sie mir eigentlich zu?»

Das Spiel beginnt, Schnepel Spaß zu machen. Jetzt kann er zum nächsten Schlag ausholen. «Ich denke, Isabell Beningas Ableben passte Ihnen ganz gut in den Kram. Immerhin wollte sie Sie mit mageren zehn Prozent an dem gemeinsam geplanten Start-up beteiligen. Jetzt, wo sie tot ist, können Sie sich in Ruhe nach einem anderen Partner für das Projekt umsehen.»

Denise Bakker wird blass, dann kneift sie die Augen zusammen. «Wer hat Ihnen davon erzählt? Isabell wollte nicht einmal mit ihrem Mann darüber reden.»

«Wir arbeiten gründlich, meine Teuerste. Dazu gehört auch, die Aufnahmen der Überwachungskameras anzuschauen.»

Rudis Ex-Frau wird noch blasser, wenn das möglich ist. Interessant. Vielleicht bricht sie jetzt zusammen, denkt Schnepel, doch er hat sich getäuscht. Sie bleibt eiskalt. «Und was haben Sie dabei entdeckt?» Sie lehnt sich zurück und verschränkt die durchtrainierten Arme vor der Brust.

«Genug, um herauszufinden, was wir herausgefunden haben», sagt Schnepel schwammig. «Warum haben Sie uns nicht schon Freitag gesagt, dass Isabell Beninga Ihre Geschäftspartnerin war?»

«Weil das so noch gar nicht zutrifft. Wir haben über ein gemeinsames Projekt gesprochen, das ja. Aber es gibt bislang keinen Vertrag. Wie Sie gerade richtig sagten, sind ... waren noch Details zu klären. Fakt ist, der Entwurf für die neuartigen Rollatoren stammt von mir. Isabell wollte sich um die Finanzierung und das Marketing kümmern. Ohne meine Unterschrift unter den Vertrag hätte sie kein Produkt gehabt, das sie hätte vermarkten können.»

Schnepel grient. «Sie sind naiv, Frau Bakker. Oder tun Sie nur so? Ihnen muss doch klar sein, dass Sie nichts, aber rein gar nichts in der Hand haben, weil Frau Beninga Ihren Entwurf nämlich bereits zum Patent angemeldet hat. Auf ihren eigenen Namen.»

Rudi klingelt am Bungalow der Beningas. Zu seiner Überraschung öffnet Fräulein Klostermann die Tür.

«Komm rein. Erich liegt auf seinem Sessel. Es geht ihm heute nicht gut. Ihm ist so schwindelig.»

Kaum hat sie die Tür hinter ihm geschlossen, fragt Rudi: «Was machen Sie denn hier?»

«Na hör mal», erwidert sie barsch. «Erich ist ein alter Freund von mir. Wir kennen uns seit der Schulzeit. Ich muss doch für ihn in dieser schweren Zeit da sein, seine Söhne halten es ja nicht für nötig, ihrem Vater beizustehen. Komm mit.» Sie geht ins Wohnzimmer vor. Erich Beninga ruht in einem schweren Ledersessel, dessen Rückenlehne nach hinten gestellt ist, das Fußteil ist hochgefahren. Über seinen Beinen liegt eine Wolldecke. Sie beugt sich zu ihm hinab und streichelt behutsam seine Hand. «Erich, Herr Bakker von der Polizei ist da. Meinst du, du kannst mit ihm sprechen?»

«Polizei? Das soll Sprotti machen. Ruf Isabell. Die macht das.»

Verblüfft betrachtet Rudi den Mann. Der Tod seiner Frau hat ihn schwer getroffen. Gestern am Teich wirkte er trotz der Gehschwierigkeiten viel fitter.

«Isabell ist tot, Erich. Deswegen ist Herr Bakker hier.»

«Unsinn.» Schroff entzieht er ihr die Hand. «Ruf sie. Ich will sie auf der Stelle sehen.»

Fräulein Klostermann wendet sich Rudi zu. «Lass uns in die Diele gehen.» Rudi folgt ihr. «Im Moment kannst du mit ihm nicht sprechen. Du siehst ja, er hat ... er weigert sich zu akzeptieren, dass seine Frau tot ist. Mit Demenz hat das aber nichts zu tun, auch wenn ihm das alle weismachen wollen. Das ist ein reiner Verdrängungsmechanismus. Welcher Mann rechnet schon damit, dass seine viel jüngere Frau vor ihm stirbt.»

«Wissen Sie, wie die Ehe der beiden war?», wechselt Rudi das Thema.

«Warum fragst du?» Fräulein Klostermann hebt den Kopf, um ihm durch ihre Brille besser ins Gesicht sehen zu können.

«Es handelt sich schließlich um ein Tötungsdelikt. Und im Großteil der Fälle sind die Täter im engsten Umfeld der Toten zu finden.» Bei dem Zustand des alten Herrn ist ihm seine Antwort fast ein wenig peinlich.

Rudis alte Lehrerin stemmt die Hände in die Hüften. «Du glaubst doch wohl nicht allen Ernstes, dass Erich seine Frau erschlagen und in den Teich geschubst hat?», fragt sie entrüstet.

«Ich glaube gar nichts. Ich habe nur gefragt, ob Sie wissen, wie deren Ehe war», entgegnet Rudi trotzig.

«Nun ja. Wenn *ich* es dir nicht sage, wird es irgendjemand anderer tun.» Käthe Klostermann verzieht den Mund. «Sie haben sich recht häufig gestritten. Ihm hat nicht gepasst, dass sie ständig in Hamburg war. So hatte er sich das nicht vorgestellt, als sie hierhergezogen sind. Er wünschte sie in seiner Nähe, schließlich habe er sie nicht geheiratet, um eine Fernehe zu führen, hat er mir gesagt. Sie könne auch von hier aus arbeiten, war sein Standpunkt.»

«Aber das wollte sie nicht?»

«Augenscheinlich nicht. Sie war wirklich viel fort. Und wenn sie in Hamburg war, habe ich mich ein wenig um ihn gekümmert. Damit er sich nicht so einsam fühlt. Einmal war sie noch da, als ich bei ihm vorbeigeschaut habe. Sie hatten heftig gestritten. Erich hat sich fürchterlich aufgeregt und ihr verboten wegzufahren.»

«Wie hat sie darauf reagiert?»

«Sie hat ihm kühl lächelnd gesagt, er sei hier bestens versorgt und hätte in mir ja eine altersgemäße Gesellschafterin. Das fand ich allerdings recht frech.» Fräulein Klostermann sieht Rudi wieder direkt in die Augen. «Vielleicht kann dir Erichs Sohn Wolfgang mehr zu seinem Vater und Isabell sagen. Er hat sich in einer der Gästewohnungen im Haupthaus eingerichtet. Geh ruhig rüber, er müsste da sein. Vorhin hat er kurz vorbeigeschaut und wollte mit Erich über die Beisetzung reden, aber das ging nicht, du hast ihn ja eben selbst erlebt. Ich hoffe, es geht ihm morgen wieder besser.»

«Ich drücke die Daumen», sagt Rudi ehrlich. «Wie dankbar kann man sein, wenn man im Alter noch solche Freunde wie Sie hat.»

Die Gästewohnung befindet sich im ersten Stock des Seitenflügels mit Blick über grüne Weideflächen, auf denen Kühe grasen. In der Ferne blüht der Raps grellgelb. Wolfgang Beninga bietet Rudi ohne Umschweife einen Platz im hell gestalteten Wohnbereich und etwas zu trinken an.

«Danke, für mich nichts», lehnt Rudi das Angebot ab. Beninga setzt sich ihm gegenüber an den Esstisch und schenkt sich einen Fingerbreit Whisky ein. «Das brauche ich jetzt», sagt er zur Erklärung. Als ob es Rudi etwas anginge. «Ich habe mit dem Bestatter gesprochen. Eine Überführung nach Hamburg wäre zwar kein Problem, aber ich denke, es ist besser, wenn Isabell hier beerdigt wird. Dann kann mein Vater ihr Grab jederzeit besuchen. Diese Variante ist die geschickteste. Im Familiengrab neben meiner Mutter hat Isabell nichts zu suchen.» Er trinkt einen Schluck. «Ich werde das allein entscheiden müssen. Mein Vater war heute nicht dazu imstande, ein vernünftiges Gespräch zu führen.»

«Sie können mit der Entscheidung noch ein paar Tage warten», sagt Rudi in dem Bemühen, Wolfgang Beninga mehr Ruhe zu gönnen. «Bestimmt geht es Ihrem Vater morgen wieder besser.»

«Ach was. Wenn es ihm besser geht, kriegen wir uns wieder in die Wolle. Alles, was mit Isabell zu tun hat, führt unweigerlich zum Streit. Er hat sie glorifiziert, dabei war sie nichts anderes als eine gerissene, geldgierige Schlampe.»

Rudi schluckt bei diesem Ausdruck. Beninga nippt erneut an dem geschliffenen Glas.

«Sie hat ihn um den Finger gewickelt, eingelullt, sich unentbehrlich gemacht. Erich hier, Erich da. Wie sie vor ihm rumgeschleimt hat, das war nicht auszuhalten. Meine Frau hat mal gesagt, es kommt noch so weit, dass sie auf ihrer eigenen Schleimspur ausrutscht und sich das Genick bricht.» Ein trockenes Lachen folgt. «Da hat Brigitte ja fast recht behalten. Auch wenn es nicht das Genick ist, was sie sich gebrochen hat, sondern der Schädel.»

«Sie haben sich nicht gut mit der Frau Ihres Vaters verstanden?»

«Nein. Bevor sie ihn heiratete schon. Danach aber hat sie Gott und die Welt in Bewegung gesetzt, um die Beziehung zwischen meinem Vater und uns Söhnen zu zerstören.» Beninga schnaubt. «Und ich muss sagen, darin war sie ziemlich erfolgreich.»

«Sie haben noch Brüder?», fragt Rudi, weil der Anwalt nur vom älteren Sohn gesprochen hat.

«Nur einen. Aber ich bekomme ihn kaum zu Gesicht. Der ist eher ein Einsiedler. So wie die Krebse. Er hatte nie Interesse an unserem Unternehmen, hat das Geld allerdings immer gerne genommen. Genau wie meine Kinder.»

Das hört sich bitter an. «Wird er hierherkommen, um Sie zu unterstützen? Oder jemand aus Ihrer eigenen Familie?»

«Ich habe ihn noch nicht erreicht. Sein Handy ist aus. Ich habe ihm auf die Mailbox gesprochen, er lebt hier in der Gegend. Meine Frau wird nicht kommen. Sie und unser Sohn haben unaufschiebbare Termine. Brigitte bereitet eine große Ausstellung in ihrer Galerie auf Sylt vor. Mein Sohn ist gerade in New York, er hat dort eine eigene Kunstgalerie eröffnet. Und meine Tochter ist seit einem halben Jahr in Südostasien und kommt erst übernächsten Monat zurück. Das ist aber okay. Schließlich hat Isabell nicht wirklich zur Familie gehört – für uns jedenfalls. Ich kann das problemlos allein regeln.» Wieder greift Beninga zum Glas.

So ganz ungerührt wirkt er auf Rudi allerdings nicht.

«Heinrich?»

Keine Antwort.

Wo Vaddern bloß wieder steckt? Immer wenn sie ihn braucht, ist weit und breit nichts von ihm zu sehen. Passiert Gerda Steffens nun wirklich nicht oft, dass ihr das Mehl ausgeht. Aber wenn sie heute Nachmittag Waffeln backen will, muss sie sich sputen. Zum Glück ist die Linsensuppe schon fertig.

Mit dem Rad braucht sie fünf Minuten bis zum Edeka. Kaum hat sie sich einen Einkaufskorb geschnappt, sieht sie beim Gemüse Rudis geschiedene Frau. Was für ein schöner Zufall, da kann sie ganz unverfänglich mit ihr ins Gespräch kommen.

«Moin, Denise.»

«Moin, Gerda.» Denise wirkt sichtlich erfreut und legt Tomaten in ihren Einkaufskorb.

Muddern lächelt zurück. Aus der jungen Deern mit noch etwas Babyspeck auf den Rippen, die Rudi damals angeschleppt hat, ist eine hübsche Frau geworden. Nicht nur rein äußerlich hat sie sich verändert. Sie sieht reifer aus. Und wirkt nicht mehr so schnippisch. Früher hatte Denise an allem was zu meckern. An Rudi. An Ostfriesland. Am Wetter. An den Leuten. Auch an ihrem Essen, daran kann Muddern sich genau erinnern. Alles ist ihr zu deftig gewesen. Und statt Scholle mit Kartoffeln hätte sie lieber Fischstäbchen mit Pommes auf dem Teller gehabt.

«Wie geht's dir denn? Fühlst du dich nun wohl in Neuharlingersiel?» Diese Frage kann sich Muddern einfach nicht verkneifen.

«Ja», erwidert Denise. «Der Job als Pflegedienstleiterin in einer so hochwertigen Anlage ist ein echter Aufstieg.»

«Das glaube ich gerne. Auch wenn es im eigentlich verhassten Ostfriesland ist.» Muddern zwinkert Denise zu.

«Hör auf, mich hochzunehmen.» Denise lacht. «Ostfriesland ist wunderschön. Ich war damals einfach zu jung, und mir war hier alles zu eng. Aber mit ‹was wäre wenn› halte ich mich nicht auf. Ich treffe mich inzwischen ab und zu mit

Sven, wir kommen ganz gut miteinander klar. Und einen neuen Mann gibt es auch in meinem Leben. Also ist eigentlich alles gut.»

Fast kommt es Muddern vor, als wenn Denise das ein wenig trotzig sagen würde.

«Eigentlich?» Irrt sie sich oder hört sie da noch etwas anderes zwischen den Zeilen heraus? «Ist vielleicht doch nicht so leicht, dieses ‹wieder in Ostfriesland sein›. Da können Erinnerungen an früher aufkommen. Wenn du mal mit jemandem reden willst, ich habe immer ein offenes Ohr für dich.»

«Danke.» Denises Augen schimmern plötzlich ganz feucht. «Aber das ist es nicht. Ich hab gedacht, ich hab einen Superjob, dazu noch einen tollen Deal am Laufen, aber nun gibt es eine Schwierigkeit nach der anderen. Neuharlingersiel ist einfach ein Scheißpflaster für mich.»

«Wie meinst du das denn?», fragt Muddern bestürzt.

«Ach, irgendjemand klaut in der Beningaburg. Das ist schon schlimm genug. Aber jetzt versucht eine der Bewohnerinnen, mir das anzuhängen, weil die Diebstähle erst angefangen haben, seit ich hier bin.»

«Das kann man doch nicht einfach so behaupten», entrüstet sich Muddern.

«Macht sie aber. Die ist eine richtige Zimtzicke. Bald hetzt sie die anderen Bewohner bestimmt auch noch gegen mich auf.» Denise schnieft. «Und dann ist da noch die tote Isabell Beninga. Das war so eine hinterhältige Person. Ich hab ihr vertraut, wir wollten Partnerinnen sein, aber sie hat mir meine Geschäftsidee geklaut. Hat meine Erfindung ohne mein Wissen auf ihren Namen patentieren lassen. Das ist so hinterfotzig. Sie hat gemeint, sie könnte alles tun, was sie wollte, nur, weil sie das nötige Geld dafür hatte. Und ich Idiotin hab der geglaubt, dass sie den Vertrag und alles ganz sauber und gerecht mit mir machen wollte.» Denise zieht ihre Nase hoch. «Der Teufel scheißt eben immer auf den größten Haufen. Zu allem Überfluss hab ich den Eindruck, dass Rudis Kollege mich verdächtigt, was mit ihrem Tod zu tun zu haben.» Noch einmal zieht sie die Nase hoch. «Wäre ich bloß in Mönchengladbach geblieben.»

«Ach herrje. Das ist ja nun starker Tobak. Was meinst du, hast du Lust, zum Mittagessen zu uns auf den Hof zu kommen? Da könnten wir in Ruhe über alles reden.»

«Danke für das Angebot, aber das geht nicht. Mein Dienst beginnt gleich. Und vorher muss ich noch rumtelefonieren. Ich brauche einen Anwalt, der mich berät. Das lasse ich mir nämlich nicht gefallen.» Wütende Röte macht sich auf ihren Wangen breit. «Ich kenn bloß keinen», schiebt sie trocken hinterher. «Hast du eine Ahnung, wen man in einem solchen Fall fragen kann?»

Muddern überlegt kurz. «Der Sohn meines Cousins ist Anwalt in Leer. Den kannst du anrufen. Klingel nachher einfach bei mir durch, dann gebe ich dir seine Telefonnummer.»

Nach dem Gespräch mit Wolfgang Beninga nimmt Rudi die Treppe nach unten. Gerade als er die großzügige Halle betritt, öffnet sich die Bürotür des Residenzleiters.

«Herr Bakker.» Buttkamp kommt auf ihn zu.

Rudi bleibt in Höhe des Empfangstresens stehen, hinter dem Frau Onken sitzt und telefoniert.

«Wissen Sie inzwischen, wie Frau Beninga zu Tode gekommen ist? Von Herrn Beninga habe ich diesbezüglich nichts erfahren.»

Warum auch?, fragt sich Rudi und dreht den Spieß um: «Ist Ihnen denn noch etwas eingefallen, was uns weiterbringen könnte? Gab es irgendetwas Außergewöhnliches in den letzten Tagen?»

Frau Kleinmeier kommt aus dem Seitenflur und wirft ihnen einen neugierigen Blick zu, bevor sie an den Empfangstresen tritt, wo Frau Onken gerade das Telefonat beendet.

Buttkamp schüttelt den Kopf. «Ich weiß nicht. Also, nicht wirklich.»

«Alles ist wichtig», muntert Rudi ihn auf. «Könnte es zum Beispiel sein, dass die Beningas Eheprobleme hatten?»

Buttkamp schluckt. «Wie kommen Sie denn darauf?»

«Frau Beninga war schwanger. Und ihr Mann wusste das nicht.» Rudi fällt Erich Beningas Reaktion auf die Schwangerschaft ein. «Könnte sie einen Geliebten gehabt haben?» Ihm ist klar, dass so eine Frage nicht die feine englische Art ist, aber man kann ja mal einen Testballon starten. Immerhin wurde im Ort gemunkelt, die Beninga hätte was mit dem Buttkamp. Jedenfalls haben Henners Schwestern das ein paarmal anklingen lassen.

«Schwanger?»

Rudi sieht den Schrecken in Buttkamps Augen, und auch die beiden Damen am Empfangstresen werden hellhörig.

«Jawoll.» Rudi dämpft seine Stimme. «Damit ist also nicht nur ein Mensch ums Leben gekommen, sondern genau genommen zwei.»

«Um Gottes willen!»

«Also, wenn Sie irgendetwas wissen, dann sagen Sie es bitte.»

«Nun gut.» Ein Ruck geht durch Buttkamp. «Isabell war eine sehr fordernde Persönlichkeit. Der Entschluss, dieses exklusive Seniorenheim zu bauen, war ihre Idee, und ich war beratend in die Planung der Anlage mit einbezogen. Anfangs war Herr Beninga federführend bei den Entscheidungen, aber kurz vor Fertigstellung des Baus gab es immer wieder Phasen, in denen er nicht genügend bei Kräften war, um die Gespräche mit dem Architekten und dem Generalunternehmer zu führen. Deswegen hat Isabell das übernommen – und sie hat dabei etliche Sonderwünsche angemeldet, die nicht in der Kalkulation enthalten waren und zu einer Explosion der Kosten führten. Als die Schlussrechnungen der Gewerke vorlagen, fiel Herr Beninga aus allen Wolken und weigerte sich, die Mehrkosten zu begleichen, weil er sie nicht abgezeichnet hatte. Er schrie seine Frau an, dass diese Investition ein Minusgeschäft sei, die miserabelste Geldanlage seines Lebens.»

«Und wie haben sie den Konflikt gelöst?», wirft Rudi ein.

«Na ja, es folgten diverse Gespräche mit dem Generalunternehmer und dem Architekten. Isabell führte die allerdings allein, da ihr Mann zu der Zeit eine sehr schlechte Phase hatte. Es waren laute Streitgespräche, die ich ungewollt mitbekommen habe, weil die Unterredungen neben meinem Büro stattfanden. Manchmal ist sie danach einfach ins Auto gestiegen und nach Hamburg gefahren, ohne ihren Mann zu informieren. Der hat an diesen Tagen bei mir angerufen und gefragt, wo seine Frau denn abbliebe. Sie können sich vielleicht vorstellen, wie unangenehm es mir gewesen ist, ihm mitzuteilen, dass sie weggefahren war.»

Im Schilf am Teichufer raschelt es, und ein Entenpaar marschiert heraus, fünf Küken im Schlepptau. Die müssen in den letzten Tagen geschlüpft sein. Ihr puschelig-gelber Flaum glänzt in der Sonne. Grete Kleinmeier zieht an ihrer Zigarette und genießt den Moment. Carpe diem, wie ihr verstorbener Gatte zu sagen pflegte. Pflücke den Tag.

Schritte knirschen auf dem Muschelkalkweg.

«Von deinen Gewohnheiten lässt du dich wohl durch nichts abbringen», sagt Käthe Klostermann und setzt sich neben sie.

«Nein. Warum auch? Vor allem lasse ich mich nicht von meiner Nachmittagszigarette abhalten. Im Haus darf man ja nicht rauchen.» Grete zeigt auf die Entenfamilie und lächelt Käthe an. «Was für ein friedliches Bild – trotz allem, was um uns herum gerade geschieht, geht das Leben einfach weiter.»

«Das stimmt. Ist schlimm, was gerade in der Welt passiert.»

«Das meine ich nicht. Ich meine hier. Erst die Diebstähle. Dann die tote Frau Beninga.» Grete Kleinmeier drückt ihre Zigarette in dem zusammenklappbaren Aschenbecher aus und stellt ihn neben sich auf die Bank. «Ich hab der Bakker gestern schon gesagt, dass ich sie genau beobachte. Erst seit sie hier ist, gibt es diese Ungereimtheiten.»

Käthe sieht sie verwundert an. «Die Tote und die Diebstähle sind doch keine Ungereimtheiten. Das sind Dinge, mit denen sich die Polizei beschäftigen muss. Und das tut sie auch. Ich hab mir mit Kommissar Bakker die Aufnahmen der Überwachungskameras angesehen.»

«Und?»

«Da war nichts drauf, was einen Hinweis geben könnte, wie Frau Beninga ums Leben gekommen ist.»

«Mag ja sein. Der Kommissar ist aber sowieso auf einem Auge blind. Schließlich passieren all diese Dinge erst, seit seine Frau hier arbeitet.»

«Seine Ex-Frau. So viel Zeit muss sein.»

«Na und? Der ist trotzdem befangen. Glaub mir, Denise Bakker spielt ihr ganz eigenes Spiel. Letzten Donnerstag habe ich gesehen, wie sie frühmorgens aus dem Bungalow von Buttkamp gekommen ist. Ich hab seine Tür von meinem Wohnzimmerfenster genau im Blick. Zwischen den beiden läuft was. Garantiert.»

«Ist doch nicht verboten. Vielleicht heiraten die sogar. Denise Bakker hat mir gesagt, sie haben sich auf einer Weiterbildung kennengelernt, und er hat sie von ihrer alten Arbeitsstelle hierher abgeworben. Stell dir vor, es soll bei ihm Liebe auf den ersten Blick gewesen sein.»

«Du siehst zu viele Rosamunde-Pilcher-Filme. Die Bakker war beileibe nicht die Einzige, die aus seinem Haus geschlichen ist.» Grete Kleinmeier hebt vielsagend die Augenbrauen.

«Wer denn noch?»

«Kannst du dir das nicht denken?»

Käthe schüttelt den Kopf, dann erhellt ein Lächeln ihr Gesicht. «Oder doch: die Onken vom Empfang?»

«Voll daneben. Aber apropos Onken. Vorhin habe ich an der Rezeption aufgeschnappt, dass die Beninga schwanger gewesen ist.»

«Schwanger?» Ungläubig starrt Käthe sie an.

«Ja. Hat dein Kommissar Bakker zum Residenzleiter gesagt.»

«Aber ... die war Anfang vierzig.»

«Ach, Käthe. Entschuldige, aber als altes Fräulein hast du so manches im Leben nicht mitbekommen. Heutzutage werden die Frauen später Mütter.»

«Man glaubt es nicht. Da wäre Erich noch mal Vater geworden. In seinem Alter!» Käthe seufzt. «Ach ja. Wie heißt es doch: Ein guter Hahn wird selten fett. Und in letzter Zeit sind so einige achtzigjährige Filmstars noch einmal Vater geworden. Al Pacino, Robert De Niro. Aber dass auch Erich ...»

Eine plötzliche Windböe fegt über den Teich. Grete Kleinmeier zieht fröstelnd ihr Halstuch fester, steht auf und steckt ihren Aschenbecher in die Handtasche. «Ich geh wieder rein. Mir wird kalt.»

Na, das waren ja Zustände bei den Beningas, denkt Rudi, als er das Gelände verlässt. Geld allein macht eben auch nicht glücklich. Da lobt er doch sein überschaubares Einkommen. Das Haus hat er auf Kredit gekauft, in zwei Jahren läuft die Zinsbindung aus, und der Rest ist nicht mehr viel.

Die Fanfare seines Handys trötet. «Henner, du um diese Zeit? Was ist los?»

Henner ruft tagsüber nie an. Erstens hat er auch viel um die Ohren mit den ganzen Briefen und Päckchen, und zweitens weiß er, dass Rudi bei der Arbeit keine Zeit für Privates hat.

«Bist du noch in Neuharlingersiel?»

«Jo.»

«Können wir uns treffen?»

Oha. Dann muss es dringend sein. «Wo?»

«Fischereigenossenschaft?»

«Bin in fünf Minuten da.»

Fast zeitgleich kommen die beiden Freunde an. Die hell gestalteten Verkaufs- und Restaurationsräume sind gut besucht, aber ein Tisch für zwei ist noch frei.

«Kibbelinge mit Kartoffelsalat?», fragt Rudi, als Henner sich setzt. «Ist schließlich Mittagszeit.»

«Jo. Und ein alkoholfreies Bier, bitte.»

Rudi bestellt an der Kasse, erhält den elektronischen Hummer, der ankündigt, wann das Essen fertig ist, und kehrt mit einem Jever Fun und einem Mineralwasser für sich zurück an den Tisch.

«Was ist los?», fragt er, während er sich das Wasser einschenkt.

«Du kümmerst dich doch gerade um den Fall der toten Frau Beninga, oder?»

«Ja.»

«Man verdächtigt Clara und ihr Team, die Bewohner bestohlen zu haben.»

«Is nich wahr.» Mit einem Ruck stellt Rudi sein Glas ab. «Davon hat der Buttkamp gar nichts gesagt.»

«Er hat aber heute Morgen mit Clara gesprochen. Eine der Bewohnerinnen hat ihre langjährige Mitarbeiterin beschuldigt, Schmuck geklaut zu haben. Die bestreitet das, und Clara ärgert sich maßlos über diese Verdächtigungen. Aber das ist noch nicht alles», sagt Henner. «Weil die Diebstähle erst begonnen haben, nachdem Denise dort angefangen hat, wird wohl auch sie verdächtigt. Hat Muddern mir erzählt, die hab ich vorhin zufällig getroffen.»

«Verfluchter Mist. Aber vielleicht sieht der Buttkamp keinen Zusammenhang zwischen dem Tod von Isabell Beninga und den Diebstählen und hat es deshalb nicht erwähnt.»

Der Hummer beginnt zu brummen und blinken.

Henner erhebt sich. «Ich geh schon. Du versprichst mir, das mit den Diebstahlsvorwürfen zu klären, ja?»

«Natürlich», sagt Rudi im Brustton der Überzeugung. «Dass Clara damit nichts zu tun hat, ist ja wohl sonnenklar. Und Denise ... nein, das glaube ich auch nicht.»

Käthe Klostermann weiß gar nicht, was sie von Gretes Gerede über den Buttkamp und die Frauen, die sie bei ihm gesehen haben will, halten soll. Grete steckt ihre Nase in alles, egal, ob sie das was angeht oder nicht. Deshalb hat sie anfangs auch einen großen Bogen um diese geschwätzige Dame gemacht. Andererseits kann man mit ihr gut Konversation betreiben. Über Literatur, Theater, Oper. Dazu spielt sie leidenschaftlich gern Karten. So haben sich ihre Wege eben immer wieder gekreuzt.

Mittlerweile ist Käthe vor Erichs Bungalow angekommen. Sie klingelt, dann öffnet sie die Tür mit der Schlüsselkarte, die er ihr gestern mitgegeben hat, als sie in ihr Apartment zurückgegangen ist.

«Ich bin's, Käthe.»

Erich liegt in seinem Relaxsessel. Als er sie bemerkt, fährt er das Rückenteil mit der Fernbedienung in Sitzposition. «Käthe. Schön, dass du kommst.»

«Wie geht es dir, mein Lieber?» Sie tritt zu ihm, beugt sich hinab und streicht kurz über seine Hand.

«Ich kann es noch immer nicht fassen.» Er spricht deutlich klarer als gestern. Das ist ein gutes Zeichen.

«Magst du aufstehen und einen Tee mit mir trinken? Ich brühe uns schnell einen auf. Ist für deinen Kreislauf besser, wenn du in Bewegung bist und nicht den ganzen Tag rumliegst. Davon wird Isabell auch nicht wieder lebendig. Du musst jetzt was für dich tun, damit du noch lange fit bleibst.»

Erich lächelt schwach. «Ach Käthe. In unserem Alter … Wozu soll ich mich fit halten?» Dennoch quält er sich aus dem Sessel und hält sich an der Lehne fest. «Dieser verdammte Schwindel. Es fühlt sich an, als hätte ich Watte im Kopf.»

«Das hat dich aber nicht daran gehindert, noch ein Kind zu zeugen», rutscht es Käthe raus.

Verdattert sieht er sie an. «Woher weißt du das?»

«Von Grete. Und ich schätze, morgen früh wissen es alle hier.» Sie atmet tief durch. Natürlich will sie ihn in seinem Zustand nicht mit Vorwürfen belasten. «Komm, ich stütze dich», sagt sie, und er legt seine Hand auf ihre Schulter, während sie zum Esstisch gehen. «Ich finde es aber sehr verantwortungslos von dir», nimmt sie den Faden wieder auf.

«Da wäre ich voll und ganz deiner Meinung, wenn es denn stimmen würde», sagt Erich, als er Platz genommen hat. «Ich mache mir keine Illusionen über meinen Zustand. Meine beste Zeit liegt hinter mir. In jeder Hinsicht.» Fahrig greift er nach dem Wasserglas, das auf dem Tisch neben einer Karaffe steht, und trinkt einen kleinen Schluck. «Seit ich die Blutverdünner nehme, bin ich kein richtiger Mann mehr. Vor über drei Jahren war ich es das letzte Mal. Isabell hat immer wieder beteuert, dass ihr das nichts ausmacht.»

Nachdenklich schaut Käthe ihn an. «Wie meinst du das?»

«So, wie ich es gesagt habe. Bei mir ist tote Hose. Da geht nichts mehr. Ich habe dieses Kind nicht gezeugt.» Zitternd stellt er das Glas zurück, doch er verfehlt die Tischkante. Klirrend fällt es auf den Fliesenboden und zerbirst in viele kleine Scherben.

Mein lieber Scholli, das war aber auch lecker. Die in Bierteig gebackenen Kibbelinge waren wunderbar kross, die Remoulade lecker, vom Kartoffelsalat ganz zu schweigen. Nun drückt der Bauch ein wenig, aber da wird er eben am Abend eine Scheibe Brot weniger essen. Mit der Dienst-Ape kutschiert Rudi nach Wittmund, sehr zur Freude der Gäste, die durch Neuharlingersiel laufen. Das dreirädrige Gefährt ist immer ein Hingucker.

Sein Chef sitzt am Schreibtisch, als Rudi das Büro betritt.

«Fein, Bakker, dann holen Sie bitte den Kollegen Schnepel dazu, damit wir gemeinsam schauen können, was Sie zusammengetragen haben.»

Zurückgelehnt auf seinem Schreibtischstuhl, die Arme vor der Brust verschränkt, hört Haueisen zu, als Schnepel vom Gespräch mit Denise berichtet. Rudi fühlt sich unwohl dabei, unterdrückt aber den Impuls, seine Ex-Frau zu verteidigen.

«Fakt ist, dass Frau Bakker einen Rochus auf Isabell Beninga gehabt haben muss, als sie erfuhr, dass die sie an diesem Rollator-Projekt nur mit zehn Prozent beteiligen wollte und sie diese zehn Prozent vom Startkapital des neu zu gründenden Unternehmens auch noch einzahlen sollte. Ich hab das mal grob überschlagen. Wenn die eine GmbH gründen wollten, müssen sie als Einlage 25 000 Euro hinblättern. Davon zehn Prozent wären zweitausendfünfhundert Euronen.» Schnepel grinst Rudi an. «So viel müsste deine Ex doch problemlos aufbringen können. Andererseits kostet es bestimmt auch eine ordentliche Stange Geld, so etwas zu entwickeln und zu produzieren.»

Rudi zuckt mit den Schultern. Von so was hat er keine Ahnung.

«Als ich deiner Ex erzählt hab, dass die Beninga sich das Patent hat sichern lassen, hätteste die mal sehen sollen. Die ist erst weiß geworden, dann krebsrot, dann wieder weiß. Ich hab die Zähne knirschen hören, so sauer war die. Aber die hat sich gut im Griff, das muss man ihr lassen.»

«Kannst du bitte aufhören, von Denise immer als von meiner Ex zu sprechen?», sagt Rudi scharf.

«Ist sie aber doch.» Schnepel grinst noch breiter. «Vielleicht hat sie das mit dem Patent aber schon gewusst und wurde nur deshalb so farbenfroh im Gesicht, weil sie nicht damit gerechnet hat, dass wir das rausfinden. Die hält uns wohl für blöd. Sie kennt eben nur dich, Rudi. Mit jemandem von meinem Kaliber hat sie noch keine Bekanntschaft gemacht.»

«Nun ist es aber gut», mischt sich Haueisen ein. «Hören Sie auf, den Kollegen so anzugehen. Er kann nun wirklich nichts für das, was Frau Bakker getan hat. Er könnte selbst dann nichts dafür, wenn er noch mit ihr verheiratet wäre.»

«Bin ich doch schon seit Ewigkeiten nicht mehr!», ruft Rudi fast schon verzweifelt.

«Das wissen wir. Beruhigen Sie sich wieder. Was haben Sie uns denn Neues zu berichten?» Haueisen lehnt sich wieder zurück, und Rudi erzählt von den Streitigkeiten, die Isabell Beninga mit ihrem Mann, aber auch mit dem Generalunternehmer und dem Architekten wegen der erhöhten Baukosten gehabt hat. Da die Rechnungen letztlich aber beglichen wurden, scheiden die als Verdächtige aus. Außerdem und überaus ungern berichtet er von den Diebstählen im Heim.

«Diebstähle? Davon wissen wir ja gar nichts», unterbricht Schnepel ihn.

«Weil sie nicht zur Anzeige gebracht wurden. Doch der Geschäftsführer hat der Vorarbeiterin der Reinigungsfirma ‹Alles Sauber!› unterstellt, dass ihre Mitarbeiterin Dinge entwendet hat. Es handelt sich konkret um eine Kette, eine Brosche und eine Uhr. Die Mitarbeiterin ist aber schon seit Jahren in der Firma beschäftigt und hat sich nie etwas zuschulden kommen lassen.»

Schnepel schnalzt mit der Zunge. «In welchem Zeitraum haben die Diebstähle stattgefunden?»

Verdammt. Diese Frage hätte jetzt nicht sein müssen. «In den letzten Wochen», beantwortet Rudi sie wahrheitsgemäß.

«Also seit deine Ex da arbeitet.» Das Wort Ex spricht Schnepel genüsslich aus. «Hat die Dame also doch keine Kohle für das neue Unternehmen gehabt und musste arme, alte Menschen beklauen.» Schnepels Stimme überschlägt sich fast vor Begeisterung. «Die Schlinge zieht sich immer mehr um den Hals deiner Verflossenen zu, Rudi.»

«Ich warne dich, Helmut!» Langsam reicht es Rudi. «Um das mal abschließend klarzustellen: Ich habe mit Denise nichts mehr zu tun. Und ... arm sind die Bewohner garantiert nicht, sonst könnten die sich diese teure Unterkunft nicht leisten.»

«Das tut nun überhaupt nichts zur Sache. Aber die Diebstähle liefern uns ein Eins-a-Motiv. Mal angenommen, die Beninga hat deine Denise auf frischer Tat ertappt und wollte sie rausschmeißen. Es kommt zum Streit, und deine Ex hat sie getötet.» Schnepel atmet tief durch die Nase ein, sein Brustkorb hebt und dehnt sich vor Genugtuung.

«Unsinn», weist Rudi den Vorwurf vehement zurück. «Das würde sie nie machen.»

«Na, irgendwer muss es ja gewesen sein», meint Haueisen.

«Und immerhin hat Frau Kleinmeier sie in der Nähe des Teiches getroffen, kurz bevor sie die Leiche entdeckt hat», erinnert Schnepel.

Für einen Moment herrscht Schweigen. Dann ergreift Rudi wieder das Wort. «Eines ist mir übrigens noch aufgefallen. Auch der Buttkamp sah erschrocken aus, als er von der Schwangerschaft der Beninga erfuhr. Da frag ich mich doch, warum alle drei Männer so reagiert haben. Mich beschleicht das dumpfe Gefühl, dass da irgendwas nicht stimmt.»

Claras Anruf hat Rosa euphorisiert. Die Idee, sich als Ehrenamtliche in der Seniorenresidenz zu bewerben, gefällt ihr ausgesprochen gut, kann sie sich auf diese Weise doch um den unleidlichen Verdacht mit den Diebstählen kümmern und herausfinden, wer der wirkliche Übeltäter ist. Sie sitzt schon in ihrem roten Fiat 500, da fällt ihr ein, dass sie noch einmal in der Wattenmeerstation anrufen wollte. Schnell zückt sie ihr Handy, und wieder lässt sie es dort achtmal klingeln. Auch jetzt meldet sich niemand. Na gut, morgen ist auch noch ein Tag. Schon startet sie das Auto und macht sich auf den Weg.

Auf dem Besucherparkplatz steht zum Glück kein Polizeifahrzeug. Ist besser, wenn Rudi und vor allem Schnepel und Haueisen nicht gleich mitbekommen, was sie im Schilde führt.

Am Tor bleibt Rosa stehen und lässt das Gebäude auf sich wirken. Die ehemalige Fabrikantenvilla mit dem Rosenrondell davor ist beeindruckend. Nur die Buchsbaum-Einfassung des Rondells sieht ziemlich traurig aus.

Sie betritt das Gebäude und fühlt sich durch die Ritterrüstung in der Ecke des Raumes tatsächlich an eine Burg erinnert. Am mit Tulpen dekorierten Empfang steht Denise und unterhält sich mit der Frau hinterm Tresen.

«Moin», grüßt Rosa.

Denise nickt ihr zu. «So schnell sieht man sich wieder. Willst du jemanden besuchen?»

«In gewisser Weise schon. Ich habe gehört, dass ihr jemanden sucht, der nachmittags euren Bewohnern mit Vorlesen, Kartenspielen oder anderen Dingen die Zeit vertreibt. Ich habe mir schon seit Längerem überlegt, in meiner Freizeit etwas Soziales zu leisten, und ich denke, das wäre genau das Richtige für mich.»

«Das ist eine wunderbare Einstellung», hört Rosa hinter sich eine männliche Stimme sagen. Was für ein Timbre. Sofort meldet sich eine Gänsehaut in ihrem Nacken, die ganz langsam den Rücken herunterrieselt.

Langsam dreht sie sich um und blickt in die offenen Gesichtszüge eines Endvierzigers. Der Mann im Anzug mit Einstecktuch streckt ihr die Hand entgegen. «Gestatten, Buttkamp. Ich bin der Leiter dieser Einrichtung.»

Ach nee. Das ist also Denises neuer Partner. Was für ein gut aussehender Mann. Rosa wird ganz flau im Magen, und schwallartig steigt ein Anflug von Neid in ihr auf. Sie kann Denise zu diesem Lebensgefährten nur gratulieren.

Jetzt bloß nicht mit zittriger Stimme reden. «Moin. Mein Name ist Rosa Moll.»

«Sehr erfreut.» Irrt Rosa sich, oder lässt er seinen Blick blitzschnell an ihrem Körper herunterwandern? «Folgen Sie mir in mein Büro, dort können wir alles Weitere besprechen.»

Denise hält ihn am Arm zurück. «Jochen, lass mich das übernehmen, du hast noch so viel zu tun.»

«Nein, ist schon gut. Ich mache das sehr gern persönlich. Kommen Sie, Frau Moll. Immer mir nach.»

Schnell ist Rosa klar, was von ihr vor allem erwartet wird: Sie soll für Abwechslung sorgen.

«Wir versuchen, den Wochenablauf mit verschiedensten

Angeboten interessant zu gestalten. Jeden Vormittag haben wir eine Fitnesstrainerin im Haus, die unterschiedliche Kurse anbietet. Am Montag kommt eine Frisörin. Freitagnachmittag laden wir zum Tanztee. Seit Neuestem bieten wir am Mittwoch einen Karaoke-Abend an. Ein bekannter Schlagersänger, der hier wohnt, hatte diese Idee. Vielleicht kennen Sie ihn ja. Udo Held.»

Udo Held? Ach ja, den fand ihre Mutter mal gut. Er hat irgendwas mit Rosen und Liebe gesungen, das hat sie immer beim Bügeln geträllert. Rosa nickt. «Natürlich.»

Buttkamp lächelt sie verschmitzt an. «Ich hab eigentlich gedacht, Sie sind noch viel zu jung, um ihn zu kennen.»

«Na ja. Meine Mutter mochte seine Musik.»

«Ich hab es geahnt. Jedenfalls suchen wir für den Dienstag- und Donnerstagnachmittag jemanden», erklärt Buttkamp und ist begeistert, als er hört, dass Rosa Lehrerin ist und leidenschaftliche Kartenspielerin. «Da sind Sie ja wie geschaffen für uns!»

Rosa lächelt geschmeichelt. «Ich besitze auch eine große Sammlung von Gesellschaftsspielen, die ich Ihren Damen und Herren nach und nach vorstellen kann. Mir würde das jedenfalls große Freude bereiten», sagt sie und meint es sogar ernst. «Wenn Sie möchten, kann ich morgen schon anfangen. Um fünfzehn Uhr?»

«Das passt perfekt. Ich veranlasse, dass ein Aushang gemacht wird, und werde es heute beim Abendessen und auch morgen Mittag ankündigen. Bevor Sie gehen, zeige ich Ihnen noch unseren Clubraum, damit Sie wissen, wo Ihre Wirkungsstätte ist. Kommen Sie.» Er erhebt sich gerade, als es an der Tür klopft. «Herein.»

Ein Mann Ende fünfzig öffnet die Tür und hält überrascht

inne, als er Rosa bemerkt. «Entschuldigung, ich wollte nicht stören.»

«Sie stören doch nie, Herr Beninga. Darf ich Ihnen Frau Moll vorstellen? Sie wird ab morgen unsere Residenten zweimal wöchentlich bei Laune halten.» Spitzbübisch zwinkert er Rosa zu.

Beninga? Der sieht doch noch gar nicht so alt aus, wie alle erzählt haben. Und vor allem auch überaus gut.

«Die Rezeption ist gerade nicht besetzt, deshalb komme ich zu Ihnen. Ich erwarte meinen Bruder heute Nachmittag, sagen Sie ihm bitte, dass ich ihn in meinem Apartment sprechen möchte, bevor wir zu unserem Vater gehen, falls ich ihn verpasse.»

«Aber natürlich, Herr Beninga. Ich hoffe, dass ich ihn sehe. Aber ich werde auch Frau Onken Bescheid sagen, sie müsste gleich wieder an ihrem Platz sein.»

Nachdem Buttkamp ihr den wohnlich eingerichteten Clubraum in der ersten Etage gezeigt hat, verabschieden sie sich in der Eingangshalle voneinander. «Wir sehen uns morgen. Ich freue mich auf Sie.» Er drückt ihre Hand einen Bruchteil zu lange, und Rosa spürt wieder eine Gänsehaut im Nacken.

Beschwingt verlässt sie die Beningaburg und umrundet mit einem Lächeln auf den Lippen das Rosenrondell, in dessen Mitte eine Apollofigur steht. Der dritte schöne Mann innerhalb von Minuten. Wenn das kein Zeichen des Himmels ist. Rosa kann den Anblick gar nicht von ihm lösen und geht rückwärts weiter. Dabei stößt sie mit jemandem zusammen.

«Können Sie nicht aufpassen», herrscht der Mann sie an.

«Entschuldigung», murmelt sie, reibt sich den schmerzenden Arm und stutzt. «Kennen wir uns nicht?»

«Nicht, dass ich wüsste.» Der Hüne macht einen langen Schritt zur Seite.

«Warten Sie. Sie sind doch der Ornithologe. Wir haben uns am Samstag auf der Beobachtungsplattform kennengelernt. Wissen Sie nicht mehr?»

«Ach ja.» Er macht Anstalten weiterzugehen.

«Einen Augenblick noch. Ich versuche den ganzen Tag schon, Sie telefonisch zu erreichen.»

«Die Wattenmeerstation ist montags nicht besetzt. Versuchen Sie es morgen. Und jetzt muss ich weiter. Mein Bruder erwartet mich.»

Verdattert schaut Rosa ihm hinterher, als er im Seniorenheim verschwindet. Sein Bruder. Etwa der von dem Beninga, den sie gerade im Büro gesehen hat? Nein, das kann nicht sein. Da gibt es keinerlei Ähnlichkeit. Aber das muss ja nichts heißen. Sie zieht ihr Handy aus der Jackentasche und tippt im Suchfenster Beninga und Ornithologe ein. Tatsächlich erscheint ein einzelner einsamer Link zu einem Artikel über ihn, Peter Beninga. Und jede Menge über die Familie Beninga. Über einen Mangel an Fotos im Internet kann sich diese Familie wahrlich nicht beklagen.

DIENSTAG

Heute muss Rudi nicht nach Wittmund fahren, sein Chef hat ihn dazu verdonnert, bei Bernie in Esens die Stellung zu halten. Er soll sich weitestgehend aus dem Fall Beninga raushalten. Nur, weil er mal mit Denise verheiratet gewesen ist. Als ob er deswegen nicht objektiv arbeiten könnte! Aber gut, sei es drum, ist vielleicht tatsächlich besser, auch wenn sich seine Wut auf Denise im Laufe der vielen Jahre verflüchtigt hat.

Um Bernie eine Freude zu machen, hat Rudi bei Bäcker Hinrichs zwei Mettbrötchen gekauft. Das wäre nicht nötig gewesen. Beim Betreten der Polizeistation sieht er vor Bernie schon einen Teller mit zwei Mettbrötchenhälften stehen. Dicke Zwiebelringe obendrauf.

Rudi muss lachen. «Wie ich sehe, hast du dich schon selbst versorgt.»

«Ich konnte ja nicht ahnen, dass du heute mein Frühstück mitbringst. Macht aber nichts», sagt Bernie mit einem breiten Grinsen. «Ich schaffe auch noch ein zweites. Schmeckt einfach zu gut.» Er schenkt Rudi und sich eine Tasse Kaffee aus der Thermoskanne ein. «Seit Marga mich zum Intervallfasten verdonnert hat, darf ich sechzehn Stunden lang nichts essen. Das grenzt an Folter, aber zumindest kann ich in den verbleibenden acht Stunden essen, was ich möchte.»

Verwundert sieht Rudi ihn an. «Hast du echt gestern Nachmittag um vier das letzte Mal gegessen?»

«Nee, um sechs.»

«Dann musst du noch warten.» Rudi schiebt Bernies Teller weg.

«Was soll das denn jetzt?»

«Nachhilfe im Rechnen.»

Nach dem morgendlichen Imbiss sitzt Rudi an seinem Schreibtisch und arbeitet den Stapel ab, den Bernie nicht geschafft hat. Kleinere Blechschäden auf Parkplätzen, ein zerkratztes Auto, Taschendiebstahl und Sachbeschädigung, ein vermisstes Fahrrad und ein Fall von Enkeltrickbetrug. Übers Wochenende kommt doch allerhand zusammen. Seltsamerweise findet er nichts über die Diebstähle in der Beningaburg. Vielleicht wollen die das erst mal vor Ort klären, aber wie soll er sich darum kümmern, wenn es keinen Vorgang dazu gibt? Am besten, er fährt nachher mal hin.

Es geht schon auf zwölf zu, als das Telefon klingelt.

«Moin, Herr Bakker, hier Grete Kleinmeier. Ich mische mich ja ungern in anderer Leute Dinge ein, aber ich habe mich ausgiebig mit Fräulein Klostermann beraten, und sie meint, ich solle mich mit Ihnen in Verbindung setzen.»

«Moin, Frau Kleinmeier, worum geht es denn?»

«Um Frau Beninga.»

«Da sind die Kollegen in Wittmund zuständig, ich gebe Ihnen mal die Telefonnummer.»

«Nein, mit denen will ich nicht sprechen. Der eine ist mir zu arrogant und der andere zu brummig. Außerdem sagt Käthe, dass man Ihnen vertrauen kann. Das weiß ich ja von den anderen nicht.»

«Dann schießen Sie mal los, ich bin ganz Ohr.»

«Herr Bakker, die Angelegenheit ist viel zu sensibel. Darüber kann ich nicht am Telefon reden. Wäre es möglich, dass Sie in die Residenz kommen? Für mich ist es sehr umständlich, mit dem Bus zu Ihnen zu fahren.»

«Das lässt sich einrichten, ich komme am frühen Nachmittag wegen der Diebstähle sowieso in die Residenz.»

«Ach», sagt Frau Kleinmeier erfreut. «Es wird auch Zeit, dass das mal jemand in die Hand nimmt. Hier vom Haus macht das ja keiner. Und der Neuen ...» Frau Kleinmeier verstummt.

«Welche Neue meinen Sie?», fragt Rudi.

«Die, die denselben Nachnamen hat wie Sie.» Das klingt knapp.

«Was ist denn mit ihr?»

«Das erzähle ich Ihnen, wenn Sie hier sind. Bis später. Ich werde entweder in meinem Apartment sein, Nummer 14, oder bei Sonnenschein am Teich. Oder im Clubraum, je nachdem, wann Sie kommen.»

«Ich werde Sie schon finden, Frau Kleinmeier. Bis später.»

Kreischend drehen die Möwen Runde um Runde über den alten Fischkuttern im Hafenbecken, als Henner sein E-Trike an den geöffneten Sieltoren abstellt. Er fischt die Post für Ludwig Twenge aus der Tasche. Kaum steht er an der Haustür, ruft Ludwig von oben: «Moin, Henner. Is offen.»

Sein alter Boßelkumpel sitzt wieder mal am Tisch vor dem weit geöffneten Fenster. Von dort hat er nicht nur den Überblick, was vor, neben und hinter den Krabbenkuttern vor sich geht, er genießt auch die freie Sicht auf das sich ständig verändernde Wattenmeer. Das kann Henner gut verstehen. Sonne und Mond. Ebbe und Flut. Der ewige Kreislauf. Es ist jedes

Mal gleich und doch immer wieder anders. Aber das verstehen eigentlich nur die Menschen, die hier leben.

«Was bringst du mir denn heute?»

«Einen Brief von der Beningaburg.» Henner hält ihm den DIN-A4-Umschlag hin. «Was willste denn von denen? Ihr wohnt hier doch gut, und zur Not könntet ihr einen Treppenlift einbauen lassen, das wäre allemal billiger als die Residenz.»

Ludwig gießt eine Tasse Tee ein und reicht sie ihm. «Natürlich kann ich mir so eine Unterkunft nicht leisten. Aber ich schreibe gerade einen Artikel über das Leben in diesem Heim, da brauche ich Material.»

«Ach so. Ich kann mir auch nicht vorstellen, dass Sigrid hier raus möchte. Ihr habt es so gemütlich und dazu noch das barrierefreie Bad. Da lecken sich manch andere die Finger nach.» Das mit dem Laufen klappt bei Ludwig schon eine Weile nicht mehr so gut, weshalb er auf Krücken angewiesen ist und für weitere Wege einen E-Scooter benutzt.

«Nee, das würde sie auch nicht. Vielleicht in zwanzig Jahren.» Ludwig grient und tippt mit seinem fleischigen Finger auf den Umschlag. «Heute Vormittag hab ich Udo Held am Telefon interviewt. Der wohnt da jetzt.»

Udo Held? Der Name sagt Henner nichts. «Muss ich den kennen?»

«Ich bitte dich. Udo war Ende der Fünfzigerjahre *der* Schlagerstar der Nation. Kennst du nicht sein Lied: An meinem Heimatstrand, da traf ich sie …»

«Nee, nie gehört.»

«Du bist eben zu jung. Hast keine Ahnung, was gute Musik ist. Schade, dass der Udo keine Platten mehr aufnimmt. Aber er macht jetzt Karaoke-Veranstaltungen in der Beningaburg und singt da dann auch zur Freude der Bewohner. Ich hab ihn gefragt, wie er sich hier fühlt, ob der Wechsel von Hamburg nach Neuharlingersiel für ihn nicht zu extrem ist. Udo hat mir verraten, dass er sich hier eigentlich ganz wohlfühlt, weil der Service erstklassig ist und ihn der überwiegende Teil der Bewohner kennt. Das schmeichelt ihm. Was ihm allerdings nicht gefällt, ist, dass ihm jemand seine Rolex geklaut hat. Direkt aus seinem Zimmer.» Ludwig beugt sich zu Henner vor. «Er verdächtigt die Putzfrau.»

Henner wirft ihm einen eisigen Blick zu. «Wehe, du schreibst darüber, bevor das bewiesen ist. Mit solchen haltlosen Behauptungen kannst du Menschen ins Unglück stürzen.»

«Und wenn doch?»

«Dann kannst du dir in Zukunft deine Post von unten selbst hochholen und musst mit einer Anzeige wegen Rufschädigung rechnen. Vergiss nicht: Meine Schwester Clara ist die Vorarbeiterin bei ‹Alles Sauber!›.» Henner stellt seine Tasse auf den Tisch. «Überleg es dir gut, Ludwig.»

«Ja, das ist eine äußerst unangenehme Sache», sagt Jochen Buttkamp zu Rudi, als der ihn auf die Diebstähle anspricht. Der Residenzleiter sitzt auf seinem modernen Stuhl hinter dem Schreibtisch, Rudi steht davor. Hinter Buttkamp kann er durch ein großes Fenster in einen Teil der gepflegten Parkanlage sehen. Ein Gärtner fährt auf einem Aufsitzmäher über den Rasen, eine getigerte Katze schleicht an einem Beet entlang.

«Wir gehen davon aus, dass die Gegenstände einfach nur verlegt worden sind. Es passiert den alten Herrschaften leider oft, dass sie etwas vermeintlich gut wegpacken, dann aber vergessen haben, wohin. Bislang haben wir gehofft, die Gegenstände würden sich wieder einfinden, deswegen haben wir keine Anzeige erstattet. Und für unser Personal lege ich die Hand ins Feuer.»

«Was Sie allerdings nicht daran hindert, die Mitarbeiterinnen der Firma ‹Alles Sauber!› des Diebstahls zu bezichtigen», sagt Rudi trocken.

Verdutzt schaut Buttkamp ihn an. «Woher wissen Sie das?»

Rudi sieht, wie es in seinem Kopf rattert. «Sagen wir mal so: Wenn Sie einer Mitarbeiterin der Firma Diebstahl unterstellen, sollten Sie auch Beweise dafür haben, sonst könnte man Sie im Gegenzug der Rufschädigung bezichtigen. Haben Sie denn Beweise?»

Buttkamp kneift die Augen zusammen, dann entspannen sich seine Gesichtszüge wieder. «Nein», gesteht er schließlich.

«Ich hoffe, wir haben uns verstanden», sagt Rudi und geht zur Tür. «Sonst müssen Sie Ihrerseits mit einer Anzeige rechnen.»

Buttkamp schaut ihn entgeistert an.

«Gut. Und nun muss ich los, ich bin mit Frau Kleinmeier verabredet. Wo finde ich Apartment 14?»

Auf sein Klopfen hin öffnet Frau Kleinmeier. «Herr Bakker, danke, dass Sie gekommen sind.»

Sie bittet ihn in ihr Wohnzimmer, das mit holzgefassten Sitzmöbeln sehr wohnlich, wenngleich nicht modern wirkt. Ein Eichenschrank steht an der Wand, auf dem Holztisch liegt eine weiße Mitteldecke mit Lochstickerei. Solche gestärkten Decken hat Mudder Steffens auch in der guten Stube liegen. Ein kleiner Strauß mit Gartenblumen steht in einer bemalten Porzellanvase auf dem Tisch, die Polster von Sofa und Sesseln sind beige mit floralem Muster.

«Nehmen Sie Platz», bittet Frau Kleinmeier. «Darf ich Ihnen ein Glas Wasser anbieten? Kaffee hatte ich gerade schon.»

«Danke nein», lehnt er das Angebot ab, setzt sich aber auf den Sessel. «Kommen wir doch gleich zur Sache.»

Sie nimmt ihm gegenüber Platz. «Wissen Sie, ich kann von hier aus gut sehen, was draußen vor sich geht.»

Rudi blickt zur Seite, und tatsächlich bietet das raumhohe Fenster einen enormen Ausblick ins Grün bis hin zu zwei mit großem Abstand zueinander stehenden Bungalows links und rechts.

«Der kleinere ist der Bungalow von Herrn Buttkamp», fährt Frau Kleinmeier fort. «Dort habe ich Frau Beninga öfter ein und aus gehen sehen zu einer Zeit, in der anständige Menschen keinen Besuch empfangen. Ich denke, ich muss nicht mehr sagen.»

«Wollen Sie damit andeuten, dass Frau Beninga ein Verhältnis mit Herrn Buttkamp hatte?» Das überrascht Rudi nun doch, vor allem hätte die Neuharlingersieler Gerüchteküche wieder einmal recht gehabt. Aber was ist mit Denise? Sie hat doch zu Rosa gesagt, der Geschäftsführer sei ihr neuer Lebenspartner. Andererseits war die Schwangerschaft von Isabell Beninga noch in der Frühphase. Hat der Buttkamp etwa gleichzeitig was mit Denise *und* Isabell gehabt?

«Woran denken Sie?», fragt Frau Kleinmeier.

Rudi schreckt aus seinen Gedanken auf. «Ich musste diese Information in das einfügen, was wir bereits wissen», entschuldigt er sich.

«Geben Sie schon zu: Sie fragen sich, wer denn nun der Vater von dem Ungeborenen ist, das Frau Beninga im Leib trug. Eine berechtigte Frage. Darüber würde ich an Ihrer Stelle auch nachdenken.»

«Woher wissen Sie, dass Frau Beninga schwanger war?», fragt Rudi irritiert.

«Na, Sie haben doch gestern mit Herrn Buttkamp in der Halle darüber gesprochen. Und Buttkamps Reaktion sprach ja wohl Bände.»

Zehn Minuten vor der verabredeten Zeit erscheint Rosa auf der Beningaburg. Sie staunt, als sie die Polizei-Ape auf dem Parkplatz stehen sieht. Ist etwa schon wieder was passiert? Denise kommt ihr in der Halle des Haupthauses entgegen, von guter Laune keine Spur.

Auf Rosas Gruß antwortet sie schmallippig: «Du wirst schon erwartet.»

«Ist was?»

«Nein, wird mir nur gerade alles ein bisschen viel.»

Rosa will schon nachhaken, da öffnet sich Buttkamps Tür. «Ah, Frau Moll, schön, Sie zu sehen.» Er begrüßt sie mit einem kräftigen Händedruck. «Und so überaus pünktlich, da könnte sich die eine oder andere Mitarbeiterin eine Scheibe von abschneiden.» Er wirft Denise einen schnellen Blick zu. «Ich bringe Sie jetzt in den Clubraum und stelle Sie den Herrschaften vor.»

Auf dem Korridor verlangsamt Rosa ihren Schritt.

«Ich hätte da mal eine Frage.»

«Ja, bitte.» Buttkamp schaut sie an.

«Der Herr Beninga erwartete doch gestern seinen Bruder.»

«Ja, und der ist gekommen, kaum dass wir uns verabschiedet haben. Das war perfektes Timing. Wieso fragen Sie?»

«Ach, ist nicht so wichtig.» Genau das hat Rosa wissen wollen.

Mittlerweile sind sie am Clubzimmer angekommen, die Tür ist weit geöffnet, von drinnen sind Stimmen zu hören.

«Meine Herrschaften», begrüßt Buttkamp die drei Damen und den einzelnen Herrn, die in den Ledersesseln Platz genommen haben. «Ich freue mich, Ihnen Frau Moll vorstellen zu dürfen. Sie wird die nächsten zwei Stunden mit Ihnen gestalten, und ich bin mir sicher, dass Sie zusammen viel Spaß haben werden. Frau Moll beherrscht die verschiedensten Kartenspiele. Ich wünsche Ihnen viel Spaß zusammen.» Kaum hat Buttkamp den Raum verlassen, kommt eine ältere Dame herein.

«Entschuldigung, aber ich hatte bis eben Besuch.»

Sie setzt sich auf den letzten freien Platz.

«Erst mal Moin zusammen. Wie Herr Buttkamp schon sagte, mein Name ist Rosa Moll, und es ist mir eine Ehre, Ihnen heute in der wunderschönen Beningaburg Gesellschaft zu leisten», beginnt Rosa und stellt sich noch etwas ausführlicher vor, bevor sie die anderen bittet, dies ebenfalls zu tun. Genauso macht sie es, wenn sie eine neue Klasse übernimmt. Man muss ja schließlich wissen, mit wem man es zu tun hat.

Frau Kleinmeier, eine emeritierte Professorin, und Frau Wagenstedt, die sich als Unternehmergattin bezeichnet, schätzt sie auf Mitte achtzig. Beide haben früher in Bremen gelebt und würden gern Bridge spielen. Aber dazu bräuchten sie zwei weitere Mitspieler, die sie bislang noch nicht gefunden haben. Frau Leonhardt war früher Zahnärztin und ist jetzt Ende siebzig. Neben ihr sitzt Fräulein Klostermann, eine pensionierte Kollegin. Sie muss auch so um die achtzig sein, während Herr Held, ein Mann mit schwarz gefärbten Haaren und solariumgebräunter Haut, eher schon die neunzig überschritten hat und auf jugendlich macht.

«Nennen Sie mich Udo.»

«Gerne, Udo. Und Sie können mich Rosa nennen. Dann haben wir doch gleich eine angenehme Atmosphäre.»

Die Damen bestehen allerdings darauf, weiter beim Sie zu bleiben. Egal, mehr als anbieten kann sie ihnen das Du nicht.

«Ich möchte Ihnen zur Einstimmung heute etwas vorlesen. Mitgebracht habe ich eine lustige Geschichte mit dem Titel ‹Schlaflos in Aurich› und den Kurzkrimi ‹Törtebäcker muss sterben›.»

Die Damen wünschen sich den Krimi, und Udo schließt sich der Mehrheit an, möchte nächstes Mal aber eine Liebesgeschichte hören. «Schließlich haben wir es ja sogar hier im Haus mit einem seltsamen Todesfall zu tun. Das finde ich beängstigend genug.»

«Stimmt», pflichtet ihm Frau Wagenstedt bei. «Gar nicht zu reden von den Diebstählen. Meine Kette war zwar nur aus Silber, aber sie hatte für mich einen hohen ideellen Wert.»

«Dafür war meine Rolex umso wertvoller. Die habe ich mir gekauft, als ich meine erste goldene Platte bekommen habe», fällt Udo ihr ins Wort.

Rosa ist begeistert. Sie hat nicht damit gerechnet, so schnell zum Thema zu kommen. «Seltsamer Todesfall? Diebstähle? Das hört sich nach einem wirklichen Krimi an. Erzählen Sie doch, bitte.»

Alle fünf ereifern sich und berichten Rosa von ihrer Sicht der Dinge. Was die tote Beninga angeht, sind keine Informationen dabei, die sie nicht schon kennt. Abgesehen davon, dass sie nicht gewusst hat, wer die Tote als Erste entdeckt hat. Die Berichte zu den Diebstählen sind für sie Neuland.

«Bei mir ist die Kette vor drei Wochen verschwunden», sagt Frau Wagenstedt. «Ich habe sie mit Silberputzmittel bearbeitet, dann abgewaschen und auf die Fensterbank gelegt. Als ich das Zimmer verlassen habe, habe ich die Tür fest zugezogen. Da bin ich mir ganz sicher. Genauso sicher bin ich mir, dass die Putzfrau gerade im Apartment nebenan sauber gemacht hat.»

«In welchem Stockwerk wohnen Sie denn?», will Rosa wissen.

«Im ersten.»

«Und ich wohne im Erdgeschoss», sagt Udo. «Die Rolex ist mir vor einer Woche gestohlen worden. Ich hatte sie abgelegt, als ich in den Sportraum gegangen bin. Da mache ich mir immer den Fitnesstracker um. Damit ich sehe, wie viele Schritte ich auf dem Laufband mache.»

«Haben Sie Ihr Apartment auch abgeschlossen?»

«Das geht doch gar nicht. Wir haben Schließkarten. Wie im Hotel. Man kommt nur mit der passenden Karte ins Zimmer. Oder mit der Generalkarte.»

«Wie sie die Putzfrauen haben. Das habe ich auch schon der Polizei gesagt.» Überrascht richten sich alle Blicke auf Frau Kleinmeier. «Na was denn? Jemand muss die Sache ja in die Hand nehmen. Vorhin war ein Kommissar da, der kümmert sich.»

«Fangen Sie doch endlich mit dem Vorlesen an. Sonst wird das heute nichts mehr», sagt Fräulein Klostermann in einem Ton, dem man die Erfahrung langer Jahre im Schuldienst anmerkt.

«Alles klar», sagt Rosa und beginnt: «Der Wind peitschte über das flache Land ...»

Rudi ist klar: Er muss schnellstens mit Denise reden. Wenn Frau Kleinmeier von dem Verhältnis weiß, dauert es nicht lang, bis Denise davon Wind kriegt. Spätestens wenn Rudi die neuen Informationen an Haueisen und Schnepel weitergibt, wird sein Kollege sich wie ein Geier auf Denise stürzen, um es ihr brühwarm unter die Nase zu reiben. Vielleicht hat sie das verdient, aber irgendwie ist es ihm lieber, wenn er es ihr schonend beibringt. Er klopft an ihre Bürotür und tritt ein.

«Rudi.» Verwundert schaut Denise auf. «Was ist los?»

Er nimmt die Dienstmütze vom Kopf und dreht sie in seinen Händen wie ein Lenkrad. «Es ist mir etwas unangenehm, aber ich denke, ich sollte dich über eine Sache informieren.»

Sie steht auf. «Worum geht's?» Dabei legt sie den Kopf schief, wie sie es früher schon gemacht hat, wenn sie etwas nicht sofort einschätzen konnte. Damals hat er sie oft auf den Hals geküsst, bevor er ihr gesagt hat, was los war.

«Es wird dich nicht wundern, dass es sich bis zu mir rumgesprochen hat, dass du mit dem Geschäftsführer dieser Anlage zusammen bist.»

Denise senkt kurz den Kopf, dann blickt sie ihn direkt an. «Wir sind schon lange geschieden, führen unsere eigenen Leben, keiner ist dem anderen Rechenschaft schuldig.»

«Das habe ich auch gar nicht gemeint. Ich wollte nur sagen, dass ich davon weiß. Du kannst machen, was du willst. Das ist mir egal. Nicht egal ist mir unter den gegebenen Umständen allerdings, dass dein neuer Freund anscheinend nicht nur mit dir zusammen war, sondern noch eine andere Geliebte hatte. Isabell Beninga.»

«Das ist nicht wahr», sagt Denise tonlos. «Das stimmt nicht.»

«Es gibt Zeugen, die Frau Beninga spätabends und frühmorgens in seinen Bungalow haben rein- und rausgehen sehen. Es tut mir leid. Aber ich wollte es dir lieber selber sagen, bevor du es von meinem Kollegen Schnepel erfährst, der ist nicht gerade für sein Einfühlungsvermögen bekannt.»

«Das kann nicht wahr sein», wiederholt Denise leise. Dann verhärtet sich ihr Blick. «Aber wenn doch, dann könnte Jochen der Vater des Ungeborenen sein.» Sie ballt die Hände zu Fäusten. «Na warte!»

Au Backe. Der Schuss ist voll nach hinten losgegangen. Rudi könnte sich selbst ohrfeigen.

Die beiden Stunden auf der Beningaburg sind wie im Fluge vergangen. Die vier Damen haben sich mit Händeschütteln von Rosa verabschiedet, bei Udo Held mussten es zwei Wangenküsse sein.

«Und denken Sie daran, nächstes Mal lesen Sie uns eine Liebesgeschichte vor. Das haben Sie versprochen.»

«Natürlich. Und ein Spiel bringe ich auch mit.»

Gut gelaunt verlässt Rosa die Beningaburg. Mit den Diebstählen ist sie zwar noch keinen Schritt weitergekommen, aber das wäre auch zu viel erwartet gewesen. Immerhin hat sie bereits zwei der Bestohlenen gesprochen. Und auch Rudi ist an der Sache dran, wie Frau Kleinmeier berichtet hat. Die Polizei-Ape steht nicht mehr auf dem Parkplatz. Zu schade, dass sie Rudi nicht noch abgepasst hat. Liebend gern würde sie wissen, ob er etwas Neues erfahren hat. Aber aufgehoben ist nicht aufgeschoben. Sie schaut heute Abend einfach bei ihm vorbei.

Unentschlossen steigt Rosa in ihr Auto. Doch statt nach Hause zu fahren, entscheidet sie sich spontan dafür, noch einen Abstecher zur Wattenmeerstation zu machen. Die liegt ja gleich in der Nähe.

Auf der Parkfläche vor dem Klinkerbau aus den Siebzigerjahren steht ein Pick-up. Ob das der Wagen des Ornithologen ist? Zu ihm passen würde es. Rosa parkt direkt dahinter und marschiert schnellen Schrittes in Richtung Haus, als sie aus dem geöffneten Schuppen Geräusche hört. Sie wirft einen Blick in den flachen Anbau neben der Garage. Ein großer, schlaksiger Mann räumt gerade etwas in ein Regal.

«Herr Beninga?»

Der Mann dreht sich um. Er ist es tatsächlich.

«Wie schön, dass ich Sie antreffe.» Rosa geht auf ihn zu und streckt ihm die Hand zum Gruß entgegen. Der Ornithologe reagiert nicht darauf, rührt sich nicht einmal, sieht sie stattdessen konsterniert an. Als empfände er ihr Auftauchen als dreistes Eindringen in seine Privatsphäre.

«Irgendwie scheine ich Sie telefonisch nie zu erreichen, deswegen hab ich gedacht, ich schau einfach noch mal persönlich vorbei.» Sie setzt ihr freundlichstes Lächeln auf. «Wollen wir vielleicht jetzt gleich einen Termin abmachen, an dem meine Klasse und ich vorbeischauen können?»

«Ach ja, stimmt. Hatte ich total vergessen. Entschuldigung.»

«Wie wäre es am Freitag?»

Erstaunlicherweise weicht er nicht länger aus, und sie besprechen Uhrzeit und weitere Details des Schülerbesuchs. Dabei wirkt er wesentlich umgänglicher als zuvor.

«Vielen Dank, dass Sie sich Zeit für uns nehmen. Trotz des Todesfalls in Ihrer Familie.» Diese Gelegenheit kann sie einfach nicht ungenutzt lassen.

Wieder wirft er ihr diesen taxierenden Blick zu. Der Mann ist eine harte Nuss. Doch so schnell gibt Rosa nicht auf. «Das muss Sie stark belasten. Ich hörte, dass Ihre Mutter erst vor wenigen Jahren starb. Und nun kommt auch die zweite Frau Ihres Vaters unter tragischen Umständen ums Leben. Was für ein Drama.»

«Das ist wohl eher ein Drama für meinen Vater. Er hat wahrscheinlich gedacht, sie pflegt ihn, wenn er hilfebedürftig wird. Und jetzt hockt er alleine in dieser Beningaburg, die er unbedingt bauen wollte, um seine Zugehörigkeit zu diesem angeblich ältesten Häuptlingsgeschlecht Ostfrieslands zu demonstrieren. Scheißprotzerei. Beningaburg. Dass ich nicht lache! Geschieht ihm recht, dass sie ihn dorthin abgeschoben hat und selbst lieber in Hamburg gewesen ist. Das hat er nicht auf dem Zettel gehabt. Aber egal, der Alte liebt Herausforderungen in jeder Hinsicht. Er wird auch das meistern.»

«Wie meinen Sie das? Er liebt Herausforderungen?»

Peter Beninga zuckt mit den Schultern. «Er ist ein Kämpfer. Hat sein ganzes Leben lang hart für das gekämpft, was er erreichen wollte. Das zumindest nötigt mir Respekt ab. Er ist nicht mit dem sprichwörtlichen goldenen Löffel im Mund geboren, sondern hat sich das Hörgeräte-Imperium hart erarbeitet. Dass darunter viele gelitten haben – allen voran meine Mutter –, war ihm egal. Alles musste auf sein Kommando hören. Widerspruch duldete er nicht.» Sein Mund zuckt einen Moment, dann atmet er tief durch und hat sich wieder gefangen. «Nach außen hin musste der Schein der glücklichen Familie Beninga gewahrt bleiben. Koste es, was es wolle. Meine Mutter hat es die Gesundheit gekostet. Sie bekam Depressionen. Weil sie alles in sich hineingefressen hat, nur um ihn nicht zu enttäuschen. Irgendwann hat sie es nicht mehr ausgehalten und sich das Leben genommen. Bei Isabell hat er sich das Zusammenleben wohl ähnlich vorgestellt. Eine jüngere Frau, die ihn anhimmelte und die er wie gewohnt lenken wollte. Aber sie hat ihm schnell klargemacht, dass die Ehe nach ihren Regeln läuft, nicht nach seinen. Das hab ich aber nur noch am Rande mitbekommen. Seit dem Tod meiner Mutter habe ich kaum noch Kontakt zu meinem Vater und Wolfgang. Sie sind mir zu machthungrig. Zu egozentrisch. Je weniger ich mit ihnen zu tun habe, umso besser.»

Denise sitzt in ihrem Dienstraum und kaut auf dem Ende ihres Bleistifts herum. Alles in ihrem Inneren ist zu einem festen Klumpen zusammengezogen. Aber sie weiß, dass sie nun taktisch vorgehen muss. Vor allem muss sie mit Jochen reden. Es muss so aussehen, dass sie erst von Rudi erfahren hat, dass Jochen und Isabell was am Laufen hatten. Obwohl sie schon geahnt hat, dass seine Liebesbeteuerungen nicht so ernst gemeint waren. Als ihr Umzug nach Neuharlingersiel anstand, hat sie ihm vorgeschlagen, bei ihm einzuziehen. Doch er hat freundlich, aber resolut widersprochen. Sie müssten sich erst einmal näher kennenlernen, hatte er behauptet. Da hätte sie stutzig werden müssen. Allerdings war der neue Job zu verlockend. Genau wie die Aussicht auf ein Leben an seiner Seite. Erst letzte Woche ist sie dahintergekommen, was wirklich läuft.

Es klopft an der Tür, und im nächsten Moment steckt Jochen seinen Kopf herein. Erschrocken nimmt sie den Bleistift aus dem Mund.

«Denise, hast du mal einen Augenblick Zeit?»

«Auch zwei.» Sie zwingt sich zu einem Lächeln. Nur keinen Fehler machen.

«Die Polizei war vorhin hier. Sie ermittelt jetzt auch wegen der Diebstähle.» Jochen bleibt in der geöffneten Tür stehen.

«Und?»

«Die haben ja erst begonnen, seitdem du hier arbeitest. Ich wollte dich nur vorwarnen. Könnte sein, dass dir dein Ex-Mann ein paar unangenehme Fragen stellt.» Er zwinkert ihr zu. «Das ist ein seltsamer Typ. Ihr passt so gar nicht zusammen.»

«Deswegen sind wir auch nicht mehr verheiratet», erwidert Denise trocken und steht auf. «Und übrigens: Rudi mag zwar seltsam sein, aber dafür ist er ehrlich. Im Unterschied zu dir.»

«Wie meinst du das?»

Jochen schaut sie mit diesem Grinsen an, in das sie sich verliebt hat. Oder vielleicht besser, auf das sie hereingefallen ist. «Du bist ein mieses Schwein.»

«Sag mal, was ist denn in dich gefahren?», fragt er empört.

Sie tritt auf ihn zu und gibt ihm eine schallende Ohrfeige. «Das ist für deine Affäre mit der Beninga.» Eine zweite Ohrfeige folgt. «Und das für deine Lüge, dass wir uns erst besser kennenlernen sollten, bevor wir zusammenziehen.»

Er schaut sie entsetzt an. Auf seinen Wangen bilden sich rote Flecken, mit der Hand reibt er sich über das Kinn. «Du tickst doch nicht ganz richtig», sagt er leise und dreht sich um. Dabei läuft er Frau Kleinmeier in die Arme, die wohl schon eine Weile neben der Tür gestanden hat.

Henner freut sich heute ganz besonders auf das Bierchen mit Rudi im Dattein. Er hat nach Feierabend bei seinen Eltern den Gemüsegarten umgegraben, damit die vorgezogenen Pflanzensetzlinge am Wochenende in die Erde kommen. Dafür sind mittlerweile seine Schwestern zuständig. Das lange Bücken fällt Muddern von Jahr zu Jahr schwerer, und für Vaddern ist das schon gar nichts.

Kaum steht das Bierglas vor Henner, kommt Rudi rein. «Frank, für mich ein Deichinger.»

Die beiden prosten sich gerade zu, als Rosa sich zu ihnen setzt. Henner hat sie gar nicht reinkommen hören. Das hat Seltenheitswert. Bei niemandem fällt die Tür so laut krachend zu wie bei ihr.

«Eine Weißweinschorle», bestellt sie und guckt Rudi herausfordernd an. «Hast du schon was rausgefunden?»

«Was meinst du? Den Mord oder die Diebstähle?»

«Na, die Diebstähle. Frau Kleinmeier ist sich sicher, dass jetzt alles schnell geklärt wird, wo du die Angelegenheit in die Hand genommen hast. Udo Held auch. Der will vor allem seine Rolex wieder.»

Im ersten Moment steht Henner voll auf dem Schlauch, aber dann dämmert ihm, was los ist. «Hat Clara dich also tatsächlich in die Seniorenresidenz eingeschleust. Putzt du jetzt die Zimmer?»

«Nein, ich leiste den Herrschaften zweimal in der Woche Gesellschaft, und dabei komme ich mit ihnen natürlich auch ins Gespräch. Und mit einer von denen, Frau Kleinmeier, hat Rudi heute geredet.»

Rudi trinkt sein Glas aus und bestellt gleich zwei neue. «An der führt kein Weg vorbei, und ihren Augen entgeht nichts. Das kannst du mir glauben.»

«Nun erzähl schon.»

«Geht nicht.»

Die Rechnung hat Rudi ohne Rosa gemacht, da ist sich Henner ganz sicher. Wenn sein Kumpel solche nebulösen Andeutungen macht, muss er sich nicht wundern, wenn Rosa nachbohrt. Es ist wie ein kleiner Machtkampf. Erst weicht er ihr noch aus, aber sie lässt nicht locker, bis sie ihn so weit hat und er erzählt, was Sache ist. Zumindest in groben Zügen. «Haueisen hat angeordnet, dass ich wieder mehr in der Station in Esens arbeiten soll. Weil ich befangen bin», gesteht er schließlich.

«Wieso das denn?», wundert sich Henner. «Du kanntest diese Beninga doch gar nicht.»

«Nö, die kannte ich nicht. Aber Denise. Und die hätte mehrere Motive, die Beninga aus dem Weg zu räumen, wie sich herausgestellt hat. Die Diebstähle begannen erst, nachdem sie dort angefangen hat, dazu kommt das Rollator-Projekt, bei dem die Beninga sie über den Tisch ziehen wollte, und dann gibt's da noch das Motiv Eifersucht. Wie es aussieht, hatte der Buttkamp gleichzeitig ein Verhältnis mit der Beninga.»

«Is nich wahr.» Da muss auch Henner staunen, und Rosa verschlägt es tatsächlich für einen Moment die Sprache.

«Trotzdem glaube ich nicht, dass Denise was mit der Sache zu tun hat», sagt Rudi. «Sie ist zwar aufbrausend, aber nicht gewalttätig.»

«Ich hätte eine Idee.» Nachdenklich nippt Rosa an ihrem

Glas. «Angenommen, der Dieb ist auch der Mörder oder die Mörderin. Und wir stellen dieser Person eine Falle. Und weiter angenommen, die Falle schnappt zu, und es ist nicht Denise …»

«Was ist dann?» Henner greift zu seinem Glas.

«Dann fiele schon mal ein Motiv weg», sagt Rudi. «Aber aus Schnepels Schusslinie wäre sie trotzdem nicht. Es gibt ja auch noch die anderen möglichen Motive. Und die wiegen mehr als simpler Diebstahl.»

«Dann müssen *wir* eben auf allen uns zur Verfügung stehenden Ebenen ermitteln», schlägt Rosa vor.

«Wir?» Henner traut seinen Ohren nicht. «Das ist Sache der Polizei.»

«Aber sie haben Rudi doch wieder nach Esens geschickt. Und wenn Schnepel sich auf Denise einschießt, dann tut sie mir jetzt schon leid. Vor allem, weil sie in Buttkamp keine echte Stütze hat. Der ist ja anscheinend ein Fremdgänger, wie er im Buche steht. Angenommen, der hat die Beninga tatsächlich geschwängert, dann kommen bei deren Todesfall auch noch andere Motive ins Spiel.»

«Wohl wahr», murmelt Rudi. «Die Dame hatte es auf jeden Fall faustdick hinter den Ohren und hat dem alten Beninga ordentlich Hörner aufgesetzt.»

«Also, mein Mitleid hält sich Grenzen», sagt Rosa. «Ich habe am Nachmittag mit Peter Beninga gesprochen. Das ist sein jüngerer Sohn. Der ist Ornithologe und arbeitet in der Wattenmeerstation in Carolinensiel. Ich mache mit meiner Klasse einen Ausflug dahin.» Sie grinst unschuldig.

«Rosa! Misch dich nicht in die Ermittlungen ein!», warnt Rudi, und auch Henner schwant Böses. Dass sie ihre Nase aber auch überall reinstecken muss.

«Ich hab ihn das erste Mal zufällig getroffen, bevor ich wusste, dass Isabell Beninga tot war und er ihr Schwager ist. Also, stellt euch nicht so an. Heute hat er mir erzählt, dass er vor Jahren mit seiner Familie gebrochen hat. Gleich nach dem Tod seiner Mutter hat er sich da rausgezogen und wollte mit der Sippe und der Firma nichts mehr zu tun haben. Sein Vater ist ein unantastbarer Patriarch gewesen, der keine Widerworte duldete. Nach außen galt es den schönen Schein zu wahren, innen war die Familie marode. Nach dem Tod der Mutter ist die bis dahin aufrechterhaltene Fassade der Familie zusammengebrochen. Sein Bruder Wolfgang und der Vater gehen seitdem wie Kampfhähne aufeinander los. Und warum?»

MITTWOCH

Die Gespräche mit Rosa und Henner haben Rudi bis in den Schlaf verfolgt. Er hat sich im Traum mit Frau Kleinmeier hinter einer Couchgarnitur auf die Lauer gelegt. Auf dem Tisch lag eine goldene Rolex als Lockangebot. Der Dieb kam, trug aber eine schwarze Sturmhaube und Handschuhe. Rudi hat mit ihm gekämpft, doch bevor er ihm die Maske vom Gesicht reißen konnte, ist der Vermummte aus dem Fenster gesprungen.

Rudi versucht den Traum mit einer heißen Dusche zu verscheuchen. Noch im Bademantel lässt er Haueisen über die Telefonzentrale ausrichten, dass er ihn dringend sprechen muss. Dann zieht er sich an und macht sich auf den Weg nach Wittmund.

Sein Chef scheint auch schlecht geschlafen zu haben, seine Augenringe sind noch dunkler als sonst. Schnepel kommt mit einem Becher herein, sofort duftet es verlockend.

«Kaffee ist 'ne gute Idee», findet Haueisen. «Schnepel, holen Sie mir auch einen.» Aus der obersten Schreibtischschublade fischt er einen Euro heraus und hält ihn Schnepel hin.

«Und wenn du schon dabei bist, für mich auch einen.» Rudi zieht sein Portemonnaie aus der Gesäßtasche und gibt Schnepel ebenfalls eine Münze.

«Was soll das denn?», ärgert sich der, geht aber ohne weiteren Protest, nachdem Haueisen ihn schräg angeschaut hat.

Mit zwei Einwegbechern kehrt er kurz darauf zurück. Haueisen trinkt den ersten Schluck und seufzt genüsslich. «Der tut gut. Also, Bakker, was wollten Sie mir so dringend berichten?»

«Gestern war ich in der Beningaburg, weil ich mich um die Diebstähle kümmern wollte, und habe interessante Neuigkeiten erfahren. Eine Bewohnerin hat beobachtet, dass Frau Beninga öfter in den Bungalow von Buttkamp geschlichen ist. Sie meint, die beiden hätten ein Verhältnis gehabt.»

«Ach nein!» Schnepels Augen funkeln, er reibt sich die Hände. «Eifersucht ist ein gutes Motiv.»

«Der Beninga ist allerdings etwas wackelig auf den Beinen», gibt Rudi zu bedenken.

«Papperlapapp.» Darauf lässt Schnepel sich nicht ein. «Wenn einer so richtig sauer ist, dann aktiviert er noch die letzten Kräfte. Das Ehepaar hat sich am Teich in die Haare gekriegt, weil sie eine Affäre mit Buttkamp hatte. Sie hat ihren Mann vielleicht als alten Sack bezeichnet, daraufhin hat er rotgesehen, den Stein aufgehoben, zugeschlagen und sie in den Teich geschubst. Totschlag im Affekt.»

«Ich weiß nicht», meint Haueisen. «Ich halte ihn zu sehr für einen Kopfmenschen, als dass er sich von seinen Gefühlen zu so einer Tat hinreißen ließe.»

«Wenn Erich Beninga es nicht war, haben wir ja auch noch den Buttkamp.» Schnepel kann sofort umschalten.

«Wieso denn der jetzt?», fragt Haueisen. «Warum sollte er seine Geliebte töten?»

«Auch wieder wahr», gibt Schnepel zu, um gleich darauf zu triumphieren: «Der Buttkamp hat garantiert auch eine Partnerin.»

Oh nein. Rudi ahnt, was jetzt kommt.

«Die ist hinter diese Affäre gekommen und hat die Rivalin aus dem Weg geräumt.» Schnepel grinst selbstzufrieden.

«Hatte er überhaupt eine Frau?», fragt Haueisen.

«Das lässt sich ja schnell herausfinden.» Schnepel ist Feuer und Flamme.

Soll Rudi nun von Denise und Buttkamp erzählen, oder soll er nicht? Es nützt ja nichts. Dass die beiden was miteinander haben, kommt sowieso heraus. Also gibt Rudi sich einen Ruck. «Jochen Buttkamp ist nicht verheiratet.»

Schnepels Mundwinkel sacken nach unten.

«Aber er hat eine Freundin.»

Die Mundwinkel springen wieder nach oben.

«Mit der er aber nicht zusammen wohnt, also ist es wohl nicht sooo eng.»

Haueisen runzelt die Stirn. «Was soll dieses Hickhack? Kennen Sie den Namen der Frau?»

«Denise Bakker.»

«Das ist ja geil!», ruft Schnepel, als könnte er sein Glück kaum fassen. «Deine Ex ist Buttkamps Neue. Und die wohnen noch getrennt! Tja, mein Lieber, wenn man da eins und eins zusammenzählt, ist es ja wohl ganz klar: Deine Ex hat rausgefunden, dass ihr Freund eine verheiratete Frau als weitere Geliebte hat. Und sie hat rausgefunden, dass die schwanger ist. Daraufhin hat sie Schiss gekriegt, dass Buttkamp sie wegen des Babys verlässt, und kurzerhand die Frau getötet. Denn, wo kein Baby und keine Geliebte mehr, steht ihrem Glück nichts im Weg. Und dann ist da ja auch noch die Sache mit dem Patent für diesen Rollator, das die Beninga auf ihren Namen angemeldet hat. Da steckt ordentlich Zunder drin.» Grinsend schaut er erst Rudi, dann Haueisen an. «Hab ich recht, oder hab ich recht?»

«Das sind alles reine Spekulationen», sagt Haueisen nüchtern.

«Genau», wirft Rudi sofort erleichtert ein. «Ich finde, wir sollten erst mal herausfinden, von wem das Kind überhaupt ist: von Beninga oder von Buttkamp.»

«Das hätte ich jetzt auch gesagt, wenn Sie mich nicht unterbrochen hätten», fährt Haueisen ihm über den Mund. «Sie werden zusammen mit dem Kollegen Schnepel gleich jetzt losfahren und bei den beiden Herren einen Speicheltest machen, damit wir die DNA des Fötus mit der der Männer abgleichen können. Und wenn Sie schon dort sind, können Sie auch die drei bestohlenen Personen befragen. Wir wollen uns schließlich nicht nachsagen lassen, dass wir Diebstahl nicht ernst nehmen.»

Schnepel pfeift fröhlich vor sich hin, als sie zusammen zur Seniorenresidenz fahren. «Speicheltests hatten wir auch schon länger nicht mehr», sagt er. «Ich freue mich richtig drauf, dem Buttkamp das Wattestäbchen in den Mund zu schieben. Da werde ich sehr, sehr gründlich sein, das kannste glauben. Bei dem Beninga übernimmst du das. Ich kann Alte nicht gut ab. Irgendwie riechen die so seltsam.»

Rudi wirft ihm einen ungläubigen Blick zu. «Wie meinst du das?»

«Wenn du es genau wissen willst: In Altenheimen riecht es immer nach Urin und Desinfektionsmitteln.»

«In der Beningaburg riecht es doch ganz normal.»

«Du hast eben nicht solch einen exzellenten Geruchssinn wie ich.»

Klar, deshalb merkt Schnepel auch nicht, wenn er sich

zu stark mit seinem Aftershave eingedieselt hat. Wie oft hat Rudi beim Betreten von Schnepels Büro als Erstes das Fenster weit aufreißen müssen, um richtig atmen zu können.

Zunächst suchen sie Erich Beninga in seinem Bungalow auf. Fräulein Klostermann öffnet die Tür.

«Moin, Rudi. Habt ihr den Täter?», fragt sie. «Es wäre so wichtig für Erich, mit der Angelegenheit abschließen zu können.»

Ihre Fürsorge ehrt sie, denkt Rudi, andererseits ist diese «Angelegenheit» immerhin der Tod der Ehefrau. Und den schließt man sicher nicht so einfach ab wie ein gutes oder schlechtes Geschäft. «Nein, wir sind heute hier, um eine Speichelprobe von Herrn Beninga zu nehmen.»

«Warum das denn?», fragt sie empört. «Ihr unterstellt ihm doch nicht etwa, *er* hätte was mit dem Tod von Isabell zu tun?»

Bevor Rudi antworten kann, schaltet sich Schnepel ein, dem das ganze Gerede offensichtlich zu lange dauert.

«Nun lassen Sie uns durch, damit wir unsere Arbeit machen können», sagt er schroff und geht an ihr vorbei ins Wohnzimmer.

Der Patriarch sitzt wieder in seinem Sessel, die Füße hochgelagert, eine Wolldecke bedeckt ihn von den Zehen bis zur Hüfte. Als er sie bemerkt, versucht er aufzustehen, aber Fräulein Klostermann eilt auf ihn zu und legt ihm die Hand auf die Schulter.

«Bleib ruhig sitzen, mein Lieber. Du musst nicht aufstehen. Die Herren können auch so mit dir reden.» Ihr fester Blick trifft Rudi und Schnepel.

«Also, gibt es Neuigkeiten?», fragt Erich Beninga.

«Nein. Herr Bakker muss nur eine Speichelprobe bei Ihnen

nehmen. Zum DNA-Abgleich mit dem Fötus. Dauert nicht lang.»

«Fötus? Was für ein Fötus?»

Bevor Schnepel oder Rudi antworten können, spricht Fräulein Klostermann. «Isabell war schwanger, mein Lieber. Das hast du in der Aufregung wahrscheinlich vergessen.»

«Tatsächlich?» Beninga schaut verwirrt.

«Genau», beeilt sich Schnepel zu sagen. «Und um herauszufinden, ob Sie überhaupt der Vater sind, werden wir jetzt Ihre DNA mit der des Ungeborenen abgleichen. Rudi, walte deines Amtes.»

«Muss das wirklich sein?», fragt Fräulein Klostermann. «Ist es nicht letztlich egal? Das Kind ist doch genauso tot wie seine Mutter.»

«Überlassen Sie bitte uns zu entscheiden, was wichtig oder unwichtig ist», weist Schnepel sie in ihre Schranken. «Rudi, leg los.»

Rudi zieht das Kunststoffröhrchen heraus. «So, Herr Beninga. Dann wollen wir mal. Machen Sie den Mund schön weit auf. Ich fahre mit dem Wattestäbchen Ihre Wangenschleimhaut ab, und im Labor wird dann untersucht, ob Sie der Vater des Kindes sind, das Ihre Frau erwartete.»

Ein Ruck geht durch den alten Herrn. «Das können Sie sich sparen. Selbstverständlich hat Isabell mein Kind erwartet.»

Na, dann scheint sein Erinnerungsvermögen für diesen Teil seines Lebens ja noch hervorragend zu funktionieren, stellt Rudi amüsiert fest, registriert aber die gerunzelte Stirn von Fräulein Klostermann. Er verkneift sich ein Grienen. Die alte Dame war nie verheiratet und kann sich wahrscheinlich nicht vorstellen, dass Sex bis ins hohe Alter noch Spaß machen kann.

«So, das wäre erledigt, jetzt ist der Nächste dran.» Gemeinsam gehen Rudi und Schnepel hinüber ins Haupthaus. Auf dem Weg kommt ihnen Wolfgang Beninga entgegen. Er stoppt, als er mit ihnen auf einer Höhe ist.

«Moin. Für wann können wir die Beerdigung planen?» Er schaut unzufrieden drein. «Ich kann hier nicht mehr allzu lange bleiben. Schließlich habe ich einen Konzern zu leiten.»

Schnepel bleibt gewohnt gelassen. «Von uns aus können Sie erst mal fahren. Wir wissen ja, wo wir Sie erreichen, wenn noch etwas sein sollte.» Er stutzt kurz. «Ach, haben Sie uns eigentlich auch schon verraten, wo genau Sie am Freitag waren?»

«Bei meinem Vater, das wissen Sie doch. Wir hatten etwas zu besprechen. Sie haben mich bei ihm angetroffen, als Sie ihm die traurige Nachricht überbrachten. Schon vergessen?»

«Natürlich nicht», kontert Schnepel scharf. «Aber das bedeutet nicht, dass Sie schon stundenlang dort gewesen sind. Sie könnten sich genauso gut vorher mit der Frau Ihres Vaters gestritten haben. Dass eine so junge Frau Ihren Vater geheiratet hat, muss schon ein Schlag ins Kontor für Sie gewesen sein.»

«Lassen Sie mich in Ruhe.» Verächtlich blickt Wolfgang Beninga ihn an und geht weiter.

«Wir sprechen uns noch, darauf können Sie Gift nehmen», ruft Schnepel ihm hinterher.

Jochen Buttkamp ist gerade in einem Termin, als sie an der Rezeption nach ihm fragen. «In einer halben Stunde wird er wohl wieder frei sein», gibt Frau Onken Auskunft.

«Dann können wir ja solange mit den bestohlenen Personen sprechen», schlägt Rudi vor, aber Schnepel winkt ab.

«Nee. Das kannst du allein machen. Einfacher Diebstahl fällt nicht in meinen Aufgabenbereich. Ich warte da vorn.» Er deutet auf die breite englische Ledergarnitur mit zwei Sesseln und einer Couch, die gegenüber der Ritterrüstung steht. «Frau Onken, Sie können mir sicher einen Kaffee organisieren?»

Die Rezeptionistin nickt. «Gerne.»

«Können Sie mir auch sagen, wo ich Frau Wagenstedt, Frau Hollweg und Herrn Held finde?», fragt Rudi. «Ich würde sie gern zu den Diebstählen befragen.»

«Sie werden die Herrschaften auf der Terrasse vor dem Speiseraum antreffen. Es gibt gleich Mittagessen, und bei diesem herrlichen Wetter warten sie draußen, bis es so weit ist.»

«Danke.» Rudi folgt ihrer Wegbeschreibung und staunt, als er durch eine Glastür hinausschaut. Auf der mit großen Steinplatten gepflasterten Terrasse stehen geflochtene hohe Sessel aus wetterbeständigem Material. Die Tische sind mit Lavendelpflanzen in Tontöpfen dekoriert, am Rand stehen mit Stiefmütterchen bepflanzte Kübel. Nein, nach einem schlichten Altenheim sieht hier gar nichts aus. Er tritt hinaus. An vier Tischen sitzen Gruppen von zwei bis vier älteren Herrschaften und unterhalten sich, eine Dame sitzt allein an einem Tisch und löst ein Kreuzworträtsel.

«Moin», sagt er etwas lauter als normal. «Ich bin Kommissar Bakker und möchte mich mit Ihnen über die Diebstähle unterhalten. Wer von Ihnen ist davon betroffen?»

Zwei Frauen und ein Mann heben die Hand. «Lassen Sie uns an den Tisch dort hinten gehen», schlägt er vor, «dann können wir in Ruhe reden.»

«Aber nicht so lang», sagt der Mann, der mindestens Ende achtzig ist. Und auf übertrieben jugendlich macht. Die schwarzen Haare sind definitiv gefärbt, und sein Gesicht sieht aus, als hätte er ein Abo im Sonnenstudio. «In einer Viertelstunde gibt es Mittagessen. Mein Magen hängt mir schon in den Kniekehlen. Ich bin übrigens Udo Held.»

«Moin, Herr Held.»

«Sie kennen mich doch?»

«Äh, nein, ich seh Sie heut zum ersten Mal.»

Udo Held schaut ihn konsterniert an, holt tief Luft und beginnt einen alten Schlager zu singen, den Mudder Steffens manchmal beim Kochen geträllert hat, als Rudi noch klein war. Sofort kommt Protest von der Dame mit dem Kreuzworträtsel.

«Herr Held! Ich muss doch sehr bitten! Wie soll ich mich denn bei dem Krach konzentrieren?»

Beleidigt verstummt der Sänger.

«Danke für die Gesangseinlage», sagt Rudi, «jetzt weiß ich, wer Sie sind. Wollen wir uns setzen?»

Nacheinander berichten die drei, was ihnen abhandengekommen ist. Bei Herrn Held ist es eine wertvolle Rolex, bei Frau Wagenstedt eine Silberkette, und Frau Hollweg wurde eine mit Diamanten besetzte Brosche entwendet.

«Da Sie nicht in Ihren Apartments waren, als Sie bestohlen wurden, interessiert mich vor allem, wo Sie den Schmuck verwahrt haben.»

«Meine Kette lag auf der Fensterbank», erzählt Frau Wagenstedt. «Ich hatte sie gereinigt. Und das Silberputzmittel riecht unangenehm.»

«Meine Rolex habe ich natürlich nicht offen liegen lassen, ich lege sie immer in den Kleiderschrank», sagt Herr Held, «obwohl ich natürlich absolutes Vertrauen in die Ehrlichkeit des Personals hatte. Umso schlimmer ist die menschliche

Enttäuschung, die ich nun verkraften muss.» Er seufzt theatralisch und schiebt sich mit der Hand das gefärbte Haar nach hinten.

«Meine Brosche lag auf dem Tisch am Fenster», sagt Frau Hollweg.

«Haben Sie Ihre Türen abgeschlossen, als Sie gegangen sind?»

«Das ist nicht nötig, die Tür verschließt sich quasi automatisch. Die kann nur mit der Zimmerkarte geöffnet werden», erklärt Udo Held.

«Das Personal hat natürlich eine Generalkarte für den Notfall, aber sonst niemand. Jeder braucht doch seine Privatsphäre», sagt Frau Hollweg. «Nicht auszudenken, wenn nachts einfach so, wenn ich schlafe, jemand in meine Räume kommen könnte.»

«Gut, gut», unterbricht Rudi den Redefluss der auskunftsfreudigen Dame. «Die Apartments waren verschlossen, die Fenster auch, es konnte also nur jemand mit der Schlüsselkarte herein. Fasse ich das richtig zusammen?»

Udo Held nickt, Frau Wagenstedt überlegt und Frau Hollweg bekommt rote Wangen.

«Nein. Also, meine Tür war zwar verriegelt, aber mein Fenster stand auf. Ich hatte während der Mittagspause Blähungen – es gab Gulasch mit ordentlich Zwiebeln, und ich wollte den Geruch aus dem Zimmer lassen. Ich war ja nur kurz weg, etwa zwanzig Minuten. Und da kein Unbefugter auf das Gelände kann, habe ich mir nichts dabei gedacht, das Fenster offen zu lassen.»

«In welcher Etage wohnen Sie?», fragt Rudi.

«Im Erdgeschoss. Mit einer Miniterrasse. Das hat mir bei der Besichtigung so gut gefallen. Es ist fast wie in einem Reihenhaus.» Frau Hollweg stutzt. «Glauben Sie etwa, dass sich jemand über das geöffnete Fenster Zutritt verschafft hat?»

«Möglich ist es.» Er schaut Frau Wagenstedt und Udo Held an. «Wie ist es bei Ihnen?»

«Ich wohne im ersten Geschoss», sagt Frau Wagenstedt und ergänzt ironisch: «Da müsste schon jemand an der Fassade hochklettern. Ich denke, das wäre aufgefallen. Meine Fenster stehen fast immer offen, wenn die Temperaturen erträglich sind. Die Luft hier ist so wunderbar klar.»

Auch Udo Held wohnt im Erdgeschoss, seine Fenster waren geschlossen.

«Also bleibt nur die Möglichkeit, dass jemand mit einer Schlüsselkarte in Ihre Räume gelangt ist», fasst Rudi die Ergebnisse der Befragung zusammen. Das sieht nicht gut aus für Denise. Aber er hat ja noch einen Trumpf im Ärmel. «Was halten Sie von der Idee, dem Dieb eine Falle zu stellen, um ihn oder sie auf frischer Tat zu ertappen?»

«Das ist eine tolle Idee!» Frau Hollweg ist begeistert.

«Ich weiß nicht», wendet Udo Held ein. «Der Dieb wird sich doch jetzt erst recht vorsichtig verhalten, wo die Polizei ständig im Haus ein und aus geht.»

«Damit haben Sie vielleicht recht, aber einen Versuch ist es trotzdem wert», meint Rudi. «Da davon auszugehen ist, dass man bei Ihnen dreien nicht noch einmal zulangen wird, müssen wir jemanden finden, der das Spiel mitspielt.»

«Welches Spiel?», fragt Fräulein Klostermann, die mit einem ziemlich wackeligen Erich Beninga an ihrer Seite an den Tisch tritt.

«Wir wollen dem Dieb eine Falle stellen», erklärt Rudi. «Und brauchen jemanden, der bereit ist, mir bei der Umsetzung des Plans zu helfen.»

«Na, da musst du doch nicht lange suchen, Rudi. Das mache ich gerne. Keine Frage. Wir wollen doch jeglichen Schaden vom Ruf unserer Beningaburg fernhalten, nicht wahr, Erich?»

«Natürlich.» Die Stimme des Mannes klingt wieder erstaunlich fest.

«Also, das ist ja wohl eine Unverschämtheit sondergleichen.» Jochen Buttkamp wird puterrot vor Wut, nachdem Schnepel ihm mitgeteilt hat, dass er eine Speichelprobe nehmen möchte.

«Wie kommen Sie denn auf diese Schnapsidee?»

«Nun blasen Sie sich mal nicht so auf», erwidert Schnepel überheblich, «immerhin hatten Sie ein Verhältnis mit der Verstorbenen. Und deswegen ist es durchaus möglich, dass Sie der Vater des Kindes sind, das sie erwartete.»

Buttkamp wird blass. «Woher wissen Sie das?»

Schnepel grient breit. «Sie wohnen in einem Altenheim, mag es auch noch so komfortabel sein. Alte schlafen schlecht. Werden nachts wach, müssen aufs Klo, können nicht wieder einschlafen. Da schaut so mancher auch mal aus dem Fenster und sieht, wenn sich Personen zu Bungalows schleichen, die dort nicht hingehören.» Er hebt die Augenbrauen. «Hat Isabell Beninga Ihnen gesagt, dass sie schwanger ist? Hat sie Sie damit unter Druck gesetzt?» Schnepel macht eine kurze Pause und starrt dabei Buttkamp direkt in die Augen. «Vermutlich wären Sie Ihren Job losgeworden, wenn das bekannt geworden wäre. Immerhin haben Sie den Inhaber der Residenz auf seinem eigenen Grund und Boden betrogen. Musste Isabell Beninga sterben, weil aus einer bequemen Liebelei durch die Schwangerschaft ein Problem wurde?»

Buttkamp schluckt. «Unsinn. Ich wusste nichts von einer Schwangerschaft. Ihr Kollege kann das bezeugen.»

Überrascht reißt Rudi die Augen auf. «Ich? Wie soll ich das denn bezeugen?»

«Na, *Sie* haben mir gestern doch von der Schwangerschaft erzählt und an meiner Reaktion gesehen, dass ich komplett überrascht war.»

«Das könnten Sie auch gespielt haben.» Der soll Rudi bloß nicht für blöd halten.

Schnepel hält Rudi die offene Hand hin. «Wie dem auch sei, wir machen jetzt den DNA-Test. Rudi, gib mir das Röhrchen.»

Nachdem sie die beiden Speichelproben bei den zuständigen Kollegen abgegeben haben, berichtet Rudi Haueisen von seinem Gespräch mit den Heimbewohnern.

Im Unterschied zu Schnepel interessiert sich der Chef durchaus für die Diebstähle. «Es ist vielleicht tatsächlich nicht auszuschließen, dass es zwischen dem Tod von Frau Beninga und den verschwundenen Wertsachen einen Zusammenhang gibt. Sie könnten sogar der Grund dafür sein.»

«Deshalb kam mir auch die Idee, dem Dieb eine Falle zu stellen», sagt Rudi. «Fräulein Klostermann ist bereit, uns dabei zu helfen.»

«Und wie stellen Sie sich das vor?»

Rudi erklärt den Plan, bekommt Haueisens Segen und stiefelt in Krövers Büro.

«Ich brauche eine Überwachungskamera, um einen Dieb auf frischer Tat zu ertappen», sagt er. «Hast du so was für mich?»

«Na klar.» Kröver verschwindet in einem Nebenraum und kommt mit einem Karton zurück. «Das hier ist eine kabellose Überwachungskamera mit eingebautem Akku, dazu Full-HD-Auflösung und Bewegungserkennung.»

Rudi staunt, wie klein das Gerät ist.

«Dazu brauchst du eine App. Gib mir mal dein Handy, ich installier die dir eben.» Rudi reicht ihm sein Mobiltelefon, und kurz darauf zeigt Kröver ihm, wie er sich die Aufnahmen ansehen kann. «Außerdem gibt es noch eine SD-Karte in der Kamera, die alles aufzeichnet. Auch die ist über die App einsehbar. Du wirst sehen, die Kamera aufzustellen und zu bedienen, ist kinderleicht. Dafür braucht man keinen Techniker.»

Rudi grient. «Wenn du das sagst ...»

Zusammen mit Frau Kleinmeier steht Rudi nun in Fräulein Klostermanns Apartment in der ersten Etage, installiert die Überwachungskamera am metallenen Gestell auf der seitlichen Stehleuchte und erklärt ihnen die Details seines Plans.

«Dann wollen wir mal loslegen, Grete», sagt Fräulein Klostermann verschmitzt.

Frau Kleinmeier zieht eine goldene Kette mit Diamantenanhänger aus ihrer Handtasche.

«Das gute Stück sieht zwar echt aus, ist es aber nicht», sagt sie, als sie Rudis überraschten Blick bemerkt. «Das war früher meine Urlaubskette.»

Von Urlaubsketten hat Rudi noch nie was gehört. Aber die Klientel in der Beningaburg hat vermutlich einen anderen Lebensstil als er. Vorsichtig drapiert er die Kette auf dem Tisch.

«Perfekt. So müsste alles richtig sein, oder?»

Frau Kleinmeier wirft einen Kontrollblick auf das Szenario. «Nicht ganz. Ich hatte das Fenster geöffnet. Das sollten wir hier auch machen.»

«Bei Herrn Held war es zu», sagt Fräulein Klostermann.

«Bei Frau Hollweg aber nicht. Lassen wir es also geöffnet.»

Grete Kleinmeier wirft Rudi einen fragenden Blick zu. «Alles in Ordnung mit Ihrer App?»

Rudi öffnet die Anwendung auf seinem Handy.

«Jo, lüppt.»

«Es ist schon beeindruckend, was die Technik heute alles kann. Ich habe seit ein paar Monaten neue Hörgeräte. Die sind über Bluetooth mit dem Handy verbunden», sagt Frau Kleinmeier.

«Meine auch. Sogar die Lautstärke kann ich jetzt selbst regulieren. Ich vergesse nur ab und an, sie auch einzusetzen», sagt Fräulein Klostermann. «Apropos: Letzte Woche wollte ich nach dem Krafttraining in die Sauna. Auf dem Weg dorthin hab ich gehört, wie sich Isabell Beninga mit unserem Geschäftsführer gestritten hat. Ich hab bloß nicht genau verstanden, worüber, weil ich die Hörgeräte nicht drinhatte. Vor der Sauna soll man die ja rausnehmen.»

«Na, der Buttkamp scheint sich wohl gerne zu streiten. Gestern zum Beispiel mit der Bakker. Sie hat ihm sogar zwei Ohrfeigen verpasst. Weil er anscheinend gleichzeitig mit ihr und der Beninga was gehabt hat. Das scheint ein richtiger Filou zu sein.»

«Ist nicht wahr», sagt Käthe Klostermann empört. «Und so einer leitet unsere Residenz!»

«Hier wurde in den letzten Wochen ohnehin ziemlich viel gestritten», fährt Frau Kleinmeier fort. «Die Bakker hat sich vor wenigen Tagen ebenfalls lauthals mit Isabell Beninga in der Wolle gehabt. Die scheint auch sehr streitlustig zu sein.»

Das kann Rudi aus der Zeit, in der er mit Denise verheiratet gewesen ist, nur bestätigen. Daran kann er sich gut erinnern. Aber das tut hier nichts zur Sache. «Meine Damen, ich verabschiede mich jetzt von Ihnen und hoffe, dass unser Plan aufgeht. Über die App habe ich alles im Blick.»

«Ja, das hoffen wir auch. Heute beim Mittagessen habe ich schon laut und ausführlich über meine wertvolle Kette geredet», sagt Fräulein Klostermann und zwinkert Rudi zu. «Das war nicht zu überhören. Vermutlich habe ich jetzt den Ruf als größte Angeberin der Beningaburg weg.»

«Es gibt Schlimmeres», erwidert Grete Kleinmeier und schaut Rudi an. «Was ist das denn für ein seltsames Geräusch?»

«Mein Magen knurrt. Ich hatte heute Mittag noch nichts. Und während Sie den Köder auslegen, gehe ich einen Happen essen. Sie können mich jederzeit übers Handy erreichen.»

Fröhlich vor sich hin pfeifend, radelt Henner die Auffahrt zum Steffens-Hof hoch. Hühni gackert empört, als er an der niedrigen Buchsbaumhecke vorbeifährt.

«Die Hecke sah auch schon mal besser aus», sagt Henner zu seinem Vater, der schmökend vorm Haus sitzt.

«Stimmt.»

«Wieder der Zünsler?» Die grünen Würmer scheinen derzeit allgegenwärtig zu sein, wie Henner auf seinen Touren bemerkt hat.

«Jo.»

«Und?»

«Ich sammel die Dinger schon seit Tagen von den Blättern, aber die sind überall. Nachher spritz ich.»

«Hoffentlich mit Bio und nicht mit Chemie, sonst reißen deine Töchter dir den Kopf ab.»

Das Küchenfenster hinter ihm wird geöffnet.

«Essen ist fertig», ruft Muddern. Sie bemerkt Henner. «Du kommst mal wieder gerade richtig.»

Henner grinst. «Mein Magen ist mein Kompass. Und meine Nase erst recht.» Er schnuppert. Es gibt Fisch.

Die Schüsseln mit den Salzkartoffeln und dem grünen Salat stehen schon auf dem gedeckten Tisch, als Henner und Vaddern die Küche betreten. Zu Henners Überraschung steht Tante Hildegard neben Muddern am Herd. Beide werfen einen prüfenden Blick in die beiden Pfannen, in denen die Fische im Butterschmalz brutzeln.

«Ich würd sagen, die Schollen sind gut», meint Tante Hildegard. «Zart und knusprig.»

«Gut, dass du ein paar mehr mitgebracht hast», erwidert Muddern, und Henner trägt die Pfannen rüber.

«Maischollen sind einfach die besten», sagt Vaddern genüsslich, wischt sich mit der Serviette über den Mund und zerdrückt die letzte Kartoffel auf dem Teller, um keine Buttersoße übrig zu lassen.

«Stimmt», findet auch seine Schwester Hildegard. «Die hab ich früher immer mit Annegrete im Gasthof zum Kaiser Friedrich gegessen, wenn wir uns in Bremen getroffen haben. Wir hatten ja damals zusammen ein Konzert-Abo.»

«Ist aber schon länger her.» Vaddern nimmt sich Nachschlag vom Salat.

«Wohl wahr. Damals lebte ihre Schwester Heidemarie noch. Das war die erste Frau von dem Beninga von HörGut, ihr wisst schon. Die Arme, sie hat es wahrlich nicht gut getroffen.»

«Wieso arm?», fragt Henner. «Der Beninga ist doch stinkreich.»

«Geld allein macht nicht glücklich, das weiß doch jeder», sagt Tante Hildegard. «Heidemarie hat sehr unter ihrem Mann gelitten, sagt Annegrete. Ständig hat der sie mit Worten fertiggemacht. Annegrete hat ihr immer wieder geraten, sich scheiden zu lassen, aber Heidemarie traute sich nicht. Lieber hat sie alles ertragen. Dabei wäre Erich ohne sie nie dort, wo er heute finanziell steht.»

Henner schaut interessiert zu seiner Tante. «Wieso?»

«Die Eltern von Annegrete und Heidemarie hatten seinerzeit diesen kleinen Laden in Wittmund, in dem Erich seine Lehre absolviert hat. Hörgeräte Wagner hieß der. Dort hat er auch Heidemarie kennengelernt, sie war ein paar Jahre jünger als er und himmelte ihn an. Wie junge Mädel eben so sind. Erich war damals ein schnittiger Kerl. Und er ließ auch nichts anbrennen. Jedenfalls war Heidemarie ruckzuck schwanger, und die beiden haben ziemlich überstürzt geheiratet. Für die Mutter war es eine Katastrophe, aber Heidemaries Vater nahm es pragmatisch, er baute Erich von Anfang an zu seinem künftigen Nachfolger auf. Erich ist nach der Hochzeit im Laden geblieben und hat seinen Meister gemacht. Der alte Wagner hatte bald darauf einen Schlaganfall und musste sich gezwungenermaßen aus dem Geschäft zurückziehen. Erich übernahm, bestand aber darauf, den Namen in HörGut umzuändern und hat vertraglich alles so gedeichselt, dass das Unternehmen nur auf seinen Namen lief. Er war sehr umtriebig, expandierte und hatte großen Erfolg damit.»

«Und wo steckt jetzt das aber?», fragt Henner, der nicht recht versteht, wo das Problem liegt.

«Anfangs lief die Ehe wohl ganz gut, die beiden Söhne wurden geboren, um die sich Heidemarie aufopfernd kümmerte. Erich war geschäftlich viel unterwegs, lernte andere Unternehmer kennen und wuchs in Kreise hinein, in denen sich Heidemarie nicht wohlfühlte. Kurz gesagt: Sie konnte mit Erichs Ansprüchen nicht Schritt halten. Und das hat er ihr ständig unter die Nase gerieben, hat sie immer und immer wieder fertiggemacht. Verbal. Geschlagen hat er sie nie. Das haben ihre Eltern aber nicht mehr mitgekriegt, sie starben kurz nacheinander – und auch Annegrete hatte lange keine Ahnung davon, weil Heidemarie nicht darüber geredet hat. Nach außen wirkte das Leben der Beningas im Hamburger Villenviertel perfekt. Weil Heidemarie mitgespielt hat. Sie wurde jedoch immer trübsinniger. Sie hat versucht, die Trübsal mit Tabletten zu verscheuchen, aber das hat auf die Dauer nicht geklappt. Und so hat sie eines Tages eine Überdosis Schlaftabletten geschluckt.»

«Das hab ich gar nicht gewusst», sagt Muddern betroffen.

In diesem Moment geht die Küchentür auf, und Rudi kommt herein. «Moin, allerseits. Ich wollte …» Er schaut auf die leeren Teller. «Oh, ich glaube, ich bin zu spät.»

«Nee, min Jung, setz di man daal. Ich wollt die übrigen Schollen sowieso noch braten. Dauert nicht lange, die Kartoffeln sind noch warm, und Salat ist sowieso genug da. Lang zu.»

Muddern wendet die in Zitronensaft eingelegten Schollen in Mehl und legt sie in die Pfanne. Das Fett zischt.

«Bist du mit den Ermittlungen weitergekommen?», fragt Henner.

«Vom Durchbruch sind wir noch weit entfernt. Isabell Beningas Leben wirft eher immer mehr Fragen auf.»

«Das von ihrem Mann ist aber auch nicht ohne», sagt Tante Hildegard. Bis die kleinen Schollen fertig gebraten sind, hat sie alles zum zweiten Mal erzählt.

Laut miteinander plaudernd gehen Käthe und Grete über den Flur. Käthe schultert eine große Filztasche.

«Was hast du denn vor?»

«Ich mache nach dem Tee im Fitnessraum Muskeltraining. Das ist im Alter wichtig. Sagt dir jeder.»

«Wie lange bleibst du denn da?»

«Mindestens eine halbe Stunde. Anschließend gehe ich in die Sauna, und wenn unsere Masseurin Zeit hat, lasse ich mich danach noch einmal durchkneten.»

«Das ist eine gute Idee. Zur Massage müsste ich auch mal wieder.»

«Soll ich dich anmelden?»

«Nein, lass mal, ich muss erst in meinen Terminkalender schauen, es stehen noch ein paar Arztbesuche an.»

Kurz darauf sitzen die beiden in der gut besetzten Cafeteria und lassen sich eine Tasse Tee servieren.

«Ich hoffe doch, du hast deine Kette gut versteckt. Es scheint ja, als ob hier nichts mehr sicher ist.»

Käthe lacht auf und rührt ihren Tee um. «Ach, papperlapapp, wer soll bei mir oben denn reinkommen? Die Tür ist ja verriegelt. Und sooo lange bin ich ja auch nicht weg.»

Udo Held sitzt in der Ecke des Raums und starrt sie an.

«Sie sind ja mutig», sagt er. «Oder auch leichtsinnig. Ich an Ihrer Stelle würde die wertvollen Gegenstände doch besser im Zimmersafe verschließen. Auch, wenn man nicht lang fort ist, kann der Dieb zuschlagen.»

Während Käthe auf dem Rudergerät trainiert, geht Grete mit Käthes Zimmerkarte zu ihrem Apartment, um zu gucken, ob die Kette noch da ist. Langsam nähert sie sich der Tür und blickt sich in alle Richtungen um. Niemand zu sehen. Schnell schlüpft sie in die Räume. Die Kette liegt noch auf dem Tisch in Fensternähe. Enttäuscht geht sie in die Fitnessabteilung und erstattet ihrer Freundin Bericht.

«Tja, es nützt alles nicht, Grete. Da muss man Geduld haben.»

Als Käthe mit dem zweiten Saunagang fertig ist, stürzt Grete in den Duschraum. «Käthe! Nun ist die Kette weg.»

Aufgeregt schlüpft Käthe noch nass in den Bademantel und die Gummilatschen, schnappt sich die Filztasche, und in Windeseile machen sie sich auf den Weg zu ihrem Apartment. Die Kette ist tatsächlich weg. Aber sonst fehlt nichts.

Fräulein Klostermanns Anruf erreicht Rudi, als er auf dem Weg zur Polizeiinspektion nach Wittmund ist. Sofort wendet er und fährt zur Beningaburg.

Die beiden Frauen erwarten ihn aufgeregt im Apartment, Fräulein Klostermann im Bademantel mit einem Handtuch um den Kopf.

«Hast du auf dem Handy gesehen, wer die Kette geklaut hat?», fragt seine ehemalige Lehrerin, kaum dass er die Tür hinter sich geschlossen hat.

«Wenn ich Auto fahre, schaue ich nicht aufs Handy.» Insgeheim ärgert er sich natürlich schon, dass er das zwischendurch nicht gemacht hat. Dann hätte er den Diebstahl vielleicht live gesehen. Irgendwie ist er auf dem Steffens-Hof gar nicht auf die Idee gekommen, die App anzuklicken. Das, was Tante Hildegard zu erzählen hatte, war viel zu interessant. «Ist aber kein Problem. In der Kamera ist alles gespeichert. Das schauen wir uns gleich mal an.»

Rudi öffnet die App, die beiden alten Damen schauen ihm gespannt über die Schulter.

«Und?», fragt Fräulein Klostermann aufgeregt.

«Nur mit der Ruhe. Das muss ja jetzt erst einmal alles hochgeladen werden.» Endlich bekommt er Zugriff auf die Aufnahmen.

Und staunt nicht schlecht, als er sieht, wer die Kette entwendet hat.

Schon länger träumt Rosa von einem Hochbeet. Eigene Gurken und Tomaten, Salat und Kräuter ziehen – das hat was Romantisches. Und mehr Bio geht nicht. Euphorisch hat sie vor zwei Wochen den Bausatz im Internet bestellt. Ein fast zwei Meter langes Modell. Naturbelassene, europäische Lärche aus nachhaltiger Forstwirtschaft.

Mit leichter Panik starrt sie nun auf das riesige Paket, das der DHL-Fahrer vorhin abgeladen hat. Dass es so groß ist, damit hat sie nicht gerechnet. Egal, da muss sie nun durch.

Beherzt holt sie das Gartenmesser aus dem Schuppen und schneidet den Karton auf. Die Bauanleitung legt sie auf den Gartentisch und sortiert erst einmal alles. Die Pflanzfolie kommt an die Seite, die Tüte mit den Schrauben auf den Tisch, die Eckpfosten lehnt sie an die Hauswand. Die langen Bretter legt sie nebeneinander. Unschlüssig begutachtet sie alle Teile und greift zur Bauanleitung.

Das Gartentor quietscht.

«Moin. Was hast du denn vor?» Henner bleibt neben ihr stehen.

«Hab ich das nicht erzählt? Ich gehe unter die Hobbygärtner», erklärt sie enthusiastischer, als sie sich gerade fühlt.

«Sieht eher nach Hobbyschrauber aus.»

«Ich hab mir das auch einfacher vorgestellt.» Rosa wirft ihm einen hilflosen Blick zu. «Und ich glaub, mir fehlt das richtige Werkzeug. Bei Ikea gibt es zu jedem Bausatz diesen handlichen Sechskantschlüssel, mit dem ich in Studentenzeiten meine Bücherregale zusammengebaut hab. So was fehlt hier.»

«Wart mal.» Henner grinst und marschiert in den Schuppen. Augenblicke später steht er mit einem Kunststoffkoffer neben ihr. «Ich hab einen Akkuschrauber. Ist sogar geladen.»

Rosa strahlt ihn an. «Ach Henner, du bist ein Schatz! So lieb, dass du mir helfen willst.» Sie drückt ihm einen Kuss auf die Wange. Henners Gesicht läuft rot an.

«Also ich wollte dir den eigentlich nur geben ...»

Rosa zwinkert. «Am besten fangen wir mit den Seitenteilen an.»

Zwei Stunden später steht das Hochbeet an der sonnigen Seite des Hauses, nur wenige Meter vom Wasseranschluss entfernt. Zufrieden betrachten Rosa und Henner ihr Werk. «Ich denk, jetzt haben wir uns ein Bier verdient», meint Henner.

Das findet Rosa auch. «Ich hol uns eins.» Sie geht aufs Haus zu, als Rudi kommt.

«Oh, hier war jemand richtig fleißig.» Anerkennend mustert er ihr Werk.

«Ohne Henner hätte ich das nie geschafft.» Rosa streicht sich die Haare aus der Stirn.

«Stimmt.» Henner packt seinen Akkuschrauber in den Kunststoffkoffer.

«Möchtest du auch ein Bier?»

«Unbedingt.» Rudi beugt sich über die Holzumrandung. «Rosa, übrigens, heißer Tipp: Vergiss nicht, unten ein Wühlmausgitter reinzulegen.»

Die Verschlüsse des Ostfriesenbräus ploppen, als alle drei eine Flasche an den Mund setzen und das kühle Nass die Kehlen hinablaufen lassen.

Rosa wischt sich mit der Hand über den Mund. «Herrlich erfrischend. Nach der anstrengenden Arbeit schmeckt ein Bier einfach gut. Gleich morgen Nachmittag werde ich mich um das Gitter und Blumenerde kümmern – und um Saatgut.»

«Die Falle ist übrigens zugeschnappt.» Rudis dahingeworfener Satz reißt sie aus ihren Gedanken.

«Wie, ihr habt den Dieb?»

«Ja. Aber anders als gedacht.»

«Nun sag schon, wer war's?» Rosa ist ganz hibbelig. Schließlich ist es ihre Idee gewesen, mit List und Tücke vorzugehen. Agatha Christie hat das in ihren Krimis auch gerne gemacht.

Rudi grinst Rosa an. «Eine diebische Elster war's. Die landete auf der Fensterbank, sprang auf den Tisch und griff mit dem Schnabel nach der Kette. Und schwups war sie wieder weg. Ist alles auf Video gebannt.»

Zweifelnd sieht Rosa ihn an. «Nee, das glaub ich nicht. Das ist doch nur ein Vorurteil, dass Elstern Glitzerndes stehlen und Raben klauen.»

«Tja. Da kann man mal sehen. Sind doch nicht alles nur Vorurteile.»

«Habt ihr denn die gestohlenen Wertsachen in ihrem Nest gefunden?»

«Nö. Keine Ahnung, wo das ist. Fräulein Klostermann, Frau Kleinmeier und der Gärtner wollen sich auf die Suche danach machen. Schauen wir mal, ob die was finden. Ich bin jedenfalls froh, dass sich das so aufgeklärt hat.»

«Glaub ich. Ist für dich ja auch nicht schön, wenn Denise verdächtigt wird.»

«Stimmt. Bleibt nur zu hoffen, dass wir den Tod von Isabell Beninga nun auch zügig aufklären. Morgen bekommen wir das Ergebnis der DNA-Proben.»

DONNERSTAG

Bernie Bütefisch ist nicht gerade begeistert, dass Rudi heute schon wieder nach Wittmund muss, aber es hilft nichts. Irgendwie müssen sie dahinterkommen, wer für Isabell Beningas Tod verantwortlich ist. Rudi ist froh, überhaupt noch an den Ermittlungen beteiligt zu sein, immerhin hängt nach wie vor der Verdacht gegen Denise im Raum. Schnepel sitzt schon im Büro des Chefs, als Rudi eintritt.

«Moin», grüßt er und nimmt ebenfalls Platz.

«Schön, dass wir nun vollständig sind. Fangen wir bei Ihnen an, Bakker. Sind Sie hinsichtlich der Diebstähle weitergekommen?», fragt Haueisen.

«Ja.» Rudi beginnt zu erzählen, und kaum hat er die Elster erwähnt, bricht Schnepel in höhnisches Lachen aus.

«Ich glaub es nicht, lasst ihr euch von so 'nem Vogel an der Nase rumführen. Das ist doch …»

Bevor Schnepel weiterätzen kann, wird er vom Klingeln des Telefons unterbrochen.

«Frau Buschkowski! Danke, dass Sie sich so schnell melden», grüßt Haueisen die Rechtsmedizinerin und stellt das Telefon auf laut.

«Also, meine Herren, spitzen Sie die Ohren: Der Ehemann scheidet als Vater des Kindes aus.» Irina Buschkowskis Stimme fließt angenehm in den Raum, und Rudi ist erstaunt, wie tief und samtig sie klingt. Das ist ihm beim persönlichen Treffen gar nicht aufgefallen.

«Ach nee, da hat der Buttkamp seinem Geldgeber ein Kuckucksei ins Nest gelegt», frohlockt Schnepel und reibt sich die Hände. «Na, der wird Augen machen, wenn wir gleich bei ihm aufschlagen.»

«Nun mal nicht so schnell.» Irina Buschkowski wirkt plötzlich ungehalten. «Wie wäre es, wenn Sie mich erst mal ausreden lassen, Herr Schnepel.»

Rudi grient. Irgendwie mag er es, wenn Schnepel in seine Schranken verwiesen wird.

«Herr Buttkamp ist genauso wenig der Vater.» Die Rechtsmedizinerin schweigt kurz. Rudi und Schnepel sehen sich verdutzt an.

Haueisen fängt sich als Erster. «Damit haben wir also noch jemand anderen im Rennen.»

«So sieht das aus. Und jetzt kommt die für Sie interessante Nachricht: Diese Person ist ein enger Verwandter des Ehemannes.»

«Ach nee.» Schnepels Augen weiten sich vor Begeisterung. «Ich hab's doch gesagt, ich hab's doch gesagt! Wolfgang Beninga vögelt die Frau seines Vaters. Ich glaub es nicht!» Es fehlt nur, dass er wie ein HB-Männchen auf und ab springt.

«Könnte es der Sohn von Erich Beninga sein?», nimmt Haueisen den Faden auf.

«Durchaus. Wenn Sie mir eine Speichelprobe beschaffen, wissen wir Bescheid.»

«Danke. Die besorgen wir umgehend.»

Kaum hat Haueisen das Telefonat beendet, sieht Schnepel den Chef an. «Äh, wie jetzt? Wir fahren nur hin und schieben ihm das Stäbchen in den Mund? Ich bin dafür, den Knaben gleich mitzunehmen und in U-Haft zu stecken. Nicht, dass der noch abhaut.»

«Stopp.» Haueisen knallt die flache Hand auf den Schreibtisch. «Allein die Tatsache, dass weder Beninga senior noch Buttkamp für die Vaterschaft infrage kommen, bedeutet nicht automatisch, dass dies auf Wolfgang Beninga zutrifft, und noch weniger, dass der etwas mit dem Tod der zweiten Frau zu tun hat.»

«Chef. Das liegt doch auf der Hand.»

«Mein lieber Schnepel, Sie neigen zu Schnellschüssen, das wissen wir. Aber wie in jedem Fall sollten wir erst alle Möglichkeiten in Erwägung ziehen, bevor wir weitere Maßnahmen ergreifen.» Haueisen schenkt sich ein Glas Wasser ein und nimmt einen Schluck.

«Im Übrigen hat Erich Beninga meines Wissens nach zwei Söhne», sagt er schließlich.

«Stimmt. Der andere ist Ornithologe und etwas verschroben», sagt Rudi.

«Woher wissen Sie das?»

Rudi zuckt verlegen mit den Schultern, und Haueisen verdreht die Augen.

«Nein. Bitte sagen Sie nicht, dass Sie das von Frau Moll haben.»

Wieder hebt Rudi kurz die Schultern. «Doch.»

«Können wir denn nicht ein Mal einen Fall bearbeiten, ohne dass die Moll mitmischt?» Haueisen klingt verärgert.

«Sie mischt ja gar nicht mit. Sie hat Peter Beninga kennengelernt, weil sie mit ihrer Klasse einen Ausflug zur Wattenmeerstation machen will. Das war reiner Zufall.»

«Bei Frau Moll ist nichts Zufall», erwidert Haueisen. «Nun denn. Sie fahren jetzt erst einmal zur Seniorenresidenz und nehmen eine Probe von Wolfgang Beninga. Der ist doch noch vor Ort?»

«Davon gehe ich aus, gestern sagte er, er wolle noch die Einzelheiten der Beerdigung regeln.»

«Und versuchen Sie anschließend auch eine Probe von dem Bruder zu bekommen. Wolfgang Beninga wird Ihnen sicher sagen können, wo Sie den finden.»

Gleich nach dem Frühstück machen sich Grete und Käthe erneut auf die Suche nach dem Schmuck. Gestern mussten sie abbrechen. Das Gelände ist ja riesengroß, und wie soll man ahnen, wo ein Vogel seine Beute hinträgt?

Im Flur begegnet ihnen Frau Wagenstedt. «Wollen Sie uns nicht helfen?», fragt Frau Kleinmeier. «Jedes Auge zählt. Und es geht ja auch um Ihre Brosche.»

«Natürlich! Das mache ich nachher gerne. Aber im Moment passt es mir gar nicht. Es hat sich jemand auf meine Annonce gemeldet, und wir sind in einer halben Stunde verabredet.»

«Annonce? Wollen Sie was verkaufen?» Grete runzelt die Stirn.

«Unsinn. Wir wollen hier doch eine Bridgegruppe aufbauen. Aber im Moment sind wir einfach noch zu wenige Spieler, also brauchen wir Unterstützung von außerhalb. Drücken Sie mir die Daumen, dass die Dame zu uns passt.» Frau Wagenstedt geht an ihnen vorbei Richtung Rezeption.

Udo Held tritt neben sie. «Ich helfe Ihnen bei der Suche. Obwohl ich diese Geschichte mit der Elster sehr seltsam finde. Ich weiß nicht, was meine Versicherung dazu sagt.» Über seiner schwarzen Jeans trägt Held ein weites, weißes Hemd mit großen Druckbuchstaben, wie auch Poptitan Dieter Bohlen es gern trägt. Auf der sonnenbankgebräunten Altmännerbrust kann man weiße Haare und eine dickgliedrige Goldkette sehen. Für Grete ist eindeutig ein Knopf zu viel geöffnet.

«Weit wird der Vogel mit seiner Beute nicht geflogen sein», vermutet Käthe, und so suchen sie gemeinsam in allen Büschen und Sträuchern vor den Apartments. Eine alte Linde fällt ihnen besonders ins Auge. Der Stamm ist gespalten, und am oberen Ende glaubt Käthe eine Öffnung zu sehen.

«Das könnte vielleicht das Versteck sein.»

«Kann man aber von hier nicht reingucken», meint Udo Held. «Ist zu hoch.»

«Ich hab eine Idee.» Grete winkt dem Gärtner zu, der gerade die kugeligen Buchsbäume vor den Bungalows spritzt. In seinem grünen Overall könnte man ihn inmitten der Pflanzen fast übersehen. «Herr Winter, kommen Sie bitte mal mit einer Leiter, wir brauchen Ihre Hilfe.»

Wenig begeistert schleppt der Mann die Leiter heran. Er stellt sie an den Baum und klettert hoch, während die drei Senioren zuschauen. Vorsichtig nimmt er Blätter und kleine Äste aus der Vertiefung und wirft sie nach unten. Grete macht einen Schritt zur Seite, damit das Zeug nicht auf ihrem Kopf landet.

«Und, ist der Schmuck da oben?», ruft sie.

«Nee. Hier ist nix.» Eine weitere Handvoll Borke und anderer undefinierbarer Dreck rieselt herab, dann steigt Herr Winter die Leiter wieder runter. «Wollen Sie hier jetzt jeden Baum genau unter die Lupe nehmen?», fragt er argwöhnisch. «Mein Job ist das jedenfalls nicht.»

«Ich hätte eine Idee», sagt Käthe. «Wir setzen uns jetzt mal ganz ruhig auf die Bank da vorn, legen etwas Alufolie oder sonst was Glitzerndes hin und beobachten, was passiert.

Vielleicht sehen wir die Elster, und sie zeigt uns ihr Versteck von ganz allein.»

Wolfgang Beninga ist gerade am Packen, als Rudi und Schnepel an der Tür des Gästeapartments klingeln. Eine große Reisetasche aus braunem Leder steht im Wohnbereich, ein Kleidersack liegt über einem der Stühle am Esstisch. Er ist nicht allein.

«Mein Bruder Peter», stellt Beninga den hageren Mann vor, der am Tisch sitzt. «Wir haben darüber beratschlagt, wie es mit unserem Vater weitergehen soll. Ich lebe und arbeite in Hamburg und habe kaum Zeit, zwischendurch hierherzufahren und nach ihm zu sehen. Sein Gesundheitszustand wird ja nicht besser – im Gegenteil.»

«Moin.»

Peter Beninga bleibt sitzen, hebt nur unmerklich die Augenbrauen.

«Und? Sind Sie zu einer Lösung gekommen?», fragt Rudi.

«Nein», erwidert Peter Beninga. «Wir kommen mal wieder auf keinen gemeinsamen Nenner. Wolfgang schiebt die Arbeit nur vor, er könnte sich durchaus öfter hier blicken lassen. Doch das halst er lieber mir auf, weil ich in der Nähe wohne. Ich hab aber keine Lust, mich um den alten Tyrannen zu kümmern. Der hat mir lange genug das Leben zur Hölle gemacht.»

«Hör auf», herrscht Wolfgang Beninga seinen Bruder an. «Deswegen sind die Herren nicht hier.» Er setzt ein geschäftsmäßiges Lächeln auf. «Ist die Leiche inzwischen freigegeben? Können wir die Beerdigungsangelegenheiten in Angriff nehmen?» Er schließt den Reißverschluss der Ledertasche. «Wir haben uns nun doch dafür entschieden, Isabell dem Meer zu übergeben. Das ist für alle Beteiligten das Beste. Dann gibt es kein Grab, um das man sich kümmern muss.»

«Und die lästige Dame ist ein für alle Mal weg», fügt Peter Beninga trocken hinzu. «Nichts mehr von ihr übrig.»

Das ist Schnepels Stichwort. «Wie meinen Sie das?», fragt er. «War die Frau Ihres Vaters Ihnen lästig? Haben Sie sich mit ihr gestritten?» Er läuft augenblicklich zur Hochform auf.

«Unsinn. Ich mochte sie zwar nicht, aber so weit ging meine Abneigung dann doch nicht, als dass ich mich mit ihr hätte streiten können. Sie war mir zu geldgeil. Zu geltungssüchtig.» Der Mann lehnt sich zurück und verschränkt die Arme vor der Brust. «Mein Bruder hatte mehr mit ihr zu tun.» Ein süffisantes Lächeln zieht über sein Gesicht.

Wolfgang Beningas Augen blitzen wütend. Schnell hat er sich jedoch wieder unter Kontrolle. «Wenn Sie nicht gekommen sind, um mir zu sagen, dass Isabell beigesetzt werden kann, was führt Sie dann her?»

«Wir benötigen Ihre DNA», sagt Schnepel mit einem breiten Grinsen.

«Wofür?»

«Um herauszufinden, ob Sie der Vater des Kindes sind, das Frau Beninga erwartete.»

Für einen Moment ist es totenstill im Raum, nur durch das auf Kipp stehende Fenster dringt Vogelzwitschern herein.

«Ach nee.» Peter Beninga verzieht den Mund. «War das doch nicht vorbei zwischen euch? Hat es dich nicht mehr gestört, dass sie auch für den Alten die Beine breitmachte?»

«Halt den Mund», faucht sein Bruder ihn an und wendet sich gleich darauf an Schnepel. «Wie kommen Sie darauf, dass ich der Vater sein könnte?»

«Der DNA-Abgleich zwischen Ihrem Vater und dem Fötus hat ergeben, dass er selbst zwar nicht der Erzeuger ist, dass es jedoch ein sehr naher Verwandter sein muss.»

«Und wenn ich mich weigere?»

«Dann wird es einen richterlichen Beschluss geben. Sie kommen nicht drum herum, das kann ich Ihnen jetzt schon sagen. Sie machen sich eher verdächtig, wenn Sie den Test verweigern.»

«Nun gut. Haben Sie so einen Test dabei?» Wolfgang Beninga scheint zu wissen, wann er verloren hat.

«Selbstredend.» Schnepel macht Rudi ein Zeichen, und der greift in seine Tasche.

Peter Beninga lächelt süffisant.

«Ach ja.» Schnepel wendet sich an ihn. «*Ihre* DNA benötigen wir natürlich auch. Schließlich kommen Sie genauso gut als Vater infrage.»

«Das ist ja wohl lächerlich. Isabell und ich? Das glauben Sie doch nicht im Ernst.»

«Glauben und beweisen sind zwei verschiedene Paar Schuhe», sagt Schnepel lapidar. «Und wir bei der Polizei sind da doch eher für belastbare Beweise.»

Nachdem beide Proben genommen sind und Rudi und Schnepel sich verabschieden, erhebt sich auch Peter Beninga.

«Ich begleite Sie», sagt er. «Wir sind hier ohnehin durch. Nicht wahr, Wolfgang?»

Sein Bruder nickt.

«Morgen haben wir die Ergebnisse und werden sicher noch mit Ihnen reden müssen. Deswegen wäre es besser, wenn Sie hier erreichbar bleiben», sagt Schnepel.

«Weiß mein Vater, dass Isabell nicht sein Kind erwartete?», fragt Peter Beninga, während er sie zur Tür begleitet.

«Noch nicht. Aber wir werden es ihm sagen müssen. Immerhin ist er dadurch auch tatverdächtig», antwortet Rudi.

«Nein.» Vehement weist Wolfgang Beninga diesen Gedanken von sich. «Mein Vater hätte Isabell nie etwas antun können.»

«Nun tu mal nicht so», widerspricht sein Bruder. «Denk nur dran, wie er Mutter behandelt hat. Und wenn er nun spitzgekriegt hat, dass Isabell ihn betrogen hat ... er ist längst nicht mehr so kühl und rational wie früher, das hast selbst du doch inzwischen erlebt. Gut möglich, dass bei ihm eine Sicherung durchgebrannt ist. Egal. Ich gehe jetzt. Wir hören uns. Tschüs.»

Als sie zu dritt das Haupthaus verlassen, kommen Fräulein Klostermann, Frau Kleinmeier und Udo Held ihnen entgegen.

«Gut, dass ich dich treffe, Rudi», sagt Fräulein Klostermann. «Wir haben noch einmal nach dem verschwundenen Schmuck und der Uhr gesucht, aber nichts gefunden. Auch die diebische Elster hat sich nicht blicken lassen.»

«Diebische Elster.» Peter Beninga zieht verächtlich die Augenbrauen hoch. «Was soll sie denn gestohlen haben?»

Rudi erzählt ihm in wenigen Worten, worum es geht. Aber das dauert Schnepel zu lange. «Hör auf, wir haben keine Zeit für diesen Kinderkram.»

«Das ist kein Kinderkram», weist Fräulein Klostermann ihn zurecht. «Es geht um Eigentumsdelikte. Das wollen wir hier mal nicht kleinreden.»

Schnepel scheint es für einen Moment die Sprache verschlagen zu haben, und Peter Beninga kontert herausfordernd: «Was auch immer Sie hier abziehen, eines möchte ich gleich mal klarstellen. Elstern sind überhaupt nicht aufs Stehlen aus. Ein sehr geschätzter Kollege der Universität Exeter hat in einer Versuchsreihe festgestellt, dass sich die Tiere von glitzernden Gegenständen gestört fühlen und diese deshalb beiseiteschaffen. Zum Beweis wurden Nüsse ausgelegt und daneben andere Dinge, die dem Vogel unbekannt waren. Die Palette reichte von silbern glänzend bis mattblau. Mit dem Ergebnis, dass die Elstern erst das Ungewohnte beseitigt haben. Und warum, werden Sie fragen. Ganz einfach. Nicht nur der Mensch, auch die Elster hat Angst vor Unbekanntem. Neophobie nennt das der Psychologe.»

«Mit was sich die Wissenschaftler alles beschäftigen», wundert sich Rudi.

«Das ist doch rausgeschmissenes Geld. Da gibt es sicher sinnvollere Sachen», regt sich Schnepel auf.

«Unsinn! Die Wissenschaft ist eben vielseitig. Elstern sind übrigens sehr gelehrige Tiere. Man kann sie von klein auf trainieren, gewisse Dinge zu tun. Es ist außerdem erwiesen, dass die Elster diese glitzernden Objekte nicht in ihr Nest bringt, weil ihr das ja wieder Angst machen würde. Stattdessen ‹entsorgen› sie solche Dinge in mehreren Verstecken. Also machen Sie sich keine Hoffnung, dass Sie irgendwo eine kleine Schatzkammer finden.»

«Apropos Hoffnung machen», meldet sich Udo Held zu Wort. «Mein Versicherungsagent hat mich vorhin angerufen und mir gesagt, dass meine Schadensmeldung nur bearbeitet wird, wenn ich den Diebstahl bei der Polizei ordnungsgemäß angezeigt habe. Das möchte ich auf jeden Fall tun.» Er blickt von Schnepel zu Rudi. «Können wir das gleich erledigen?»

Schnepel blinzelt Rudi zu. «Die kannst du morgen aufnehmen. Wir haben jetzt wichtigere Dinge zu tun. Die Speichelproben müssen schnellstens nach Oldenburg.»

Der Schultag hat Rosa heute richtig Spaß gemacht. Im Sachunterricht hat ein Schüler ein Referat über Kleipütten gehalten. Für den Deichbau brauchte man einst Sand und Klei und buddelte riesige Löcher, hat Sören den anderen erklärt. Regen- und Grundwasser sammelten sich darin, und diese Seen nennt man Pütten. Einige dieser Pütten sind direkt am Seedeich, so auch die im Jheringsgroden zwischen Harlesiel und Neuharlingersiel, wohin sie morgen gemeinsam radeln.

Ihre Klasse freut sich wie Bolle auf den Besuch in der Wattenmeerstation, genau wie ihre Kollegin Karina, die sie begleitet. Karina bringt zusätzliches Flickzeug mit. Man weiß ja nie. Das Gute ist, Karina kann Fahrräder reparieren. Rosas Fähigkeiten halten sich diesbezüglich eher in Grenzen.

Nach einer kurzen Mittagspause, die sie in der Hängematte zwischen den alten Apfelbäumen verbracht hat, muss sie sich fertig machen, um rechtzeitig in der Beningaburg zu sein. Schließlich erwarten die alten Herrschaften sie.

Eine Viertelstunde vor der Zeit stellt sie ihren Fiat auf dem Besucherparkplatz ab, klingelt und marschiert am Rosenrondell vorbei auf den Eingang zu. Die Glastüren gleiten zur Seite, und Rosa betritt die Eingangshalle. Auf dem runden Tisch in der Mitte des Raums steht ein silberner Pokal, in dem üppig blühende Pfingstrosen arrangiert sind. Ein Traum in Hellrosa. Rosa könnte schwören, dass es die Sorte Sarah Bernhardt ist. Eine Blumenhändlerin hat ihr mal erklärt, dass diese Züchtung nach der einst so gefeierten französischen Schauspielerin benannt wurde. Wie auch immer, Rosa liebt diese duftende Sorte besonders. Sie bleibt vor dem ausladenden Tisch stehen und schnuppert an den Blumen, als sie Stimmen aus Denises Büro hört.

«Was bist du für ein mieses Arschloch. Lockst mich hierher ...»

«Ich hab dich nicht gelockt, ich habe dir einen guten Job angeboten. Das war ein Karrieresprung. Vergiss das nicht.»

«Und was sollte dann dein Liebesgesäusel?»

«Komm endlich runter. Und schrei nicht so rum.»

«Ich kann so laut schreien, wie ich will. Weil ich hier sowieso nicht länger bleibe. Mach doch deinen Scheiß alleine.» Es scheppert.

«Sag mal, hast du sie noch alle? Spinnst du komplett?»

«Sei froh, dass es nur ein Blumentopf war. Ich könnte auch noch ganz andere Sachen machen ...»

Die Tür wird geöffnet, und Buttkamp stürmt heraus. Er zuckt zusammen, als er Rosa bemerkt, grüßt mit einem schnellen Nicken und verschwindet in dem gegenüberliegenden Büro. Zwischen den beiden geht es ja ordentlich zur Sache, denkt Rosa und nimmt die Treppe zum Clubraum. Heute sind noch vier weitere Sessel besetzt.

«Wie schön, dass unsere Gruppe wächst», begrüßt Rosa die Anwesenden und stellt sich noch einmal vor.

«Es hat sich herumgesprochen, wie gesellig es am Dienstag gewesen ist», sagt eine Frau Mitte achtzig, die ein elegantes Tageskleid mit Brillantbrosche trägt. Die weißen Haare hat sie zu einer Turmfrisur hochgesteckt.

«Genau», pflichtet ihr ein kahlköpfiger Mann bei, der seine Hand auf den Knauf des Gehstocks drückt. «Haben Sie uns heute das Krimispiel aus Neuharlingersiel mitgebracht?»

«Nein, die ‹Fallakte Endstation Ostfriesland› habe ich auf Wunsch eines einzelnen Herren nicht dabei.»

«Sie hat mir für heute eine Liebesgeschichte versprochen», erklärt Udo Held. «Die Fallakte können wir nächste Woche spielen.»

Die Tür öffnet sich, und Käthe Klostermann tritt ins Zimmer. «Entschuldigung, dass ich nicht pünktlich bin, aber ich habe eben noch Herrn Beninga in seinen Bungalow gebracht.»

«Wie geht es ihm denn heute?», erkundigt sich Grete Kleinmeier mitfühlend.

«Schon besser. Er wollte unbedingt einen Spaziergang durch den Park machen. Da hielt ich es für meine Pflicht, ihn zu begleiten. Ihm wird ja immer so schnell schwindelig.»

Als auch sie im Sessel sitzt, hält Rosa das Buch mit den Kurzgeschichten hoch.

«*Liebe ist doch nicht nur ein Wort*, heißt die Geschichte, die ich Ihnen heute mitgebracht habe.

‹Karl Friedrich war ein Mann, der alles hatte, was man sich nur wünschen konnte. Beruflich war er früher erfolgreich, hatte eine liebe Frau geheiratet, die sich verantwortungsvoll um die Kinder und den Haushalt kümmerte, ja, er war zufrieden – bis seine Frau starb. Tief in seinem Inneren machte sich eine große Leere breit. Und dann kam sie. Henriette. Unerwartet traf ihn Amors Pfeil wie noch nie zuvor in seinem Leben.›»

«Ach ja, die große Liebe», seufzt Udo Held, als die Geschichte zu Ende ist. «Diesem Traum bin ich mein ganzes Leben lang hinterhergejagt. Ich hab sie auch gefunden. Mehrfach.» Er zwinkert. «Aber diese Lieben hielten nicht allzu lange. Sonst wäre ich nicht viermal verheiratet gewesen. Die erste habe ich verlassen, die anderen drei haben sich aus dem Staub gemacht. Die letzte mit meinem Manager.» Udo Held grinst. «Ich bin also wieder zu haben. Der Mörtel hat ja auch sechsmal geheiratet. Und der war fast mein Jahrgang.»

«Mörtel?», fragt Fräulein Klostermann.

«Na, der Lugner, dieser verstorbene Baulöwe aus Wien, der jedes Jahr einen weiblichen Star zum Opernball eingeladen hat.»

Die ehemalige Lehrerin kräuselt verächtlich ihre Oberlippe.

«Es gibt bestimmt mehrere Lieben im Leben», sagt Frau Wagenstedt. «Sonst blieben ja alle Witwen und Witwer allein. Guckt euch den Beninga an. Der hat es richtig gemacht. Der hat sich eine junge Frau gesucht und die auf Händen getragen. Und nun ist der Arme wieder allein. Das Leben kann schon tragisch sein.»

«Erich ist nicht allein. Ich kümmere mich um ihn. Und zwei Söhne hat er ja auch.»

«Außerdem gehört ihm der ganze Laden hier. Da kann er sich auch eine extra Pflegekraft abstellen lassen», sagt die Frau mit der Hochfrisur.

«Nun aber Schluss mit dem Kram von Liebe und Tod», sagt Udo Held forsch. «Wir wollen schließlich auch in unserem Alter noch Spaß haben. Denken Sie daran: Direkt nach dem Essen beginnt unser Karaoke-Abend. Um neunzehn Uhr im Kinosaal hier gegenüber. Ich hoffe, ihr kommt zahlreich. Gestern hat es ja nicht geklappt, weil wir so lange nach dem Schmuck gesucht haben und meine Damen danach völlig groggy waren. Außerdem hatte ich keine Zeit mehr, die Musiktitel vorzubereiten. Aber heute startet die Supersause. Helmut, hilfst du mir nachher, das Equipment aus dem Technikraum zu holen und es aufzubauen?»

«Selbstverständlich, aber nur, wenn du auch *Der Mann am Klavier* von Paul Kuhn auflegst.»

«Und ich hätte gern Caterina Valente: *Ganz Paris träumt von der Liebe.*»

«Und ich die *Capri-Fischer.*»

Zusammen mit Frau Kleinmeier und Fräulein Klostermann nimmt Rosa den Fahrstuhl nach unten. In der Eingangshalle angekommen, sehen sie Denise und Buttkamp streiten. Denise sollte den Typen abhaken, findet Rosa. Mit dem wird sie keine Zukunft haben. Als die Streithähne die drei Frauen bemerken, verstummen sie und verschwinden in ihre jeweiligen Büros. Denise knallt ihre Tür zu, Buttkamp lässt seine angelehnt. Anscheinend will er hören, was gesprochen wird.

«Da herrscht aber schlechte Stimmung.» Frau Kleinmeier lässt sich von der geöffneten Tür nicht stören. «Ich versteh gar nicht, warum Frau Bakker so über Isabell Beninga schimpft. Das gehört sich absolut nicht. Zumal sie so eine schöne und energiegeladene Frau gewesen ist. Fast so wie ich früher», setzt sie mit einem Lächeln hinterher.

«Aussehen ist auch nicht alles», sagt Fräulein Klostermann ungewohnt heftig. «Die war ein Flittchen, wie es im Buche steht. Die hat Erich gar nicht verdient. Nach Strich und Faden hat die ihn betrogen und sich wohl auch noch von einem anderen schwängern lassen.»

Frau Kleinmeier schaut Fräulein Klostermann neugierig an. «Von einem anderen? Von Buttkamp?»

«Keine Ahnung. Die Polizei war jedenfalls vorhin da und hat Erichs Speichelprobe zum Vergleich genommen.»

Durch den Ostwind ist es frisch geworden. Rudi zieht sich einen Wollpullover über, schnappt sich den Korb mit den Kräutern, die er heute in der Gärtnerei Immergrün gekauft hat, und macht sich auf den Weg. Eigentlich hatte er schon vor einer Stunde zu Rosa gehen wollen, doch Denise kam überraschend vorbei. Zum ersten Mal, seit sie wieder in Neuharlingersiel wohnt. Zum Glück ist sie nicht lange geblieben, aber es beschäftigt Rudi doch, was sie ihm gesagt hat.

Er staunt nicht schlecht, als er Henner und Rosa einträchtig auf der Bank vorm Haus im Abendsonnenschein sitzen sieht. Wie ein altes Ehepaar. Rudi grient. «Hier, für dein Hochbeet.» Er stellt Rosa den Korb auf den Schoß.

Ein Lächeln zieht über ihr Gesicht. «Danke! Was ist das denn Schönes?» Nacheinander hebt sie die Töpfe mit Thymian, Estragon, Liebstöckel, Pimpernelle, Rosmarin, Schnittlauch und Petersilie heraus.

«Ich dachte, dann hast du schneller was zum Abschneiden in deiner Kräuterabteilung.»

«Das ist ja total lieb von dir, Rudi.» Rosa stellt den Korb auf den Boden, steht auf und drückt ihm einen Kuss auf die Wange. «Möchtest du auch ein Bier?»

«Gerne.» Rudi setzt sich auf den Stuhl neben der Bank, und Rosa verschwindet im Haus. Gleich darauf ist sie mit Bier und einer Schale Parmesancracker zurück.

«Prost.» Die drei lassen die Flaschen aneinanderstoßen.

«Es trifft sich gut, dass wir uns noch sehen», gesteht Rosa. «Ich bin ein bisschen durcheinander wegen dem, was ich heute Nachmittag im Seniorenheim aufgeschnappt habe. Stimmt's, Henner?»

«Jo.»

«Worum geht's denn?» Rudi nimmt einen Schluck aus der Flasche.

«Ich war zum Vorlesen dort. Und da hab ich mitgekriegt, wie Denise und Buttkamp sich laut gestritten haben.» Nach und nach berichtet Rosa, was sie gehört hat. Das gefällt Rudi nicht. Besonders die Sache mit dem Blumentopf gefällt ihm gar nicht.

«Das war ganz unangenehm, wie die sich angekeift haben. Ich meine, die müssen doch damit rechnen, dass Leute durch die Halle laufen. Was macht das denn für einen Eindruck, wenn sich der Geschäftsführer und die Pflegedienstleitung so angiften. Denise war vollkommen außer sich.»

Rudi nickt betrübt. «Ja, das hat sie mir erzählt. Sie war vorhin bei mir. Das erste Mal, seit sie wieder hier wohnt. Ihr könnt euch vorstellen, wie perplex ich war, als sie vor der Tür stand. Das war ein ganz komisches Gefühl. Immerhin haben wir mal zusammen in meinem Haus gewohnt. Sie brauchte wohl jemanden, dem sie ihr Herz ausschütten konnte. Aber dafür ausgerechnet mich auszusuchen ... ich weiß nicht.»

«Was hat sie denn gesagt?», fragt Rosa interessiert.

«Sie hat gejammert, alles sei Scheiße, und hat erzählt, dass sie sich mit Buttkamp in der Wolle hatte.» Rudi trinkt einen Schluck Bier. «Aber zumindest ist ja nun die Sache mit den Diebstählen geklärt, und Denise ist raus aus der Nummer. Aber ob eine Elster tatsächlich mit einer Rolex wegfliegen kann? Keine Ahnung. Der Schlagerfuzzi will auf jeden Fall Anzeige erstatten. Wegen der Versicherung für die Uhr. Die nehme ich aber erst morgen früh auf. Irgendwann hab ich schließlich auch mal Feierabend.»

«Du hättest Denise mitbringen können», sagt Rosa. «Du hast doch gesagt, sie braucht jemanden zum Reden.»

«Mag sein. Aber nicht uns. Soll sie sich wen anders suchen. Außerdem hatte sie auch keine Zeit. Nachdem sie sich ausgekotzt hat, hat sie sich entschuldigt, damit überhaupt zu mir gekommen zu sein, und ist gegangen, weil sie noch einkaufen wollte. Du kennst sie ja, Henner. Mal hü, mal hott.» Die Fanfare von Rudis Handy schmettert los. Ein Blick aufs Display genügt, und seine Stimmung ist endgültig im Keller. «Kommissar Bakker.» Aufmerksam hört er zu, und in ihm zieht sich alles zusammen.

«Was gibt es denn?», fragt Rosa, kaum dass Rudi das Gespräch beendet hat.

«Noch einen Toten in der Beningaburg. Ich muss los.»

Als Rudi ankommt, steht der Rettungswagen bereits vor dem Eingangsportal. Von hektischem Treiben ist jedoch keine Spur, einer der Sanitäter steht gemütlich rauchend neben dem Wagen.

«Moin», grüßt Rudi. «War nichts mehr zu machen?»

«Nee. Aber so was hab ich auch noch nicht gesehen. Geh man rein und guck selber.»

Rudi betritt die Halle. Vor der Ritterrüstung liegt Buttkamp. Mit einer klaffenden Wunde am Hals. Neben ihm die Lanze, die der Ritter normalerweise in der Eisenhand hält.

Rudi schluckt. «Was ist denn hier passiert?»

Der Notarzt packt gerade seinen Koffer zusammen. «Verblutet. Die Halsschlagader wurde durch die Lanze zerfetzt. Die ist verdammt spitz. Hätte ich bei so 'nem alten Teil nicht gedacht. Da wurde wohl ... zack ... einmal zugestochen, und schon hauchte der Mann sein Leben aus.»

«Der Ritter wird's kaum gewesen sein», sagt Rudi in einem Anflug von Sarkasmus.

Der Arzt lacht glucksend, wird jedoch sofort wieder ernst. «Das glaub ich auch nicht.»

«Wer hat den Toten gefunden?»

«Ich.» Udo Held erhebt sich von einem der Sofas, die im Foyer zum Verweilen einladen. Trotz der Sonnenbankbräune ist er bleich. «Zusammen mit Helmut Schnieder.» Er deutet auf den anderen alten Herrn, der sich mühsam erhebt. Sofas sind für alte Menschen nicht wirklich ein angemessenes Möbelstück, schießt es Rudi in den Sinn.

«Wir wollten das Karaoke-Equipment zurück in den Technikraum bringen. Und da lag er. Ich bin sofort hin, hab ihn angesprochen, aber er hat nicht reagiert. Und dann war da das viele Blut neben seinem Kopf, eine riesige Lache. Und die Lanze. Die Spitze ganz blutverschmiert. Ich hab sofort den Rettungsdienst gerufen, weil es ja sein konnte, dass er noch lebt. Die waren auch ruckzuck da. Aber er war schon tot.»

«Ist Ihnen irgendetwas aufgefallen?», fragt Rudi sowohl den Schlagerstar als auch seinen Begleiter.

Beide verneinen. «Wir haben ja laut Musik gehört, es wurde viel gelacht, noch mehr mitgesungen. Und der Multimediaraum ist schallgedämmt», erklärt Held.

Schade. «Wie viele Personen haben denn an der Veranstaltung teilgenommen?»

Die beiden Männer schauen sich an. «Zehn, oder?», fragt Schnieder.

«Kommt hin», bestätigt Held und hebt die Hand. «Wir beide sind schon mal zwei, die Klostermann, die Kleinmeier, die Wagenstedt, der Kramer, der so schräg Bill Ramsey gesungen hat.»

«Die Ankermüller, die unbedingt *I did it my way* singen wollte, der Beyer, der sich dann doch nicht getraut hat.»

«Das sind acht.» Rudi hat mitgezählt.

«Mehr waren's nicht», sagt Schnieder. «Oder?»

Udo Held schüttelt den Kopf. «Nein. Dann waren es wohl doch nur acht.»

«Und von denen hat auch keiner was mitgekriegt?»

«Nein. Sonst hätte einer bestimmt was gesagt», behauptet Udo Held.

«Ist auch keiner zwischendurch mal rausgegangen?»

«Doch. Wir haben kurz nach dem Abendbrot angefangen, da mussten einige zwischendurch aufs Klo.»

«Wo sind die anderen Teilnehmer des Abends jetzt?», will Rudi wissen.

«In ihren Räumlichkeiten», sagt Udo Held. «Wir können aus dem Multimediaraum direkt in unsere Apartments.»

«In Ordnung, dann können Sie auch gehen. Hier übernehmen gleich die Kollegen der Spurensicherung.» Rudi hält inne und sieht die beiden älteren Herren eindringlich an. «Sind Sie wirklich sicher, dass keiner der Karaoke-Teilnehmer etwas von der Tat mitbekommen hat?»

«Hundertprozentig», sagt nun Helmut Schnieder im Brustton der Überzeugung. «Sonst hätten wir es erfahren. Sie wissen doch, wie sensationslüstern die Menschen sind.»

Da hat er recht, denkt Rudi. Statt sich in ihre Apartments zurückzuziehen, bleiben die beiden Herren in der Sofaecke sitzen. Aus einer spontanen Eingebung heraus beschließt Rudi aber trotzdem, noch einmal kurz bei Fräulein Klostermann nachzufragen. Seine alte Lehrerin ist die vertrauenswürdigste Person, die er hier kennt. Besser, er hört sich ihre Sicht der Dinge an.

Sie ist zum Glück noch wach, der Fernseher läuft bei ziemlicher Lautstärke, als Rudi resolut an ihre Tür klopft.

«Rudi! Ich habe den Krankenwagen mit Tatütata vorfahren hören. Und nun ein Polizeiaufgebot? Was ist passiert?»

«Es gibt einen weiteren Toten. Herrn Buttkamp.»

«Um Gottes willen!» Die alte Dame schlägt die Hand vor den Mund. «Was? Wie?» Sie ist kreidebleich.

«Herr Held hat ihn in der Halle gefunden. Er wurde mit der Lanze der Ritterrüstung getötet.»

«Was?» Fräulein Klostermann blickt ihn fassungslos an. «Mit der Lanze? Wie soll das denn gehen? Die hat der Ritter doch fest in der Hand.»

«Wohl nicht fest genug. Irgendwer hat sie ihm abgenommen und damit Herrn Buttkamp am Hals erwischt. Haben Sie irgendetwas mitbekommen?»

«Nein. Natürlich nicht. Sonst hätte ich dir doch umgehend Bescheid gesagt. Was für ein Unglück.» Käthe Klostermann zieht die Stirn in Falten. «Und habt ihr schon einen Verdächtigen?»

«Nein. Ich würde gern erfahren, wie es beim Karaoke-Abend zuging. Ist einer der Teilnehmer mal länger verschwunden, oder waren alle die ganze Zeit dabei?»

«Ach, es war ein lustiger und lautstarker Abend mit ziemlich vielen schiefen Tönen. Es hat aber ganz viel Spaß gemacht. Musik tut in jedem Alter gut, das weißt du ja. Ab und zu ging jemand zur Toilette. Das dauert meist nicht lange. Und ich war mal kurz drüben im Bungalow von Erich. Um nach ihm zu sehen, aber er schlief ganz friedlich in seinem Fernsehsessel. Da bin ich schnell wieder zurück.»

«Ihnen ist nichts aufgefallen? Kein Streit oder so etwas zwischen Herrn Buttkamp und einer anderen Person?»

«Heute Abend nicht.» Fräulein Klostermann stoppt und schaut Rudi nachdenklich an. «Aber am Nachmittag. Da gab es eine lautstarke Auseinandersetzung zwischen deiner Ex-Frau und Buttkamp. Ich hab allerdings nicht gehört, worum es ging.»

Das hört Rudi nicht gern, zumal Rosa davon ja auch schon erzählt hat. «Vielen Dank erst mal. Wir sehen uns morgen. Schlafen Sie gut. Und schließen Sie Ihre Tür ab.»

«Danke, mein Junge.» Käthe Klostermann streicht Rudi über den Arm. «Aber wie soll ich schlafen, wenn hier ein zweiter Mensch zu Tode gekommen ist? Ich stelle am besten einen Stuhl unter die Klinke, das habe ich in Krimis gesehen. Dann kann niemand rein.»

«Das ist eine gute Idee. Gute Nacht.»

«Gute Nacht, Rudi.»

Kriminalhauptkommissar Siegfried Haueisen spricht mit Kröver von der Spurensicherung, während die Kollegen noch dabei sind, die Eingangshalle auf Spuren zu untersuchen. Die Rechtsmedizinerin ist wieder weg, die Karaoke-Ausrüstung steht immer noch in der Halle.

Herr Tönjes, der Hausmeister, sitzt mittlerweile neben Udo Held und Herrn Schnieder, aufmerksam verfolgen die drei alles, was passiert.

«Vielleicht mache ich einen Song daraus», sagt Udo. «Dramatische Töne, tiefe, tragende Stimme. Das könnte mein Comeback werden.»

«Herr Tönjes», unterbricht Rudi das Gespräch, «ich hätte ein paar Fragen an Sie.»

Der Hausmeister steht auf. «Ja?»

«Der Technikraum war unverschlossen?»

«Jo. Herr Held wollte nach der Karaoke-Stunde die Ausstattung zurückbringen. Ich hatte ihm zwar gesagt, er könne sie im Multimediaraum lassen, das Zeug ist für einen Mann seines Alters ja doch ziemlich schwer, aber er bestand darauf, das selbst zu erledigen. Ein Künstler müsse sich immer um seine Technik kümmern, meinte er.»

«Das stimmt», bestätigt Udo Held. «Zu meiner Zeit mussten wir penibel darauf aufpassen. Wir hatten noch nicht für jeden Kleinkram andere, die das für uns erledigten. Bei uns musste auch der Künstler mit anpacken. Dafür war die Ausrüstung viel zu teuer, als dass was mit ihr passieren durfte.»

«Und Ihnen und Herrn Schnieder ist nichts weiter aufgefallen?», wiederholt Rudi seine Frage von vor einer Stunde.

«Nun ja, ich finde, der tote Buttkamp reicht vollkommen», meint Udo Held trocken.

«Herr Tönjes, ich würde mir gerne die Videoaufzeichnungen der Halle zur fraglichen Zeit anschauen», bittet Rudi. «Also von nach dem Abendessen bis zum Fund des Toten.»

«Das ist eine gute Idee», sagt Haueisen, der neben ihn getreten ist. «Sie übernehmen jetzt hier, wir sehen uns morgen früh um acht Uhr im Kommissariat. Mit Kröver habe ich bereits alles andere besprochen. Guten Abend noch.» Haueisen tippt sich zur Verabschiedung an die Stirn und geht.

«Chef müsste man sein», murmelt Rudi, ist aber auch dankbar, dass er vor Ort bleiben und sich einen Überblick verschaffen kann. Ganz unheikel ist die Situation für Denise schließlich nicht.

Zusammen mit Herrn Tönjes geht er in den kleinen Technikraum. «Warten Sie.» Herr Tönjes holt den Bürostuhl von nebenan. «Ist bequemer, wenn Sie auch sitzen.»

Er blickt auf den Monitor und sucht die Aufzeichnungen. Dabei stutzt er. «Merkwürdig.» Mit gerunzelter Stirn spult er zurück und startet neu. Man sieht Frau Onken an der Rezeption sitzen, Herr Held kommt herein, spricht kurz mit ihr und geht weiter. Herr Tönjes tritt aus der gemeinsamen Tür von Pflegedienstleitung und Technikraum.

«Ist das nicht viel eher?», fragt Rudi. «Mir reicht die Zeit von nach dem Abendessen. Und das hier ist doch ...» Er beugt sich vor.

«Das ist vor dem Abendessen», bestätigt Herr Tönjes mit belegter Stimme.

«Na, dann drücken Sie doch auf Vorlauf», meint Rudi.

Wortlos klickt der Hausmeister auf die Doppelpfeile, der Bildschirm bleibt schwarz. «Was hat das zu bedeuten?», fragt Rudi.

«Keine Ahnung.»

«Die Aufnahmen können ja nicht weg sein.»

Sind sie aber doch. Egal, was Herr Tönjes versucht, kurz nachdem Udo Held mit Frau Onken gesprochen hat, ist Schluss. Ungläubig schauen Rudi und Tönjes sich an.

«Könnte es sein, dass die Kamera einen Defekt hat?», fragt Rudi.

Tönjes öffnet das Programm, mit dem sämtliche Kameras der Seniorenresidenz gesteuert werden.

«Nein», sagt er tonlos. «Sie ist nicht defekt. Die Aufnahmen wurden gelöscht.»

FREITAG

Rudi hat kaum geschlafen. Noch lange hat er in der Küche gesessen und überlegt, ob er Denise anrufen soll. Hinfahren wäre ohnehin nicht gegangen, das hätte nach konspirativer Zusammenarbeit ausgesehen.

Angerufen hat er letztlich auch nicht, sonst hätte Haueisen ihm Befangenheit und unkorrektes Verhalten vorwerfen können.

Nur bei Rosa hat er sich gestern noch gemeldet. Zwar hat er ihre Anrufe nicht angenommen, aber sich schließlich doch dazu hinreißen lassen, auf ihre siebte WhatsApp – mit der immer gleichen Frage nach der Identität des Toten – zu antworten, damit sie endlich Ruhe gibt. Er hat nur ein einziges Wort geschrieben: «Buttkamp».

Dafür könnte er sich nun ohrfeigen, denn er weiß aus Erfahrung nur zu gut, dass sie mit solchen Nachrichten nicht hinterm Berg hält.

Also ist er heute schon um sechs Uhr nach Wittmund gefahren. In Ruhe hat er alles, was er bislang über den Tod von Buttkamp weiß, als Protokoll getippt.

Dazu eine Liste mit den wichtigsten Fragen:

Wer war der Täter?

Wer hat die Aufzeichnungen der Tatzeit gelöscht?

Mit wem hat Buttkamp sich in den letzten Tagen gestritten? Mit Denise. Mit wem sonst noch?

Wer hat ein Motiv?

Er hat sich gerade einen Kaffee geholt und packt sein Butterbrot aus, als der Chef den Kopf zur Tür reinsteckt.

«Bakker. So früh schon bei der Arbeit?»

«Moin, Chef. Seit halb sieben bin ich hier. Hab alles von gestern notiert. Es gibt unschöne Neuigkeiten.»

Neugierig tritt Haueisen ein und setzt sich auf Schnepels Platz. In wenigen Worten berichtet Rudi, dass die Videoaufzeichnungen fehlen.

«Nicht gut. Gar nicht gut», murmelt der Chef. «Ich meine, das sieht für Ihre Ex-Frau nicht gut aus.»

Rudi zuckt zusammen. Ex-Frau. Er stöhnt innerlich auf, verkneift sich aber jeglichen Kommentar. Haueisen redet weiter.

«Wir wissen, dass sie mit Isabell Beninga wegen dieser Geschäftsidee Meinungsverschiedenheiten hatte, dass sie mitgekriegt hat, dass ihr neuer Freund sie mit der Toten betrogen hat, dass sie vielleicht vermutete, dass er Isabell Beninga geschwängert hat. Und nun ist Buttkamp tot. Die Lanze als Tatwaffe lässt eine Affekthandlung vermuten. Frauen greifen in der Regel nicht zu so etwas. Bei geplanten Verbrechen ist eher Gift das Mittel der weiblichen Wahl.»

«Oder eine Nagelfeile.» Schnepel ist hereingetreten und hat die letzten Worte wohl aufgeschnappt. «Die schleppen Frauen doch immer mit sich rum, falls ihnen mal ein Nagel einreißt. Hat meine Ex wenigstens gemacht. Und Kaiserin Elisabeth von Österreich wurde mit einer Feile erstochen.»

«Das war damals keine Nagelfeile, sondern eine spitze Feile und der Täter ein italienischer Anarchist», berichtigt Rudi ihn. Zusammen mit Henners acht Schwestern hat er nicht nur sämtliche Sissi-Filme mit Romy Schneider schauen müssen, sondern ist auch innerhalb der Steffens-Sippe nicht um den Sissi-Kult herumgekommen.

«Unerheblich», unterbricht Haueisen das Geplänkel. «Fakt ist, dass Ihre Ex-Frau bis über beide Ohren in der Sache steckt, Bakker. Ich hoffe doch sehr, Sie haben mit ihr bisher noch nicht über Buttkamps Tod gesprochen?» Ein scharfer Blick trifft Rudi.

«Nein, natürlich nicht.» Dass es ihm schwergefallen ist, braucht er seinem Chef ja nicht auf die Nase zu binden. «Ich bin mir schließlich meiner Verantwortung als Polizist bewusst.»

«Gut.» Haueisen erhebt sich. «Dann werden Sie jetzt mit Schnepel zur Residenz fahren und mit Ihrer Ex-Frau sprechen. Das Reden übernimmt natürlich Kollege Schnepel. Anschließend werden Sie noch einmal mit allen Leutchen sprechen, die gestern im Haus waren. Vielleicht hat einer von ihnen doch etwas bemerkt, was ihm zunächst nicht wichtig erschien. Die große Frage ist: Warum wurde Buttkamp getötet, wo er nachweislich *nicht* der Vater des Kindes war? Hat Denise Bakker das noch nicht gewusst? Oder wusste sie es, hat ihn aber dennoch getötet? Und wer kannte sich neben dem Hausmeister so gut mit der Technik in der Beningaburg aus, dass er in der Lage war, die Aufnahmen zu löschen? Auch da fällt der Verdacht unweigerlich auf Frau Bakker. Sie saß ja direkt nebenan, beide Räume sind nur durch eine Tür getrennt.»

«Udo Held sollte man auch nicht außer Acht lassen», gibt Rudi zu bedenken. «Der kennt sich mit Technik aus. Er erwähnte mir gegenüber, dass er sich jahrzehntelang selbst um die Technik bei seinen Auftritten gekümmert hat.»

«Rudi, der ist doch aus der Zeit gefallen. Ich glaub nicht, dass der mit Computern umgehen kann. Das ist viel zu kompliziert für den.»

«Wenn du dich da nur nicht täuschst. Ich hab gesehen,

was der mit seinem Smartphone abzieht, der ist im Bereich Computertechnik und Internet topfit. Der hat gleich gestern Abend noch auf seinem Instagram-Account ein Foto von der blutverschmierten Lanze mit dem Text ‹RIP Jochen Buttkamp, du warst ein Guter› hochgeladen. Ein Foto von sich und dem Buttkamp hat er auch gepostet. Zum Glück hat er zumindest auf ein Foto der Leiche verzichtet.»

Das Telefon auf Schnepels Schreibtisch klingelt. «Ja?», meldet er sich. «Moment, bitte, der ist hier.» Er hält Haueisen den Hörer hin. «Für Sie, Chef. Die Rechtsmedizinerin.»

Nachdem das Gespräch beendet ist, verkündet Haueisen: «Tja, meine Herren. Der Vater des Babys ist ... Wolfgang Beninga.»

Für heute ist ein windstiller Tag mit reichlich Sonne bei einundzwanzig Grad angesagt. Rosa ist erleichtert. Das gute Wetter hält sich. Um halb neun sind alle Kinder startklar, und die Tour kann losgehen. Sie bilden einen langen Fahrradzug. Rosa vorneweg, Karina als Schlusslicht.

Auf dem Hinweg zur Wattenmeerstation nehmen sie die kürzere Route durch Neufunnixsiel. Von dort steuern sie den Museumshafen Carolinensiel mit den historischen Plattboden-Seglern an und stoppen bei der Bronze-Statue einer Frau. Caroline, die Namensgeberin des Sielortes, begrüßt die Besucher seit 2005 mit einem Schiff in den Händen. Kaum sind alle Fahrräder abgestellt, hält die zierliche Imke einen Kurzvortrag und berichtet, dass der Hafen zu seiner Blütezeit im achtzehnten und neunzehnten Jahrhundert der zweitgrößte ostfriesische Siel- und Handelshafen war und eine wichtige Bedeutung für die gesamte Schifffahrt hatte. Das scheint ihre

Mitschüler nur mäßig zu interessieren, jedenfalls stellt niemand eine Frage.

Als Imke fertig ist, radeln sie die Harle entlang zur Friedrichsschleuse, dort werden die Butterbrote ausgepackt. Vom Deich aus haben sie Blick auf den Hafen von Harlesiel, von dem aus die Fähre nach Wangerooge übersetzt. Ein Flugzeug der «Inselflieger» startet gerade und macht eine scharfe Kurve über ihnen, bevor es Kurs auf die Insel nimmt.

Über Friedrichsgroden geht es nach einer halben Stunde weiter.

Vor der Wattenmeerstation packt Peter Beninga Kisten auf die Ladefläche seines Pick-ups.

«Moin, Herr Beninga.»

Er dreht sich zu Rosa um und wirkt zunächst verblüfft, doch dann grüßt er höflich. «Moin.»

«Die Viertklässler, meine Kollegin und ich, wir sind schon sehr gespannt auf das, was Sie uns berichten werden.»

Ein flüchtiges Lächeln huscht über das Gesicht des Ornithologen. «Am besten, wir gehen ins Haus, und ich zeige euch einige Exemplare der hiesigen Watt-, Wasser- und Wiesenvögel, bevor ich etwas darüber erzähle.»

«Oh ja», rufen drei Mädchen begeistert und folgen ihm ins Haus. Er deutet auf eine Vitrine.

«Die sind ja ausgestopft.» Sören klingt enttäuscht.

Peter Beninga grinst fast schon spitzbübisch und schafft es mit ein paar Anekdoten über Säbelschnäbler, die Kinder innerhalb weniger Minuten zu fesseln. Er ist ein pädagogisches Naturtalent.

«Diese Vögel leben in einem etwa fünfhundert Meter breiten Streifen hinter dem Seedeich. In einer Pütte. Wisst ihr, was das ist?»

Nicht nur Sören meldet sich zu Wort, sondern auch Fenja, Emily und Ben. Der Ornithologe lobt ihre Kenntnisse und kommt dann zum Thema: «Eigentlich wurde hier früher nur Sand und Kleie für die Deiche abgebaut, genau, wie ihr sagt. Aber daraus ist eine Wasserfläche mit vielen kleinen flachen Inseln entstanden. Ein ökologisch überaus wertvolles Brut- und Rastgebiet für alle diese Vögel hier.» Er zeigt auf die Vitrinen.

Die Kinder hängen an seinen Lippen, als er über Austernfischer, Kiebitze, Nonnengänse, Rotschenkel, Säbelschnäbler und Stockenten erzählt. «Jetzt im Frühjahr lassen sich die Säbelschnäbler beim Brüten beobachten. Die ersten Küken sind schon geschlüpft.»

«Ich habe gelesen, dass sie Nestflüchter sind», meldet sich Sören zu Wort.

Überrascht sieht Peter Beninga ihn an. «Das stimmt. Ich bin beeindruckt, was du so alles weißt. Aber nun die Jokerfrage: Was macht den Nestflüchter aus?»

«Er muss selbst auf Nahrungssuche gehen», weiß Sören.

«Aber wie soll das denn gehen?», wirft Fenja ein. «Die sind doch ganz winzig.»

«Deshalb folgen die Küken den Alttieren. Von der Pütte bis ins Watt», erklärt Peter Beninga und erläutert nebenbei auch, warum es Halteverbote für Fahrräder auf dem Deichsicherungsweg gibt. Das geht noch eine Weile so weiter, und Rosa ist sichtlich beeindruckt, wie sehr dieser verschlossen wirkende Mann ihre Klasse in den Bann zieht. Respekt. Das hätte sie ihm nicht zugetraut.

Nach gut einer Stunde verabschieden sie sich wieder. «Vielen Dank, Herr Beninga. Das war sehr interessant und lehrreich.»

«Toll war das», ruft Imke, und einige Kinder klatschen vor Begeisterung in die Hände, bevor sie zu ihren Fahrrädern laufen.

«Danke.» Beninga schüttelt Rosa die Hand. Ein Lächeln legt sich auf sein Gesicht. «Die Säbelschnäbler liegen mir besonders am Herzen. Vielleicht, weil ich selbst ein Nestflüchter bin.» Er zuckt kurz mit den Achseln.

«Nestflüchter? Sie haben doch Ihre Familie gleich in der Nähe.»

«Ich hab doch schon gesagt, mit meinem Vater möchte ich nichts zu tun haben.» Sein Gesicht bekommt wieder den abweisenden Ausdruck, den Rosa schon Dienstag an ihm bemerkt hat.

«Wissen Sie eigentlich, dass es gestern auf der Beningaburg einen weiteren Toten gegeben hat?»

Für einen Moment erstarrt Peter Beninga. «Sagen Sie nicht, dass es nun auch meinen Vater erwischt hat.»

Angst oder Sorge hört Rosa nicht aus der gerade noch so begeistert klingenden Stimme heraus, die selbst den unmotiviertesten Schüler für die Säbelschnäbler interessiert hat.

«Rosa, kommst du?», ruft Karina und bimmelt mit ihrer Fahrradklingel. «Wir müssen los. Der Weg über Neuharlingersiel dauert länger als der Hinweg.»

«Auf Wiedersehen», verabschiedet sich Rosa. «Und alles Gute.»

«Warten Sie. Wer war denn der Tote?»

«Der Residenzleiter. Jochen Buttkamp.»

Bestatter Pöppelmeyer hat Buttkamp gestern Abend noch abgeholt. Als Rudi und Schnepel bei der Residenz ankommen, steht der Wagen von Claras Reinigungsfirma davor. Sie selbst putzt mit einer Kollegin die Eingangshalle bis in den kleinsten Winkel.

«Moin, Rudi», begrüßt sie ihn. «Du glaubst gar nicht, wo die Blutstropfen überallhin gespritzt sind. Ist echt der Wahnsinn. Deine Kollegen von der Spurensicherung haben da gestern aber ordentlich Luminollösungen aufgetragen, um die sichtbar zu machen. Und wir müssen das alles jetzt entfernen. Geht ganz gut. Ist ja auch noch nicht so alt, das Blut. Natürlich gucken wir mit der UV-Taschenlampe, ob deine Kollegen gestern auch wirklich alle Blutflecken entdeckt haben. Was meinst du, wie oft die Spuren übersehen.» Sie grient. Als ausgebildete Tatortreinigerin hat sie schon so einiges gesehen.

«Ist Denise schon da?»

«In ihrem Büro.» Clara zeigt zur Tür der Pflegedienstleitung.

«Sag mal, ist dir was aufgefallen, seit du hier bist?»

«Na, die Leute hier sind alle ziemlich durch den Wind. Kann man ja verstehen. Sie wollen wissen, ob sie jetzt um ihr Leben fürchten müssen, ob ich ihnen zeigen kann, wie man Blutflecken sichtbar macht, welche Mittel wir zur Entfernung verwenden – die ganze Palette. Ich hab denen gesagt, sie sollen erst mal in Ruhe frühstücken. Die Polizei würde schon noch kommen und mit ihnen sprechen. Das hat gewirkt. Die müssten jetzt alle im Speisesaal sitzen. Du weißt ja, eine ordentliche Tasse Tee und ein gutes Frühstück bringt so manches wieder ins Lot.» Clara zwinkert ihm zu.

«Dann wollen wir mal.» Schnepel, der erstaunlich still geblieben ist, marschiert auf Denises Büro zu.

«Warte kurz», sagt Rudi und tritt an die Rezeption, wo

Frau Onken mit verweinten Augen sitzt. «Mein Beileid», sagt er, obwohl Buttkamp ja nur ihr Chef gewesen ist.

«Danke.» Sie schnieft. «Es ist so furchtbar. Wer macht so was? Ihn mit der Lanze zu töten ... er hat doch keinem was getan.»

So kann man das nicht unbedingt sagen, denkt Rudi, aber er hütet sich, seine Meinung kundzutun. «Ist Ihnen gestern oder in den letzten Tagen etwas aufgefallen, das Auslöser für diese Tat gewesen sein könnte? Gab es Streit? Hatte Herr Buttkamp Probleme?»

Frau Onken schaut ihn an, als überlege sie, was sie sagen soll. «Nun ja. Gestern hat er nachmittags mit Frau Bakker gestritten. Laut. Das war sehr unangenehm.» Sie senkt den Blick.

«Von wem ging der Streit aus?», fragt Schnepel forsch.

«Von Frau Bakker.»

Ein selbstzufriedenes Lächeln tritt auf Schnepels Gesicht, als wolle er sagen: Na bitte.

«Er hat sich also mit Frau Bakker gestritten», sagt Rudi, wobei es ihm seltsam vorkommt, von Denise als Frau Bakker zu reden. «Sie haben ‹nachmittags› betont. Gab es vormittags auch Streit?»

Frau Onken nickt. «Da war Herr Beninga da. Der Sohn. Wolfgang. Ich habe natürlich nicht gelauscht, aber ich konnte nicht verhindern, einiges zu hören.»

«Und das wäre?»

Frau Onken senkt den Kopf. «Herr Beninga hat Herrn Buttkamp aufgefordert, ihm alle Buchhaltungsunterlagen der Residenz zur Verfügung zu stellen. Er müsse sich einen Überblick verschaffen, weil Frau Beninga nun nicht mehr die Kontrolle über die Geschäftsführung ausüben könne und der Senior dazu ohnehin nicht in der Lage sei.»

«Oha», sagt Rudi.

«Herr Buttkamp war davon gar nicht angetan.»

«Das kann ich verstehen», sagt Schnepel. «Erst kriegt er mit, dass seine Geliebte noch andere Männer neben dem Ehemann hat, und dann spielt sich auch noch der Sohn des Eigentümers als künftiger Boss auf. Da musste er ja in seiner Ehre zutiefst gekränkt sein. Wo ist Herr Beninga jetzt, wissen Sie das?»

Frau Onken nickt. «Drüben. Bei Frau Bakker. Sie wollen besprechen, wie es jetzt weitergeht. Herr Buttkamp hatte übrigens auch eine Auseinandersetzung mit Herrn Held.»

«Worum ging es dabei?»

«Um den Zahlungsrückstand seines Residenzentgelts.»

Wolfgang Beninga hat darum gebeten, das Gespräch mit Denise noch zu Ende führen zu können. Höchstens fünfzehn Minuten würde das dauern. Verwundert nimmt Rudi zur Kenntnis, dass Schnepel nicht protestiert, sondern sich stattdessen eine Tasse Kaffee von Frau Onken bringen lässt.

«Es ist wichtig, sich eingehender mit dem Personal zu beschäftigen. Die Empfangsdame bekommt viel mit von dem, was hier passiert. Und gut sieht sie außerdem aus.» Er grinst Rudi an.

«Dann geh ich mal vor die Tür und schnupper ein bisschen frische Luft, damit du freie Bahn hast.»

Draußen bleibt Rudi stehen und blickt hinüber zum Rosenrondell. Die eingrenzende Buchsbaumhecke ist an vielen Stellen kahl gefressen. Der verdammte Zünsler ist wirklich überall aktiv.

In diesem Moment fährt ein Taxi vor, Beninga senior und

Fräulein Klostermann steigen aus. Sie flott, er mithilfe des Taxifahrers.

«Den Rest schaffe ich allein», herrscht er den jungen Mann an. Seine Schritte wirken jedoch wackelig. Käthe Klostermann fasst fürsorglich seinen Ellenbogen.

«Moin», grüßt Rudi. «So früh schon unterwegs?»

«Wir waren bei Pöppelmeyer in Esens», erklärt ihm seine ehemalige Lehrerin. «Erich wollte sich noch ein letztes Mal von Isabell verabschieden.»

Ach ja, die Leiche ist inzwischen freigegeben.

«Wo soll denn die Beerdigung stattfinden?», fragt Rudi mehr aus Höflichkeit als aus tatsächlichem Interesse.

«Die Beerdigung?» Erich Beninga bleibt stehen und sieht Rudi von oben herab an. Er ist fast einen Kopf größer. «Ich will kein großes Tamtam. Das gibt mir Isabell auch nicht zurück, und hier kennt sie ja kaum Leute. Auf den Zirkus in Hamburg kann ich ebenso gut verzichten. Außerdem möchte ich sie in meiner Nähe behalten.»

«Also in Esens auf dem Friedhof? Oder in Carolinensiel?»

«Nein. Auf keinem Friedhof. Das lässt sich ganz einfach anders regeln. Isabell wird nach Holland überführt und dort kremiert. Und dann wird sie ihre letzte Ruhestätte hier bei meinem Bungalow unter der jungen Birke finden.»

Wie bitte? Von so was hat Rudi ja noch nie gehört. Ob das erlaubt ist? Aber das soll nicht sein Problem sein.

«Und nun entschuldigen Sie mich bitte, ich möchte mich ausruhen. Es war doch ziemlich anstrengend. Isabells Anblick ...»

«Nicht zu vergessen die Auskunft des Bestatters, dass Wolfgang heute früh auch schon da gewesen ist», ergänzt Fräulein Klostermann.

«Das tut nichts zur Sache, Käthe. Lass uns gehen.»

Das tut nichts zur Sache? Verwundert blickt Rudi den beiden alten Leuten hinterher. Wenn der Sohn sich von der toten Frau des Vaters verabschiedet, ohne dem Bescheid zu sagen? Noch dazu, wo der sie geschwängert hat?

Das sieht Rudi aber anders. Für ihn hat es eher den Anschein, dass Wolfgang Beninga Isabell gegenüber doch mehr Gefühle hegte, als er bisher zugegeben hat.

«Du hältst dich zurück», ordnet Schnepel an, als sie in Denises Büro gehen. Als ob er das sagen müsste. Ist Rudi ohnehin unangenehm genug, dabei zu sein. Einerseits. Andererseits möchte er natürlich wissen, was sich wie zugetragen hat und ob Denise da mit drinhängt.

Auf ihr Klopfen hin ruft eine Männerstimme «Herein». Wolfgang Beninga hat hier anscheinend schon das Zepter übernommen. Er steht neben dem Schreibtisch, Denise hockt wie ein Häuflein Elend auf dem Drehstuhl.

«Ah, die Polizei. Danke, dass Sie gewartet haben», sagt Beninga forsch. «Meine Herren, es ist furchtbar. Erst die Frau meines Vaters, nun Herr Buttkamp, was gedenken Sie zu tun?»

Dieser Tonfall trifft bei Schnepel nicht auf Gegenliebe. «Wir machen unsere Arbeit, Herr Beninga. Ganz nach Vorschrift. Und wir werden herausbekommen, wer für die beiden Todesfälle verantwortlich ist. Wo waren *Sie* denn gestern Abend zwischen neunzehn und zwanzig Uhr dreißig?» Ruckzuck hat er den Spieß umgedreht. Darin ist er gut, das muss Rudi ihm lassen.

«Ich? Wieso ich?»

«Immerhin hatten Sie gestern mit dem Opfer eine Auseinandersetzung über die Offenlegung der Buchhaltung. Herr Buttkamp war nicht angetan davon, Ihnen Rede und Antwort stehen zu müssen.»

«Nun lassen Sie mal die Kirche im Dorf. Es war eine rein geschäftliche Unterredung und bei Weitem nichts, was auf brutale Weise geklärt werden musste.»

«Ob es rein geschäftlich war, darüber wird noch zu reden sein», sagt Schnepel betont gelassen. «Bleiben Sie bitte in der Nähe, wir möchten zunächst mit Frau Bakker sprechen, anschließend kommen wir zu Ihnen. Wo treffen wir Sie? Im Gäste-Apartment?»

«Nein, ich werde zu meinem Vater gehen. Mit ihm muss nun einiges besprochen werden.» Ungern verlässt Beninga das Büro, wie Rudi ihm anmerkt.

Kaum ist er raus, kommandiert Schnepel: «Rudi, du schreibst mit, was ... deine Ex sagt.» Dafür könnte Rudi ihm in den Hintern treten, auch Denise schaut Schnepel entrüstet an, aber der fährt ungerührt fort: «Frau Bakker, das ist ja alles mehr als unschön für Sie. Erst der Tod Ihrer künftigen Geschäftspartnerin, nun kommt auch noch Ihr Freund gewaltsam ums Leben ... In beiden Fällen hätten Sie ein erstklassiges Motiv. Wo waren Sie denn gestern Abend zwischen neunzehn und zwanzig Uhr dreißig?»

«Wieso fragen Sie?»

«Ganz einfach. Vorm Abendessen war Herr Buttkamp noch putzmunter, und nach dem Karaoke-Gesinge ist er mausetot.»

In Denise arbeitet es, das sieht Rudi. Ihre Stirn liegt in Falten, sie presst die Kiefer aufeinander. Aber sie scheint zu wissen, dass es keinen Sinn macht zu mauern. «Ich bin hier um kurz nach sechs weg.» Sie wirft Rudi einen Blick zu. «Dann bin ich zu Herrn Bakker gefahren. Ich wollte etwas mit ihm besprechen.»

Überrascht blickt Schnepel Rudi an. «Stimmt das?»

«Ja.» Auch das schreibt Rudi mit dem Bleistift in sein Oktavheft.

«Ich bin aber nicht lang geblieben, da ich noch einkaufen wollte. Anschließend war ich in der Ferienwohnung. Ich habe von Jochens Tod erst erfahren, als ich heute früh hier ankam.»

Diesmal ist es ein trauriger Blick, den sie Rudi zuwirft. «Warum wurde ich nicht schon direkt gestern Abend benachrichtigt? Immerhin waren Jochen und ich in einer Beziehung. Ich war völlig geschockt, als ich von seinem Tod erfuhr. Fragen Sie Bettina Petersen, sie hatte Nachtwache. Sie hat mir erst einmal Beruhigungstropfen gegeben …»

«Das könnten Sie auch gespielt haben», unterbricht Schnepel sie.

«Sie wollen mir doch nicht unterstellen … ich war in meiner Ferienwohnung.» Erzürnt steht Denise auf und stemmt die Hände in die Hüften.

«Können Sie das beweisen?»

«Ich war allein. Aber veranlassen Sie doch eine Funkzellenanalyse meines Handys, wenn Sie das für nötig erachten.»

«Haben Sie gestern Abend versucht, Herrn Buttkamp telefonisch zu erreichen, oder war das unnötig, weil Sie bereits wussten, dass er tot ist?»

Denises Blick wandert Hilfe suchend zu Rudi, aber was soll er machen?

«Nein, ich habe ihn nicht mehr angerufen.»

Schnepel grinst breit, aber Denise lässt ihn nicht zu Wort kommen. «Weil ich nämlich sehr stur sein kann.» Auffordernd sieht sie Rudi an. «Stimmt doch, oder? Ich kann sehr stur sein.»

«Ja, das stimmt», gibt er zu.

«Sehen Sie.» Kämpferisch wendet Denise sich wieder an Schnepel. «Ich habe gedacht, Jochen soll in Ruhe über alles nachdenken und zu einer Entscheidung kommen. Niemand darf mich so behandeln. Ich habe schon einmal eine Beziehung beendet und bin gegangen, damals habe ich sogar meinen Sohn zurückgelassen und ganz neu angefangen.»

«Ich hab dich aber nicht betrogen», fällt Rudi ihr ins Wort.

«Das ist doch egal», wischt Denise seinen Einwurf beiseite. «Auf jeden Fall habe ich damals die Konsequenzen gezogen, als ich feststellte, es geht nicht mehr. Und das hätte ich bei Jochen auch getan, wenn er sich nicht eindeutig zu mir bekannt hätte. Ich besitze nämlich ein gesundes Maß an Selbstliebe und Eigenverantwortung.»

«Und um Herrn Buttkamp das zu zeigen, sind Sie mit der Lanze auf ihn los», lässt Schnepel nicht locker.

«Bin ich nicht.»

«Haben Sie Ihren Einkauf eigentlich bar oder mit Karte bezahlt?»

«Bar. Warum?»

«Aber Sie haben bestimmt noch den Kassenbon?»

«Nein, den habe ich weggeschmissen. War ja auch nicht viel. Hüttenkäse, Eier, Hähnchenfleisch, Quark, Milch und eine Flasche Rosé.»

«Gab's was zu feiern?» Wie ein Wadenbeißer fasst Schnepel nach.

«Ich wollte einfach gern ein Glas Wein trinken, das ist alles.»

Schnepel wendet sich an Rudi. «Sicher werden wir die genannten Dinge in der Ferienwohnung finden. Aber wer weiß, wann die eingekauft worden sind. Andere Frage: Was hat deine Ex angehabt, als sie gestern nach Feierabend bei dir gewesen ist?»

«Wie bitte?»

«Mensch, welche Klamotten sie getragen hat, will ich wissen.»

Nun guckt Denise Schnepel mit großen Augen an. «Was soll das denn jetzt?»

«Also?» Schnepel geht nicht auf ihre Frage ein.

«Eine orangefarbene Jeans und einen dunkelblauen Hoodie mit irgendeinem Schriftzug drauf. Darüber eine dunkelblaue Steppweste.»

«Haben Sie die Sachen heute Morgen auch getragen, bevor Sie sich hier umgezogen haben?»

«Nein. Die sind in der Wäsche. Die Weste natürlich nicht, aber Hose und Pulli.»

«Schon gewaschen?»

«Ich hab die Maschine vor der Arbeit angestellt.»

Wieder legt sich ein Grinsen auf Schnepels Gesicht. «Wir brauchen die Kleidungsstücke trotzdem. Unser Labor wird sie gründlich unter die Lupe nehmen. Wenn Sie meinen, uns übertölpeln zu können, haben Sie sich getäuscht, Frau Bakker. Ich krieg Sie. Darauf können Sie sich verlassen.»

Entgeistert blickt Denise zu Rudi. «Der hat sie ja nicht mehr alle. Das kann der doch nicht einfach sagen.»

Von der Wattenmeerstation bis Neuharlingersiel müssen Rosa, Karina und die Kinder ordentlich gegen den Wind anstrampeln. Die ersten rufen bereits «Ich kann nicht mehr», als sie noch einige Kilometer bis zum Hafen vor sich haben.

«Ein bisschen müsst ihr noch durchhalten. Wir machen am Wellenspielplatz beim BadeWerk eine Pause», vertröstet Rosa sie. Mit Erfolg, sofort treten alle schneller in die Pedale, und bald schon erreichen sie den Abenteuerspielplatz mit ungewöhnlichen Spielgeräten, wie einem Holzschiff, das auf hölzernen Wellen in luftiger Höhe «schwimmt».

Die Kinder haben ihre Fahrräder kaum abgestellt, da stürzen sich die ersten auf die Tellersessel der Doppelseilbahn und ziehen sie zum Startpunkt. Begleitet vom lautem Gejohle und Gekreische der Mitschüler rauschen sie auf die andere Seite und wenden schwungvoll.

Rosa und Karina setzen sich auf eine Bank, von wo sie alles im Blick haben, und genießen die Sonne, die angenehm wärmt.

«Das war wirklich eine gute Idee mit dem Ausflug», sagt Karina. «Auch wenn es nur ausgestopfte Vögel zu sehen gibt, aber der Typ hat so lebendig über die geredet, als würden sie gleich losfliegen.»

«Ja, das hat er wirklich gut gemacht. Ich war selbst überrascht. Als ich ihn letzte Woche auf der Beobachtungsplattform kennengelernt habe, wirkte er eher stieselig. So kann man sich täuschen.»

«Ach, und ich dachte, ihr kennt euch schon länger. Eure Verabschiedung wirkte auf mich jedenfalls so. Wer ist denn dieser Buttkamp, über den ihr geredet habt?»

«Das ist eine längere Geschichte.» Rosa seufzt und erzählt, was in den letzten Tagen passiert ist. «Gestern Abend ist noch jemand ermordet worden. Eben der Residenzleiter. Und Rudis Ex-Frau gehört zu den Verdächtigen. Ich kann mir lebhaft vorstellen, wie Schnepel sich darauf stürzt. Du kennst ihn ja.»

«Sicher. ich kann mich gut an ihn erinnern. Aber eigentlich will ich mich gar nicht daran erinnern.» Karina schüttelt den Kopf. «Glaubst du das denn? Ich meine, dass Rudis Ex-Frau die beiden getötet hat? Sei ehrlich.»

«Nein. Das mag ich mir nicht vorstellen, aber ich kenne sie ja eigentlich auch gar nicht. Mehr vom Sehen. Und wer weiß, was in ihr vor sich geht, vor allem, wo es sich um verletzte Gefühle handelt. Man kann den Menschen immer nur vor den Kopf schauen. Nie hinein. Ich frage mich nur, warum Denise gestern Abend ohne ersichtlichen Grund bei Rudi war. Das hat sie in all den Wochen, seit sie hier wieder wohnt, nicht gemacht. Brauchte sie ein Alibi?»

«Du spielst doch sonst so gerne Privatdetektivin. Juckt es dich gar nicht in den Fingern, dich in die Ermittlungen einzumischen?»

«Und ob. Eigentlich bin ich auch schon dabei.» Rosa grient und erzählt von ihrer ehrenamtlichen Tätigkeit in der Beningaburg. Vielleicht sollte sie die intensivieren.

Erich Beninga sitzt am Esstisch, als Rudi und Schnepel den Wohnraum des Bungalows betreten. «Meine Herren, Sie gestatten, dass ich sitzen bleibe. Wie ich vorhin schon sagte, der Anblick von Isabell im Sarg hat mich sehr mitgenommen.»

«Natürlich», beeilt sich Rudi zu sagen, bevor Schnepel wieder mit einer blöden Bemerkung herausplatzt.

«Nun gibt es also einen zweiten Toten. Meinen Sie, dass die beiden Fälle zusammenhängen?» Nervös reibt Erich Beninga seine Hände im Schoß. Ob der Senior schon mit seinem Sohn über dessen Besuch im Bestattungshaus gesprochen hat? Die Erklärung würde Rudi brennend interessieren.

«Wir ermitteln in alle Richtungen», sagt Schnepel, «aber ich möchte es mal so ausdrücken: Zwei gewaltsame Todesfälle innerhalb weniger Tage in einem so überschaubaren Raum lässt durchaus vermuten, dass es einen Zusammenhang gibt. Wenn dem so ist, werden wir ihn finden. Ach ja, wo waren Sie eigentlich gestern Abend zwischen neunzehn Uhr und zwanzig Uhr dreißig?»

Erich Beninga runzelt die Stirn. «Warum fragen Sie?»

«Das ist der Zeitraum, in dem Herr Buttkamp getötet wurde», erklärt Schnepel trocken.

«Was unterstehen Sie sich!» Beninga richtet sich wütend auf.

«Ich möchte wissen, was Sie gemacht haben, denn immerhin kam Ihre Frau gewaltsam ums Leben und hatte mit dem zweiten Opfer eine Affäre. Außerdem waren Sie nicht der Vater des Kindes, das sie erwartete. Da finde ich die Frage nach Ihrem Alibi mehr als gerechtfertigt.»

Rudi auch.

«Ich war hier. Bin im Sessel eingeschlafen. Irgendwann gegen elf bin ich aufgewacht und ins Bett gegangen.»

«Haben Sie ferngesehen?»

«Nein. Ich habe meinen Gedanken nachgehangen.»

Die Terrassentür wird von außen aufgeschoben, Wolfgang Beninga tritt herein.

«Es wird nicht leicht, jemanden zu finden», sagt er. «Ich hab mit München, Hamburg und Bern telefoniert, aber die Häuser sind ja auch privat geführt, und keines hat die Kapazität, sich zusätzlich um diese Residenz zu kümmern, nicht einmal übergangsweise.»

Fragend schauen Schnepel und Rudi Wolfgang Beninga an, doch sein Vater ergreift das Wort. «Mein Sohn und ich überlegen, wie es hier weitergehen soll», erklärt er. «Wir müssen dringend jemanden finden, der uns zumindest übergangsweise mit der Geschäftsleitung unterstützt. Es muss jemand sein, der sich mit einem großen Haus auskennt. Kenntnisse in der Pflege spielen erst mal eine untergeordnete Rolle, das übernimmt ja die Pflegeleitung.»

«Solange sie noch darf», orakelt Schnepel, was ihm einen überraschten Blick des Seniors einbringt.

«Wie meinen Sie das?»

«Sagen wir mal so: Sie sind nicht der Einzige, der ein Motiv hätte, sowohl Ihre Frau als auch Buttkamp zu töten. Frau Bakker und Ihre Frau hatten Differenzen über einen gemeinsamen Deal. Ihre Frau ist tot. Frau Bakker war mit Herrn Buttkamp liiert, der allerdings neben ihr noch ein Verhältnis mit Ihrer Frau unterhielt. Herr Buttkamp ist tot. Wenn man da eins und eins zusammenzählt ...»

«Helmut! Nun ist es aber gut. Das sind Behauptungen, die du nicht beweisen kannst.» Rudi ist stinksauer, dass Schnepel Denise hier so öffentlich an den Pranger stellt, und wendet sich an Erich Beninga: «Wie mein Kollege schon sagte, wir ermitteln in alle Richtungen. Vergessen Sie seine Andeutungen, dafür gibt es nämlich absolut keine Beweise.»

Beninga blickt nachdenklich von Rudi zu Schnepel und wieder zurück. «Tja, dann machen Sie mal besser Ihre Arbeit, und wir kümmern uns um unsere Personalprobleme.»

Da kommt Rudi ein Gedanke. «Ich wüsste jemanden, der Ihnen bei der Leitung der Residenz vielleicht schnell und unkompliziert für den Übergang helfen könnte: Mein Vater hat viele Jahre ein Hotel in Kanada geleitet. Das haben inzwischen meine Halbschwestern übernommen. Vielleicht könnte er einspringen. Soll ich ihn mal fragen?»

Der ständige Polizeiauflauf in der Beningaburg gefällt Grete Kleinmeier überhaupt nicht. Sie hat sich zwar Abwechslung und Unterhaltung in dieser exklusiven Wohnanlage versprochen, nicht aber Diebstahl, Mord und Totschlag. Der ehemalige Schlagersänger hat heute Morgen beim Frühstück lautstark verkündet, dass er sich hier nicht mehr sicher fühlt und zurück nach Hamburg will. Dieser Angsthase.

Grete Kleinmeier steht vor dem Spiegel und setzt sich ihren geflochtenen Sonnenhut auf, den sie von der Kreuzfahrt in die Südsee mitgebracht hat. Zehn Jahre ist das schon wieder her. Kinder, wie die Zeit vergeht. Je älter sie wird, umso schneller dreht sich das Jahreskarussell. Aber sie möchte noch viele weitere Runden darauf fahren. Und deshalb achtet sie auf ausreichend Bewegung, bemüht sich, ihre Figur zu halten, genau wie ihr inneres Gleichgewicht. Sie legt einen Hauch Lippenrot auf, dann verlässt sie ihr Apartment, um im Park spazieren zu gehen.

Der Rasen ist frisch gemäht. Grete liebt diesen Duft, der sie an ihre Kindheit auf dem Gutshof ihrer Großeltern erinnert. Sie spaziert bis zu dem großen Bungalow und sieht zwei der Polizisten mit Wolfgang Beninga auf die Terrasse treten. Der arme Erich Beninga kommt gar nicht zur Ruhe. Grete schlägt den Weg zu den Fliederbüschen in der Nähe des Haupthauses ein, die zwar noch einen zarten Duft verströmen, deren Blüten aber schon verwelkt sind. Sie setzt sich auf die Bank und lässt den Blick schweifen. Gelbe Schmetterlinge flattern vor den Rhododendren, die ihre Pracht in Lila, Rot und knalligem

Pink entfalten. In der Ferne balzt ein Kuckuck. Amseln und andere Singvögel zwitschern, was das Zeug hält. Nach außen hin ist es hier wirklich die pure Idylle. So beschaulich und friedlich. Sogar die Gartenwege sind harmonisch angelegt.

Sie schließt die Augen und versucht den Moment zu genießen. Als sie sie wieder öffnet, hockt ein großer Vogel auf einem der Blumenkästen, die auf den Fensterbrettern stehen. Schwarz gefedert sind Kopf, Rücken und Brust, Bauch und Flanken weiß. Metallisch blau glänzen die langen Schwanzfedern, genau wie die Armschwingen. Ganz klar, eine Elster. Vielleicht ist es sogar die diebische. Die dunklen Beine haben scharfe Krallen, mit denen sie sich am Blumenkasten festhält, mit ihrem kräftigen schwarzen Schnabel knabbert sie an der Bepflanzung. Na warte. Ich werd dir zeigen, was 'ne Harke ist, denkt sie und nimmt vorsichtig ihren Hut ab. Leise schleicht sie sich näher heran. Vielleicht kann sie die Elster einfangen. Einen Versuch ist es wert.

Gerade will sie zum Wurf ausholen, da hält jemand ihren Arm fest.

«Was machen Sie da?»

Erschrocken dreht sie sich um. Der Gärtner guckt sie grimmig an. Sein Arbeitsoverall hat an den Knien Erdflecken.

«Lassen Sie das», blafft sie. «Ich bin dabei, die Elster zu fangen.»

Aber zu spät. Der Vogel ist schon weggeflattert.

«Wie ärgerlich. Wenn Sie nicht gewesen wären, hätte ich ihn vielleicht gehabt.»

«Oder einfach nur verletzt oder verschreckt.»

«Und was geht Sie das an?»

«Ich liebe Vögel und diese Elster ganz besonders. Sie kommt jeden Tag zum Futterplatz und schnackert.»

«Schnackert?»

Er lächelt. «Eine Elster kann nicht singen. Bei ihr hört sich das so an, als wenn man mit einer halb vollen Streichholzschachtel klappert. Das gefällt mir.»

«Anscheinend sind Sie ja sehr vertraut mit dem Vogel.» Grete wirft ihm einen misstrauischen Blick zu.

«Was wollen Sie damit sagen?»

«Nichts.» Aber vermuten tut sie schon etwas. Sie muss unbedingt mit Käthe reden. Oder mit dem netten Polizisten. Der ist ja gerade bei den Beningas.

«So. Ich habe mit meinem Vater gesprochen.» Rudi gesellt sich wieder zu den anderen, die ihn gespannt anschauen. «Er hilft sehr gern vorübergehend aus. Zeitlich ist er flexibel, hat er betont. Ich schreibe Ihnen seine Telefonnummer auf.»

Bevor Erich Beninga antworten kann, hat sein Sohn bereits eine Visitenkarte gezückt und reicht sie Rudi. «Hier. Ihr Vater kann mich jederzeit anrufen.»

Dem Senior scheint das nicht zu gefallen, er wirft seinem Sohn einen ungehaltenen Blick zu. «Danke, dass Sie den Kontakt hergestellt haben», sagt er zu Rudi, der die Visitenkarte in seine Uniformtasche steckt.

Wolfgang Beninga setzt ein geschäftsmäßiges Lächeln auf. «Sie sagten, Sie möchten noch mit mir über Herrn Buttkamp reden. Das können wir gern gleich jetzt in Gegenwart meines Vaters tun, ich habe diesbezüglich keine Geheimnisse vor ihm.»

«Das machen wir besser separat», entgegnet Schnepel forsch. «Familiengespräche sind in derartigen Angelegenheiten nicht sinnvoll.»

«Dann lassen Sie uns auf die Terrasse gehen.» Schon schiebt Wolfgang Beninga die Glastür auf, sofort ist lautes Vogelgezwitscher zu hören.

Draußen kommt Schnepel ohne Umschweife zur Sache. «Das Kind, das Isabell Beninga erwartete, war von Ihnen.»

Wolfgang Beninga wird bleich. Er presst seine Kiefer aufeinander und schaut an Rudi und Schnepel vorbei, während er die Nachricht verdaut.

«Es wäre an der Zeit, uns zu erzählen, welche Art von Beziehung Sie zur Frau Ihres Vaters unterhielten», sagt Schnepel.

Frau Kleinmeier winkt von einer Gartenbank vorm Haupthaus zu ihnen herüber. Sieht aus wie ein Kommando, dass er zu ihr kommen soll. Schnell dreht sich Rudi weg.

«Also?», hakt Schnepel nach, und Rudi zückt sein Oktavheft. Besser, er schreibt alles mit. Endlich beginnt Wolfgang Beninga zu reden.

«Nun gut. Ja, es kann sein, dass das Kind von mir ist.»

«Das kann nicht nur sein, das ist definitiv so», schmettert Schnepel ihm entgegen und erntet ein scharfes «Schhhhh» von Rudi. Muss doch nicht sein, dass der Senior das auf diese Art erfährt.

«Es ist kompliziert.» Wolfgang Beninga atmet tief ein, dann scheint er sich einen Ruck zu geben. «Ich habe Isabell sehr gut gekannt. Nicht erst seit Kurzem, sondern seit Jahren. Nachdem sie in unserem Unternehmen anfing, hat sich eine Vertrautheit zwischen uns entwickelt, die für mich neu war. Eine solche emotionale Nähe hatte ich bis dahin noch zu keinem Menschen empfunden. Wir hatten ... ja, wie nennt man das? Eine Affäre wäre zu wenig. Es war viel mehr. Ich liebte sie. Unendlich. Und sie mich auch. Sie wollte mit mir zusammenleben. Aber ich konnte mich von meiner Frau nicht scheiden lassen, sosehr Isabell auch drängte.»

Beninga schaut Rudi an. «Es war unmöglich. Nicht, weil es zwischen meiner Frau und mir noch tiefere Gefühle gegeben hätte ... unsere Beziehung hatte sich längst in eine geschäftliche Freundschaft gewandelt. Wir sind allerdings finanziell eng miteinander verbunden, allein durch das Invest ihrer Familie bei der Expansion unserer Filialen. Und deshalb war eine Scheidung ausgeschlossen. Ich habe Isabell angeboten, ihr eine Wohnung zu bezahlen, meinetwegen auch zu kaufen, ihr meine Liebe geschworen, aber auch gesagt, dass sie nie die offizielle Frau an meiner Seite sein wird.»

Wolfgang Beninga fährt sich mit dem Handrücken über die Nase und starrt eine Weile auf die Hecke, schließlich redet er stockend weiter.

«Damit war Isabell auf die Dauer nicht zufrieden. Sie wollte mehr. Wir hatten einige unschöne Auseinandersetzungen deswegen. Genau zu dieser Zeit starb meine Mutter. Und Isabell wandte sich meinem Vater zu.» Er ringt nach Luft. «Ich war fassungslos. Das durfte sie doch nicht tun. Aber sie erklärte mir knallhart, sie müsse an ihre Zukunft denken und würde meinen Vater heiraten, wenn ich mich nicht scheiden lasse. Zu der Zeit ist alles in mir erfroren. Ich habe, so gut es ging, den Kontakt in der Firma mit ihr vermieden, konnte aber nicht verhindern, dass sie ihren Plan umsetzte und meinen Vater heiratete. Die Hochzeit war ihr ein innerer Vorbeimarsch. Genau wie für meinen Vater, der sehr wohl mitbekommen hatte, was Isabell mir bedeutete. Aber das war ihm egal. Sein Ego brauchte die Bestätigung, immer noch ein interessanter und begehrenswerter Mann zu sein, der mich ausbooten konnte.» Beninga macht eine kurze Pause, als wolle er dem letzten Satz nachspüren, dann fährt er fort: «Wir haben uns danach wirklich nur noch bei den nötigsten Anlässen getroffen. Bis Isabell mit meinem Vater hier einzog und sie viel Zeit allein in Hamburg verbrachte. Da haben wir uns wieder angenähert.» Wolfgang Beninga schüttelt den Kopf. «Nein, so ist es nicht richtig ausgedrückt. Sie wollte ein klärendes Gespräch mit mir. Wir sind im Jellyfish essen gegangen, es war fast so wie früher, und schließlich sind wir in ihrer Wohnung an der Alster gelandet, haben Champagner getrunken und … na ja, die alten Gefühle wallten wieder auf. Am nächsten Tag habe ich ihr gesagt, dass das nicht geht. Dass ich das nicht kann, sie ist schließlich die Frau meines Vaters. Da hat sie mich ausgelacht. Und ich bin gegangen.»

«Aber Sie spürten, dass Ihre Gefühle für sie nicht erloschen waren?», fragt Rudi leise.

«Ja.»

«Und dann haben Sie mitgekriegt, dass die Frau, die Sie lieben, nicht nur mit Ihnen intim war, sondern dass sie Ihren Vater auch noch mit dem Residenzleiter betrogen hat. Da haben Sie rotgesehen und sind durchgedreht. Hat sie Ihnen am Teich verraten, dass sie schwanger ist? Haben Sie sie daraufhin mit dem Stein attackiert und anschließend in den Teich geschubst?»

«Nein.» In Wolfgang Beningas Augen glänzen Tränen.

«Na, dann verraten Sie uns doch, wo Sie gestern zwischen neunzehn und zwanzig Uhr dreißig waren. Diese Frage haben Sie uns nämlich noch nicht beantwortet.»

Sofort hat sich Beninga wieder im Griff. «Ich habe mit meiner Frau telefoniert.»

Dank des Elektroantriebs seines neuen Postlastenrads macht Henner der Gegenwind nichts aus. Schneller als gedacht hat er die Strecke vom Kreisel bei der Versicherung zum Hafen zurückgelegt. Am Stand mit den Kibbelingen hat sich eine lange Schlange gebildet. Ganz hinten steht Ludwig, der ihm mit seiner Krücke Zeichen macht. Was er wohl will? Am liebsten würde Henner weiterfahren, aber natürlich bremst er ab. Ludwig tritt aus der Reihe und hält sich nicht mit langen Vorreden auf.

«Sag mal, Henner, weißt du, was auf der Beningaburg los ist?»

«Wieso?» Henner stellt sich dumm.

«Ich hab gestern Abend Polizeifunk gehört. Es wurde von einer männlichen Leiche gesprochen. Das war kein normaler Tod eines Bewohners. Bei so was ruft man ja nicht die Polizei. Also: Weißt du mehr?»

Ah, daher weht der Wind. Ludwig will ihn mal wieder aushorchen. «Nee, keine Ahnung», wiegelt er ab.

«Schade.» In Ludwigs Jackentasche plingt es. Blitzschnell zieht er sein Handy heraus und schaut auf das Display. «Dafür wissen meine Freunde auf Facebook das eine oder andere.»

Interessiert schaut Henner zu, wie Ludwig die Seite öffnet und herunterscrollt.

«Ach schau an, es war der Buttkamp. Jede Menge Frauen haben etwas zu seinem Tod gepostet. Eine schreibt: *Tieftraurig über Jochens Tod. Nie vergesse ich den Surfkurs mit dir. Du warst mein Traummann.*» Ludwig liest weitere Beiträge vor. «Der Mann hat wirklich einen Schlag bei Frauen gehabt», sagt er schließlich.

«Stimmt», murmelt Henner. Über ihn würden höchstens seine Schwestern etwas posten. Und Rosa.

«Buttkamp war wirklich ein Draufgänger.» Sigrids Stimme reißt Henner aus seinen Gedanken. Ludwigs Frau ist unbemerkt neben die beiden getreten. «Der hat jede angebaggert, die nicht bei drei auf dem Baum war.»

«Woher weißt *du* das denn?» Ludwig wirft seiner Frau einen erstaunten Blick zu.

«Im Andenkenlädchen bekommt man manchmal mehr mit, als einem lieb ist.» Schon erzählt Sigrid ein paar Anekdoten vom letzten Jahr. «Während der Umbauphase der Fabrikantenvilla war der doch ständig in Neuharlingersiel. Und so ein gut aussehender Mann fällt natürlich auf.» Sie grinst. «Und glaub man, er hat durchaus versucht, hier was aufzureißen. Der Andrea Fischer hat er beim Hafenfest den ganzen Abend einen Sekt nach dem anderen ausgegeben, die konnte gar nicht mehr richtig gerade stehen. Er hat ihr dann angeboten, sie nach Hause zu bringen, und war ganz überrascht, als ihr Mann plötzlich vor ihm stand.»

Ludwigs Augen blitzen auf. «Vielleicht liegt da das Tatmotiv.» Er stützt sich auf seine Krücke. «Besser, ich geh jetzt wieder hoch. Die Arbeit ruft. Die Mitmach-Zeitung schreibt sich schließlich nicht von alleine.»

«Ich denke, du wolltest Kibbelinge kaufen?», fragt Henner. Prompt wird Ludwig rot.

«Stimmt gar nicht. Ich hab hier nur kurz Pause auf meiner Hafenrunde gemacht.»

Seine Frau grinst ihn breit an. «Ach, so nennt man das jetzt.»

In diesem Moment taucht Fräulein Klostermann hinter der Kirschlorbeerhecke auf, die die Terrasse vor neugierigen Blicken schützen soll. Ihr Gesicht drückt tiefe Abscheu aus. Sie bleibt vor Wolfgang Beninga stehen, ohne Rudi und Schnepel auch nur eines Blickes zu würdigen.

«Sie sind ja wohl das Hinterletzte», faucht sie den jungen Beninga an. «Schämen Sie sich denn gar nicht, sich an die Frau Ihres Vaters ranzumachen und sie obendrein noch zu schwängern? Das ist unmoralisch und im höchsten Grade unsittlich.»

Offensichtlich hat sie das Gespräch aufgeschnappt.

Schnepel findet als Erster die Sprache wieder. «Was fällt Ihnen ein, sich anzuschleichen und ein vertrauliches Polizeigespräch zu belauschen?», wettert er los.

«Ach was, vertraulich!», kontert Rudis ehemalige Lehrerin. «Dann hätten Sie es woanders führen sollen. Selbst schuld.» Sie zeigt mit ihrem ausgestreckten dünnen Zeigefinger wieder auf Beninga. «Sie ... Sie ...»

Die Glastür wird aufgeschoben, Erich Beninga hält sich daran fest. «Was ist denn hier los?» Für einen Moment scheint Fräulein Klostermann zu überlegen, was sie antworten soll. «Nichts», sagt sie schließlich und lächelt ihren Jugendfreund an. «Es gibt ganz wunderbare Neuigkeiten. Warte, ich komme gleich zu dir rein.» Mit abfälligem Gesichtsausdruck sieht sie Wolfgang Beninga an. «Wir sprechen uns noch, mein Lieber», zischt sie im Vorbeigehen und tritt in den Bungalow.

Rudi wüsste zu gern, ob sie dem Senior jetzt erzählt, was nicht für ihre Ohren bestimmt gewesen ist. Er geht etwas dichter an die Terrassentür heran, um besser hören zu können. Aufgekratzt zieht sich Fräulein Klostermann einen Stuhl neben Erich, der sich in den Sessel hat fallen lassen. «Stell dir vor, ich habe vorhin einen Anruf von Arnulf Wiedendeich erhalten. Ich hab dir von ihm erzählt, du erinnerst dich?»

Erich nickt. «Dein ehemaliger Schüler, der jetzt Neurologe in Hamburg ist.»

«In Hannover, aber das ist egal. Er hält es für möglich, dass deine Symptome nicht von einer Demenz herrühren, sondern von einer vermehrten Produktion der Gehirnflüssigkeit. Er hat einen ersten Untersuchungstermin für dich am Montag in der Medizinischen Hochschule möglich gemacht. Ist das nicht wunderbar! Wenn alles glattgeht und es wirklich am Gehirnwasser liegt, kann man eine Art Drainage legen, und du wirst wieder ganz der Alte.»

Bei ihren Worten beginnt Beningas Gesicht zu leuchten. «Käthe. Wenn das wirklich wahr wäre ... Danke, dass du dich so für mich einsetzt.» Das Leuchten verschwindet. «Isabell wollte davon ja nichts wissen, als mein Neurologe auf diese Möglichkeit hinwies. Es sei verantwortungslos, mir Hoffnungen zu machen, hat sie ihm vorgeworfen. Ich sei eben alt, da müsse man der Tatsache ins Auge sehen, dass ich den Verstand verlieren werde. Das war so ... erniedrigend.» Er ringt nach Luft.

Fräulein Klostermann greift nach seiner Hand und tätschelt sie. «Nein, Erich. Du verlierst nicht den Verstand. Ich werde dich zu dem Termin nach Hannover begleiten.» Sie wirft einen Blick hinüber zu Rudi, Schnepel und Wolfgang Beninga, die die Szene von der Terrasse aus mitverfolgt haben. «Und Sie, Wolfgang, fahren uns mit dem Auto. Habe ich recht?»

«Rudi, nun komm schon», drängelt Schnepel.

«Jo.» Rudi tritt trotzdem ins Wohnzimmer, um sich von Fräulein Klostermann zu verabschieden. «Wir sind dann erst mal weg. Wenn Ihnen noch was einfällt, Sie wissen ja, wie Sie uns erreichen.»

Kaum hat er mit Schnepel den Hauptweg erreicht, brüllt jemand: «Stopp!»

Rudi dreht sich um.

Schnellen Schrittes eilt Frau Kleinmeier auf sie zu. «Ich habe hinsichtlich der Diebstähle etwas zu melden», sagt sie kurzatmig.

«Gute Frau», entgegnet Schnepel. «Für diesen Kleinkram haben wir keine Zeit. Sie werden ja mitbekommen haben, dass Herr Buttkamp Opfer eines Verbrechens wurde.»

«Warte, Helmut.» Rudi wendet sich Grete Kleinmeier zu. «Erzählen Sie ruhig. So viel Zeit muss ein.»

«Also, wir haben doch die Elster auf dem Video gesehen. Ich habe herausgefunden, dass Herr Winter, also unser Gärtner, eine zahme Elster hat. Vielleicht steckt *er* hinter den Diebstählen? Er könnte den Vogel darauf abgerichtet haben, wertvolle Dinge zu entwenden. Sie sollten mit ihm reden. Ich könnte schwören, der weiß, wo die Schmuckstücke abgeblieben sind.»

«Winter hat eine abgerichtete Elster?», wiederholt Rudi verblüfft.

«Na ja, er hält sie nicht im Käfig, aber er hat wohl eine enge Beziehung zu dem Tier. Ich hab's mit eigenen Augen gesehen. Sprechen Sie mit ihm. Ich unterstütze Sie gern dabei.»

Rudi muss schmunzeln. «Danke für das Angebot, aber das schaffen wir auch allein. Nicht wahr, Helmut?»

Schnepel zieht unzufrieden die Augenbrauen zusammen. «Wenn's sein muss.»

«Na komm, es wird schon nicht so lange dauern», meint Rudi und fragt Frau Kleinmeier: «Wissen Sie, wo wir den Gärtner jetzt finden?»

«Er müsste eigentlich am Teich sein. Er wollte ein Netz darüber spannen, damit der Reiher nicht wieder alle Goldfische und Kois raubt.»

«Das liegt ja eh auf unserem Weg», sagt Rudi zu Schnepel, und gemeinsam gehen sie zügig in Richtung Teich.

«Geben Sie mir bitte Bescheid, wenn Sie den Schmuck gefunden haben», ruft Frau Kleinmeier ihnen hinterher.

«Muss das wirklich sein?», fragt Schnepel. «Das hält uns doch nur auf.»

«Auch das könnte wichtig sein», gibt Rudi zu bedenken. «Falls der Gärtner wirklich mit den Diebstählen zu tun hat, könnte er von Isabell Beninga erwischt worden sein. Und als Dieb kriegst du bekanntlich kein gutes Arbeitszeugnis und damit nirgendwo anders schnell einen Job. Das wäre auch ein Mordmotiv.»

«Du hast recht», sagt Schnepel und läuft einen Schritt schneller.

Dass Rudi mal diesen Satz aus seinem Mund hören würde ...

Tatsächlich steht Herr Winter in einer Wathose am Ufer, Haken hat er schon in den Boden gerammt, nun befestigt er die Schnüre daran und läuft um den Teich herum zum gegenüberliegenden Haken, um das Band dort zu verknoten. Einige der Bänder sind bereits gespannt.

«Herr Winter», schießt Schnepel ohne Begrüßung los, «Sie haben eine gezähmte Elster?»

Überrascht schaut der Gärtner auf. «Ach, hat Frau Kleinmeier gepetzt? Nein, ich besitze keine zahme Elster.»

Schnepel zieht die Augenbrauen hoch.

«Aber es gibt hier eine auf dem Gelände. Ich füttere sie mit Meisenknödeln und Fettfutter, um sie davon abzuhalten, sich Vogeleier oder Küken aus anderen Nestern zu holen.»

«Also ist es inzwischen doch irgendwie Ihr Vogel», sagt Rudi.

«Das kann man sehen, wie man will, ich betrachte es als meinen Beitrag zum Vogelschutz», entgegnet Winter.

«Können Sie uns das Nest der Elster zeigen?», fragt Rudi.

«Klar. Es befindet sich in der Krone der Linde rechts neben dem Haupthaus. Sie können es gar nicht übersehen.»

«Wir müssen einen Blick reinwerfen, um nachzusehen, ob sich die verschwundenen Schmuckstücke darin befinden», meint Rudi. «Haben Sie eine große Leiter?»

«Die hab ich, aber das bringt Sie nicht weiter. Elstern verstecken ihre Beute in Erdlöchern. Meist handelt es sich dabei um Nahrungsvorräte. Zwei von den Löchern habe ich entdeckt, die kann ich Ihnen zeigen.»

Wenig später buddelt Rudi mit einer Schaufel den kleinen Erdgang breiter, den Winter ihnen gezeigt hat. Tatsächlich befinden sich neben einigen Nüssen auch die Kette und die Brosche darin. Triumphierend hält Rudi beide Schmuckstücke in die Höhe. «Wer sagt es denn?! Das nenne ich doch mal einen Erfolg! Bleibt nur noch die Rolex von Herrn Held. Wo, sagten Sie, ist das andere Loch?»

Doch das Buddeln im zweiten Versteck der Elster bringt keine weiteren Schätze zutage. Außer Nüssen, ein paar Lebensmittelabfällen und einem halb vergammelten Apfel ist das Loch leer. Enttäuschung breitet sich in Rudi aus. «Mist, ich hatte gehofft, wir würden die Uhr hier finden.»

Winter zuckt mit den Schultern. «Also, ich hab ja schon viel gehört, aber dass eine Elster eine doch recht schwere Uhr stehlen würde, ist mir noch nie zu Ohren gekommen.»

«Es sei denn ...», Schnepel schaut Winter intensiv an, «es sei denn, sie ist darauf abgerichtet und hätte ihre Beute demjenigen gebracht, der den Diebstahl quasi in Auftrag gegeben hat. Der Hand, die sie füttert, um es mal so auszudrücken.»

Pünktlich zur Mittagszeit erreicht Henner den Steffens-Hof. Vaddern sitzt wie meistens auf der Bank vorm Haus und schmökt eine Selbstgedrehte. Zu seinen Füßen liegt Hofhund Butscher. Henner greift in die Posttasche und fischt die Zeitung *Land & Forst* für seinen Vater heraus.

«Warum hast du die eigentlich immer noch abonniert?»

«Wir sind schließlich ein landwirtschaftlicher Betrieb. Da muss man informiert sein.»

Ein Dutzend Alpakas, fünf Hühner und Butscher, nun ja ... für Henner sieht ein landwirtschaftlicher Betrieb anders aus. Andererseits ist seine Kuhhaarallergie schuld, dass Vaddern die Milchwirtschaft aufgegeben hat. Leicht ist ihm das bestimmt nicht gefallen.

Das Fenster hinter ihnen geht auf, und Muddern schaut heraus. «Du kommst gerade richtig, Henner. Essen ist fertig.»

Schon im Flur läuft ihm das Wasser im Mund zusammen, als er riecht, dass es wieder Fisch gibt. Er selbst kocht den bei sich zu Hause nicht, den Geruch kriegt er kaum aus der Bude. Muddern aber hat eine extrem leistungsstarke Dunstabzugshaube über dem Herd hängen. Und alle Fenster auf Kipp.

In der Küche steht seine Mutter am Herd, in der großen Pfanne brutzelt es.

Henner legt den Arm um ihre Schulter. «Wunderbar. Pannfisch.»

«Dazu gibt's Bratkartoffeln, saure Gurken und Rote Bete.»

«Lecker.» Lächelnd trägt Henner die gusseiserne Pfanne zum gedeckten Tisch.

Vaddern sitzt bereits und nimmt sich ein paar goldbraun gebratene Fischstücke heraus. In Henners Kindheit ist das eher ein Resteessen mit Fisch vom Vortag gewesen, jetzt kauft Muddern die verschiedenen Fischfilets extra dafür. Auch Henner nimmt sich eine ordentliche Portion und gießt die Senfsoße darüber. Still genießt er jeden Bissen. Er langt gerade zum zweiten Mal zu, als das Telefon in der Diele klingelt.

«Um die Mittagszeit stört man nicht», brummt Vaddern und nimmt von den Bratkartoffeln nach.

«Vielleicht ist es ja ein neuer Gast.» Muddern springt auf.

«Dann solltest du erst recht nicht ans Telefon gehen. Bin froh, dass keiner da ist.»

Vaddern ist immer weniger begeistert von Mudders Idee mit den Pensionsgästen. Wenn es nach ihm ginge, würde das «Belegt»-Schild immer an der Straße hängen. Damit erst gar keiner kommt.

«Pension Steffens-Hof», meldet sich Muddern, als sie das Telefon von der Ladestation geholt hat. «Sven!» Mudderns überschwängliche Freude weicht einem Stirnrunzeln. «Nein, Rudi ist nicht hier.»

Warum fragt Sven denn hier nach Rudi?, überlegt Henner und schiebt sich den letzten Rest vom knusprigen Pannfisch in den Mund.

«Das war Sven», sagt Muddern, nachdem sie das Telefonat beendet hat. «Denise hat ihn gerade ganz aufgelöst angerufen, weil die Polizei sie wohl verdächtigt, den Buttkamp getötet zu haben, und jetzt kann er Rudi nicht erreichen.»

«Und deshalb ruft er um die Mittagszeit an?» Vaddern schüttelt verständnislos den Kopf. «Das sind keine Manieren.»

«Nein, das ist Angst. Denise sagt, dass man ihr die beiden Morde in die Schuhe schieben will. Schnepel hat sie wohl regelrecht auf dem Kieker. Und deshalb will Sven von Rudi wissen, was an der Sache dran ist. Aber der geht einfach nicht ans Telefon.»

«Der wird beschäftigt sein», sagt Henner. «Aber mal abgesehen davon lässt Rudi nicht zu, dass Schnepel Denise unfair behandelt. Andererseits ist es kein Wunder, dass Schnepel sie verdächtigt.»

Überrascht lauschen seine Eltern, als er erzählt, was ihm in den letzten Tagen über Denise zu Ohren gekommen ist. «Trotzdem glaube ich nicht, dass sie was mit den Morden zu tun hat. Da kommen auch andere infrage. Schließlich war Buttkamp in der Damenwelt sehr umtriebig», endet er.

«Da gibt's nur eins», sagt Muddern. «Wenn wir Denise helfen wollen, müssen wir ihre Unschuld beweisen. Du solltest mal mit Rosa reden. Die hat doch immer die besten Einfälle, wie man einen Mörder aus der Reserve lockt.»

«Ich weiß nicht», weicht Henner aus.

«Na hör mal.» Muddern sieht ihn überrascht an. «Rosa ist doch dreimal pfiffiger als die Polizei in Wittmund.»

«Das schon. Aber dabei bringt sie sich ständig in Gefahr. Besser sie hält sich dieses Mal da raus.»

Vaddern wirft ihm einen seltsamen Blick zu. Statt noch etwas zu sagen, nimmt Henner sich lieber einen Löffel Bratkartoffeln. Auch wenn er schon zwei Teller verputzt hat.

In diesem Moment kommt Rudi in die Küche. Er sieht vollkommen erledigt aus und lässt sich auf die Eckbank fallen.

«Ihr könnt euch nicht vorstellen, was passiert ist. Buttkamp ist ermordet worden, und Schnepel verdächtigt Denise.»

«Das wissen wir längst. Sven hat gerade angerufen. Aber wieso bist du jetzt hier und nicht auf der Beningaburg?»

«Schnepel verbringt seine Mittagspause mit Frau Onken. Und ich musste einfach mal raus.» Er wirft einen Blick auf die Pfanne. «Krieg ich auch 'ne Portion Pannfisch und 'nen Kaffee?»

Nach einem kurzen Mittagsschlaf macht sich Hoyko Manninga mit dem Fahrrad auf den Weg zur Beningaburg. Rudis Vater genießt die Fahrt entlang der blühenden Rapsfelder und atmet die salzige Luft seiner alten Heimat ein. Die Arbeit in Kanada hat ihm all die Jahre große Freude gemacht, dennoch wuchs die Sehnsucht nach Ostfriesland in ihm, und er hat die Leitung des Hotels mit einem lachenden und einem weinenden Auge an seine beiden Töchter übergeben. Es ist wichtig, im Alter loszulassen. Die nächste Generation muss ihre eigenen Wege gehen. Und ihre eigenen Fehler machen. Außerdem hat er ja nicht nur abgegeben, sondern auch – ohne es im Vorfeld zu ahnen – einen Sohn dazubekommen. Schließlich hat er von Rudis Existenz erst Jahrzehnte später bei seinem ersten Besuch auf dem Steffens-Hof erfahren.

Das Leben sucht sich manchmal seltsame Wege, denkt Hoyko, während er in die Auffahrt zur Beningaburg abbiegt. Von wegen Burg. Das Gebäude hat er sich imposanter vorgestellt. Die Manningaburg in Pewsum macht im Vergleich dazu deutlich mehr her. Ist eben eine echte Wasserburg aus dem 15. Jahrhundert. Mit Tradition und Geschichte. Nicht nur eine alte Villa mit modernen Anbauten. Daran ändert auch die Ritterrüstung in der Eingangshalle nichts.

Frau Onken, die Dame am Empfang, hat ihn schon erwartet und erklärt ihm den Weg durch die parkähnliche Anlage. Vor einem Fliederbusch sitzen zwei ältere Damen auf einer Bank und mustern ihn. Besuch scheint hier aufzufallen.

Schnell hat Hoyko den Bungalow von Erich Beninga erreicht und klingelt. Es vergeht eine Weile, bis er Schritte hört. Ein Grandseigneur alter Schule öffnet die Tür, er stützt sich auf einen hölzernen Spazierstock mit silbernem Griff und dürfte die achtzig deutlich überschritten haben.

«Moin, Herr Manninga. Entschuldigen Sie die Wartezeit, aber ich bin nicht so gut auf den Beinen.» Er streckt ihm die Hand entgegen. «Danke, dass Sie so schnell Zeit hatten. Lassen Sie uns ins Wohnzimmer gehen.»

Sie setzen sich an den Esstisch, auf dem bereits eine Wasserkaraffe und zwei Gläser stehen. «Bedienen Sie sich bitte.»

Während Hoyko einschenkt, mustert sein Gegenüber ihn. «Manninga. Das ist auch ein alter ostfriesischer Name.»

«Stimmt. Genau wie Sie stamme ich von einem der alten ostfriesischen Häuptlingsgeschlechter ab. Allerdings hat sich in meinem Zweig der Familie niemand die Mühe mit der Erstellung eines Stammbaums gemacht. Ich weiß nicht, zu welcher Linie ich gehöre. Und mein Vorfahr Haiko Manninga verkaufte seine Burg schon 1565 an die Familie Cirksena.»

«Das ist wirklich schon sehr lange her.»

«Ja, so ist es im Leben. Die Dinge ändern sich ständig, nichts bleibt, wie es war.»

«Da sprechen Sie eine große Weisheit gelassen aus.» Bedächtig lächelnd sieht Erich Beninga Hoyko an. «Sie haben ein großes Hotel in Kanada geleitet?»

«Nicht nur geleitet, ich habe es zusammen mit meiner Frau aufgebaut und nun an meine Töchter übergeben.»

Interessiert sieht Erich Beninga ihn an. «Ist Ihnen das schwergefallen?»

«Ja und nein. Es ist ja vor allem so, dass ein Lebensabschnitt zu Ende geht. Jahrzehntelang habe ich voller Begeisterung und mit viel Kraft das Hotel zu dem gemacht, was es heute ist. Darüber bin ich alt geworden. Und das zu akzeptieren fällt mir schon schwer, wenn ich ganz ehrlich bin.»

«Wohl wahr. Sie scheinen ein kluger Mann zu sein.» Wieder umspielt dieses nachdenkliche Lächeln Erich Beningas Mund. «Wenn man jung ist, glaubt man, die Welt liegt vor einem und wartet nur darauf, erobert zu werden. Doch kaum steht man im Zenit, bröckelt auch schon das Fundament. Die nächste Generation wartet und will, dass man Platz macht. Drängelt geradezu. Notfalls wird man zur Seite geschubst.» Beninga presst seine Lippen aufeinander. «Alt werden ist nichts für Feiglinge. Es tut wirklich weh, wenn man merkt, wie die Kräfte nachlassen und das Ende näher rückt. Vor allem, wo ich jetzt wieder allein bin. Meine zweite Frau ist letzte Woche gestorben. Sie werden davon sicher gehört haben.»

«Natürlich. In einem kleinen Ort spricht sich alles schnell herum. Mein herzliches Beileid. Auch meine Frau ist vor einiger Zeit gestorben. Es ist ein tiefer Einschnitt im Leben, wenn der Partner vor einem geht.»

«Für mich ist vor allem ein tiefer Einschnitt, dass Isabell mich nach Strich und Faden betrogen hat und sogar von jemand anderem schwanger gewesen ist.» Beninga stützt sich mit den Ellenbogen auf dem Tisch ab, faltet seine Hände und sieht Hoyko mit einem Blick an, den er nicht recht deuten kann.

«Auch das spricht sich sicher schnell herum. Aber Isabells Untreue ist es nicht allein. Sex wird in jungen Jahren doch völlig überbewertet. Da stehe ich längst drüber. Wissen Sie, was viel schlimmer ist, Herr Manninga?» Er scheint nicht auf eine Antwort zu warten, sondern redet sofort weiter. «Es ist das Wissen, dass man nicht mehr so kann wie früher, dass Jüngere den Platz einnehmen, den man selbst besetzt hat, dass die eigenen Kinder einem erzählen wollen, was richtig und falsch ist. Selbst Isabell, die anfangs zu mir aufgeblickt hat, behandelte mich zunehmend wie ein Kind. Hat mich hierher abgeschoben und sich in Hamburg vergnügt. Das war so nicht geplant.» Beningas Stimme klingt plötzlich härter. «Aber ich bin noch lange kein debiler Alter, auch wenn ich nicht mehr so gut auf den Beinen bin und mir oft schwindelig wird. Ich bekomme durchaus mit, was um mich herum passiert. Welche Fäden gezogen werden. Aber nun genug geschnackt. Reden wir darüber, was Ihre Aufgaben hier auf der Beningaburg wären, bis wir einen neuen Residenzleiter gefunden haben.»

Nach der Mittagspause geht es im Büro von Kriminalhauptkommissar Haueisen hoch her. Gemeinsam tragen Rudi, Schnepel und der Chef alle neuen Fakten zusammen. Angefangen beim toten Buttkamp bis hin zur Elster des Gärtners.

Haueisen steht am Whiteboard und ergänzt die neuen Infos. Inzwischen hat sich an der rollbaren Tafel ein ganzes Netz an Daten, Personen und Fakten gebildet.

«Wir müssen mit der Frau von Wolfgang Beninga telefonieren, um sein Alibi zu überprüfen. Bakker, das übernehmen Sie», ordnet Haueisen an. «Wir sollten den alten Beninga jedoch nicht außer Acht lassen. Nur, weil er einen etwas hilfsbedürftigen Eindruck macht, heißt das nicht, dass er als

Täter nicht infrage kommt. Seine Alibis sind für beide Tatzeiträume nicht belastbar.»

«Aber Fräulein Klostermann hat doch gesagt, er hätte geschlafen, als sie nach ihm gesehen hat», gibt Rudi zu bedenken.

«Er könnte sie getäuscht haben», wirft Schnepel ein. «Allerdings sehe ich den Alten auch nicht als Täter. Genauso wenig wie den Gärtner. Bei dem handelt es sich höchstens um einen gerissenen Dieb, der seine Raubzüge von einem Vogel erledigen lässt. Immerhin ist die Rolex nach wie vor verschwunden, und sie ist das wertvollste Stück, das entwendet wurde. Vielleicht hat er sie schon zu Geld gemacht und uns das Versteck mit den beiden Schmuckstücken nur deshalb gezeigt, damit wir ihm nicht auf die Schliche kommen.»

«Das ist aber ganz schön um die Ecke gedacht», sagt Haueisen und reibt seine Fingerspitzen aneinander. «Aber auch nicht von der Hand zu weisen.»

«Und noch mal weitergedacht», nimmt Rudi den Faden auf. «Vielleicht hat Herr Held uns belogen, und die Uhr ist ihm gar nicht geklaut worden. Er könnte einfach nur die Gunst der Stunde genutzt und den Diebstahl erfunden haben. Schließlich hat er angegeben, dass sein Fenster geschlossen war. Allein die Tatsache, dass er mit der Miete im Rückstand ist, zeigt, dass er klamm ist. Es könnte doch sein, dass Buttkamp genau das vermutet hat. Er hat Held als Trittbrettfahrer bezichtigt und musste deshalb sterben», wirft Rudi als Idee in den Raum.

«Held hätte aber kein Motiv für den Mord an Isabell Beninga», widerspricht Haueisen.

«Nein, das hat er nicht. Es gibt nur eine Person, die in beiden Fällen wirklich starke Motive hat.» Schnepel schaut Rudi an. «Deine Ex.» Einige lange Sekunden lässt er die Worte im Raum stehen, damit sie ihre volle Wirkung entfalten können, dann wendet er sich an Haueisen. «Wir sollten einen Haftbefehl für sie beantragen. Immerhin ist sie schon einmal sang- und klanglos aus Neuharlingersiel verschwunden. Ich befürchte, es besteht Fluchtgefahr.»

«Du hast ja eine Meise, Helmut», entfährt es Rudi.

«Hab ich nicht», bügelt Schnepel ihn ab. «Wenn wir alles genau betrachten, bleibt nur sie als Täterin übrig. Erstens: Sie hatte Streit mit Isabell Beninga, weil die sie wegen dieser Rentnerferraris über den Tisch ziehen wollte.»

«Sie hätte den Vertrag nicht unterschreiben brauchen», kontert Rudi.

«Ey, du Doof... sie hat ihre Idee und die Zeichnung doch schon rausgerückt. Die Beninga hat sie voll abgelascht. Deine Ex hätte in die Röhre geguckt, wenn sie den Vertrag nicht unterschrieben hätte. Also blieb ihr keine Wahl. Sie musste die gierige Geschäftspartnerin aus dem Weg räumen, denn die wollte das Ding ja allein, ohne ihren Ehemann und ohne den Konzern HörGut durchziehen.»

Da hat Schnepel leider recht.

«Zweitens hat sie gleich einen doppelten Grund gehabt, Buttkamp auszuschalten: Zum einen weil er sie mit der Beninga betrogen und sie geglaubt hat, dass er die auch noch geschwängert hat. Sie kannte das Ergebnis des DNA-Tests schließlich nicht. Zum anderen könnte Buttkamp die gleichen Schlüsse wie wir gezogen haben. Als er sie verdächtigt hat, schuld am Tod von Isabell zu sein, sah sie ihre Felle endgültig wegschwimmen und hat zur Lanze gegriffen.»

«Halt», unterbricht Rudi ihn. «Du vergisst, dass sie zur Zeit von Buttkamps Tod bei mir gewesen ist.» Ein kleines bisschen Erleichterung setzt bei ihm ein, diesen Verdacht so schnell entkräften zu können.

«Ach, Rudi», sagt Schnepel in einem Tonfall, als habe er es mit einem Kleinkind zu tun. «Du verstehst es einfach nicht. Deine Ex hat dich benutzt. Sie ist nur bei dir gewesen, damit du ihr Alibi bist. Allerdings habt ihr beide ausgesagt, dass sie nicht lange geblieben ist. Das wollen wir mal festhalten.»

«Sie war müde vom Tag, wollte noch einkaufen und sich dann auf die Couch legen.»

«Ach was. Sie ist von dir aus direkt in die Residenz gefahren und hat Buttkamp getötet. Eiskalt. Vielleicht musste sie erst noch überlegen, wie sie es am besten anstellt, damit es nach einer Tat im Affekt aussieht, und hat deshalb den Umweg über dich genommen. Und nachdem alles geklappt hat, hat sie sich einen ordentlichen Schluck Wein gegönnt.»

Nach diesem Satz ist es still im Raum. «Das ist eine schlüssige Argumentation», sagt Haueisen schließlich. «Im Übrigen kann sie nicht beweisen, dass sie wirklich einkaufen war. Sie will bar bezahlt und den Kassenbon weggeworfen haben.»

«Siehste!» Schnepel blickt Rudi triumphierend an.

«Bislang können wir aber auch nicht beweisen, dass sie *nicht* im Edeka war», hält Rudi trotzig dagegen.

«Die Kassiererin konnte sich zumindest nicht an sie erinnern», meint Schnepel gelassen. «Der Kollege Bütefisch hat doch mit einem Foto von ihr im Laden nachgefragt. Und wir haben derzeit keine Hochsaison, die Anzahl der Personen, die nach neunzehn Uhr dort einkaufen, wird überschaubar gewesen sein.» Schnepel wendet sich erneut an Haueisen. «Chef, ich bin wirklich dringend dafür, einen Haftbefehl gegen Denise Bakker zu beantragen.»

Egal, was dieser Frisör aus Berlin behauptet, die neue Frisur gefällt Rosa nicht. Der hippe Schnitt passt nicht zu ihr. Ob er dem Ornithologen wohl gefällt? Rosa erschrickt über ihren eigenen Gedanken. Blödsinn! Als ob sie es nötig hätte, Wert auf den Geschmack eines verschrobenen Vogelkundlers zu legen. Andererseits kann er Kinder begeistern. Das ist ein absoluter Pluspunkt. Und sich mit Wattvögeln zu beschäftigen, ist eine durchaus interessante Tätigkeit. Dozent an der Universität Münster ist er auch. Dazu Erbe des Hörgeräte-Imperiums. Jedenfalls vermutet sie das. Vielleicht war die zufällige Begegnung mit Peter Beninga ein Wink des Schicksals. Bestimmt ist er privat ganz anders. Nicht spröde, sondern empathisch und begeisterungsfähig.

Zielstrebig steuert Rosa den Frisörsalon an.

Die Glöckchen über der Ladentür bimmeln, als sie eintritt. Gudruns Mischlingsrüde rast auf sie zu und springt an ihr hoch.

«Aus, Schecki», wird er von Henners Schwester zurückgerufen. Schecki wirft Gudrun einen schnellen Blick zu, dann macht er Männchen. Die Hundeerziehung klappt trotz Gudruns intensiver Anstrengungen immer noch nicht reibungslos.

«Moin, Rosa, was kann ich für dich tun?»

Rosa sieht sich im gut besetzten Laden um, entdeckt den neuen Mitarbeiter aber nirgends und zeigt auf ihre Stirn. «Ist doch nicht so mein Stil. Im Nacken könnt ihr mir die Haare zwar nicht wieder ranzaubern, aber kannst du mir vorne den Pony kürzen, damit mir die Fransen nicht dauernd vor die Augen fallen?»

«Hab ich mir schon fast gedacht, dass das nichts für dich ist. Setz dich mal, ich kümmere mich gleich drum.»

Gudrun zeigt auf den freien Stuhl neben Tante Hildegard, die unter der Trockenhaube sitzt. Sie steckt den Kopf unter der Haube hervor. «In meinem Ohr klingelt's.» Schnell holt sie ihr Handy aus der Handtasche, nimmt das Gespräch mit einem begeisterten Blick an und steckt es wieder in die Tasche. «Ja, Gerda, ich höre.»

Es sieht komisch aus, wie Tante Hildegard da ohne Handy vor sich hin redet, Pausen macht, wenn sie zuhört und dann auf das Gesagte antwortet. Schließlich sagt sie: «Verstehe. Da müssen wir wirklich was tun. Ich rede gleich mit Rosa, die sitzt gerade neben mir. Ja, ich grüße sie gern. Bis später.»

Tante Hildegard wirft Rosa einen verschwörerischen Blick zu, zieht das Telefon wieder heraus und beendet das Telefonat.

«Gerda hat einen Anruf von Sven bekommen.» Haarklein berichtet sie dann, was Henners Mutter ihr erzählt hat.

«Das sieht wirklich nicht gut für Denise aus», meint Gudrun und prüft gleichzeitig, ob die Dauerwelle bei Gisela lange genug eingewirkt hat. «Noch fünf Minuten.»

«Und was machen wir nun?» Gisela Frerichs sieht Rosa an.

«Wir müssen herausfinden, wer es war», sagt Tante Hildegard. «Dann ist Denise aus dem Schneider.»

«Fragt sich nur: Wie?», meint Rosa, während sie bereits fieberhaft nachdenkt.

«Ich hab gehört, dass die junge Beninga schwanger gewesen ist», meldet sich Gisela zu Wort. «Vielleicht war ihr alter Ehemann ja nicht der Vater. Ich könnte mir vorstellen, dass dem vor Eifersucht die Sicherung durchgebrannt ist und er seine Frau getötet hat.»

«Woher weißt du das denn?», will Rosa wissen.

«Ich war doch heute Morgen zum Elführtje im Andenkenladen. Von Sigrid und Adelheid habe ich so einiges über Buttkamps Frauengeschichten gehört. Vor allem, dass Isabell Beninga sogar schwanger von ihm war. Jedenfalls hat das Clara von der Onken gehört, die war kurz im Laden, um ein Geburtstagsgeschenk für ihren Enkel zu kaufen.»

«Aber warum sollte er danach auch noch den Buttkamp töten?», fragt Rosa.

Das weiß auch Gisela nicht, aber dafür hat sie eine Idee. «Wir trommeln den Häkelbüdel-Club zusammen. Heute Abend neunzehn Uhr im Dattein. Gemeinsam wird uns schon was einfallen.»

Schnepel hat für einen Videoanruf mit Brigitte Beninga plädiert, um sich ein Bild von ihr zu machen. Doch der Chef war dagegen. «Nur, weil Sie sehen wollen, was für ein Typ die Beninga ist, können wir uns nicht einfach über die Richtlinien hinwegsetzen. Suchen Sie im Internet nach ihr, da wird Ihnen garantiert einiges an Bildmaterial präsentiert.»

Genau das macht Schnepel jetzt. Er sitzt Rudi gegenüber am Schreibtisch und googelt, als Rudi sie über deren Handy erreicht.

«Moin, Frau Beninga. Kommissar Bakker, Polizei Wittmund. Ich hätte ein paar Fragen im Zusammenhang mit den aktuellen Vorfällen in der Beningaburg. Passt es?»

«Guten Tag, Herr Bakker. Oder muss ich Kommissar Bakker sagen?» Die Stimme klingt freundlich und offen.

«Nö. Herr Bakker reicht vollkommen. Ist es in Ordnung, wenn ich auf laut stelle, damit mein Kollege mithören kann?»

«Ja. Sicher. Mein Mann hat mir berichtet, dass es neben Isabell – Gott sei ihrer Seele gnädig – einen weiteren Toten gegeben hat. Das ist ja furchtbar. Da wird einem ja angst und bange. Aber wie kann ich Ihnen helfen, Herr Bakker?»

Rudi sieht Schnepel grinsen. Als er gerade zur Antwort ansetzt, dreht sein Kollege den Bildschirm so, dass Rudi das Bild einer attraktiven Frau von Mitte, Ende fünfzig sehen kann. Blondes, zurückgestecktes Haar, dezent, aber die Augen betonend geschminkt, edler, jedoch nicht protziger Goldschmuck, weißes hochwertiges Shirt unter schwarzem Blazer.

«Ihr Mann sagte, Sie haben gestern Abend miteinander telefoniert?»

«Das stimmt. So wie jeden Tag.»

«Um welche Uhrzeit?»

«Das war gegen neunzehn Uhr dreißig. Die letzten Kunden waren fort. Ich bin derzeit auf Sylt, ich führe hier eine Galerie. Am Wochenende findet die Vernissage einer jungen Künstlerin statt, da gibt es einiges vorzubereiten, aber ein Raum ist natürlich immer für Bilder anderer renommierter Künstler reserviert. Meine Kunden lieben zwar Novitäten, schätzen aber auch das Bekannte und bereits Etablierte.»

«Wie lange haben Sie miteinander gesprochen?»

«Ach, das wird wohl eine halbe oder Dreiviertelstunde gewesen sein. Die Ereignisse in Neuharlingersiel beschäftigen meinen Mann verständlicherweise sehr – immerhin ist Isabell die Frau seines Vaters gewesen, auch wenn der Kontakt zu meinem Mann und mir nicht besonders innig war, gehörte sie doch zur Familie. Und meinen Mann interessiert natürlich auch, was sich hier auf Sylt so tut. Es war eben ein den veränderten Umständen entsprechendes Telefonat zwischen Eheleuten, um es mal so auszudrücken.»

«Ihnen ist an Ihrem Mann nichts Außergewöhnliches aufgefallen?»

«Nein. Warum?» Brigitte Beninga stutzt. «Sie verdächtigen meinen Mann doch wohl nicht, etwas mit den beiden Todesfällen zu tun zu haben?»

«Wir stellen erst einmal nur Fragen und entwerfen aus den Antworten ein Gesamtbild, um in Ihrer Sprache zu bleiben, Frau Beninga. Ich bedanke mich für das Telefonat und … falls Ihnen noch etwas einfällt, was uns vielleicht weiterbringen könnte, wäre es nett, wenn Sie sich mit uns in Verbindung setzen.» Rudi gibt die Telefonnummer der Polizeiinspektion wie auch die E-Mail-Adresse durch, dann beendet er das Gespräch.

«Du hast es gehört», sagt Rudi zu Schnepel, «Wolfgang Beninga hat ein Alibi.»

«Das könnte auch getürkt sein. So wie der seine Ehe geschildert hat, halten die beiden wie Pech und Schwefel zusammen. Wenn auch aus Freundschaft und finanziellen Gründen und nicht aus Liebe. Egal. Die beiden können die Telefonverbindung zwar hergestellt, das Telefon aber liegen gelassen haben, eben damit der Ehemann ein Alibi hat.»

«Da hast du recht.» Liebend gern stimmt Rudi Schnepel zu, zeigt es doch, dass sein Kollege auch andere Möglichkeiten zulässt und sich nicht allein auf Denise stürzt.

Auf dem Gang sind Schritte zu hören, und gleich darauf steht Haueisen im Büro. «Die Kriminaltechnik hat sich mit dem Ergebnis der Untersuchung der Lanze gemeldet. Es gibt jede Menge Fingerabdrücke darauf, das hätte ich nicht vermutet. Ich meine, wer fasst so ein Ding denn an?»

«Offensichtlich viele», sagt Schnepel lax. «Meine werden auch drauf sein.»

«Du hast die angetatscht?», fragt Rudi verwundert. «Warum? Was ist an so einem Holzschaft so besonderes?»

«Das verstehst du nicht. Es ist der Hauch der Geschichte. Die Überlegung, wer diese Stangenwaffe in all den Jahrhunderten schon in den Händen gehabt haben könnte, wer durch sie sterben musste, wer sich mit ihr verteidigt hat ...» Auf Schnepels Gesicht legt sich ein verträumter Ausdruck, während er spricht.

«In dir steckt ja ein Romantiker», sagt Rudi amüsiert, um nüchtern fortzufahren: «Aber du hast sie ja nur mal so berührt. Der Täter muss sie in der Hand gehabt haben.»

«Womit Sie recht haben, Bakker», sagt Haueisen. «Und darum werden Sie jetzt noch einmal in die Seniorenresidenz fahren und von den Personen Fingerabdrücke nehmen, von denen wir noch keine haben.»

«Von allen Bewohnern?», fragt Schnepel entsetzt.

«Unsinn. Vom Hausmeister, der Dame an der Rezeption, von Frau Bakker und den Reinigungskräften. Die brauchen wir ja auch zum Abgleichen. Ach, und die der beiden Beningas, von denen haben wir bislang nur die Speichelproben.»

«Können denn diejenigen, deren DNA bereits erfasst ist, ausgeschlossen werden?», fragt Rudi.

«Nein. Bei der massiven Spurenlage wird die Auswertung dauern. Bei Holz funktioniert es auch nicht so einfach wie auf Glas und Plastik, die Lanze muss im Labor mit Chemikalien untersucht werden.»

«Wir sollten auch die von Herrn Held nehmen», sagt Rudi, «immerhin hatte er Streit mit Buttkamp, weil er im Mietrückstand ist.»

«Wieso denn der Held?», fragt Schnepel und tippt sich mit dem Finger an die Stirn. «Was soll der denn mit Isabell Beningas Tod zu tun haben?» Er grinst breit. «Oder glaubst du, der hat sie getötet, weil sie seine Schlager doof gefunden hat?»

«Nein, du Schlauschnacker. Aber wir könnten es doch auch mit zwei Tätern zu tun haben», gibt Rudi zurück. «Vielleicht bringt uns der getötete Buttkamp auf eine vollkommen falsche Fährte.»

«Da ist was dran», gibt Haueisen zu. «Also, nehmen Sie auch die Fingerabdrücke dieses Schlagerheinis.»

Als Rosa vom Frisörsalon zurückkommt, hat sich der Wind gelegt, und die Sonne bringt mit ihrem warmen Licht die ersten Rosen vor ihrem Haus zum Leuchten. Bei Gudrun hat es länger gedauert als geplant, wie meistens, wenn Tante Hildegard und Gisela da sind. Tante Hildegard ließ sich nicht davon abbringen, ihr die Funktionen des Probehörgeräts auf dem Handy zu zeigen, dabei hat Rosa der Klatsch und Tratsch, den Gisela über Buttkamp zu berichten wusste, viel mehr interessiert. Da hat sich Denise wirklich in einen schlimmen Weiberhelden verliebt. Das wäre auf Dauer nie und nimmer gut gegangen. Zum Glück waren Denise und er nicht verheiratet. Und gemeinsame Kinder gab es auch nicht.

Rosa schließt die Haustür auf und geht hinauf in ihre Wohnung. Eigentlich müsste sie jetzt die Aufsätze vom vergangenen Montag zu Ende korrigieren, aber irgendwie hat sie dafür den Kopf nicht frei. Ihr ist mehr nach Arbeit an der frischen Luft. Sie zieht sich eine alte Hose und eine ausgemusterte Bluse an und geht wieder nach unten. Aus dem Schuppen holt sie eine kleine Handschaufel und die Pflanzgabel, außerdem Tüten mit Samen, die sie schon letzte Woche gekauft hat. Im ersten Hochbeet-Jahr sollten vorwiegend Starkzehrer gepflanzt werden, hat sie im Internet gelesen. Starkzehrer – bis jetzt wusste sie überhaupt nicht, was das ist – benötigen die meisten Nährstoffe und sind fast unersättlich, hat sie gegoogelt. Sie hat sich also für Paprika, Gurke, Zucchini und Kürbis entschieden. Die Mittelzehrer – was für ein Wort! – wie Erdbeeren, Möhren, Fenchel, Pastinaken und Salate kommen nächstes Jahr dran.

Vorsichtig zieht sie am Rand des Hochbeets mit der Handschaufel eine drei Zentimeter tiefe Rille durch die Erde und verteilt darin die Zucchinisamen. Die Kürbisse will sie an die andere Seite setzen, dann können die Zucchini auf dieser Seite des Hochbeets herunterranken und die Kürbisse auf der anderen. Mit der Hand schiebt sie die Erde zurück auf das Saatgut.

«Moin, Rosa. Bist du schon wieder unter die Gärtner gegangen?»

Rosa lächelt Henner zu, der gerade nach Hause kommt. «Allerdings. Es ist ein schönes Gefühl, mit den Händen die Erde zu spüren. Das ist fast wie eine direkte Berührung des Lebens», gerät sie ins Schwärmen. «Gerade wo mir die beiden ungeklärten Todesfälle nicht aus dem Kopf gehen, gibt es nichts Entspannenderes.»

Henner zieht nur die Augenbrauen hoch, sagt aber nichts. Vielleicht hat sie ein bisschen dick aufgetragen. Manchmal neigt sie dazu, das weiß sie. Aber so ist sie nun mal.

«Du hast doch mitgekriegt, dass der Leiter der Seniorenresidenz ermordet worden ist, dieser Buttkamp?», schaltet sie auf die ernstere Gangart um.

«Natürlich. Reden ja alle drüber. Denise macht sich wohl ordentlich Sorgen, dass Schnepel sich auf sie einschießt.»

«Hab ich schon gehört.» Sie fasst sich ins Haar. «Fällt dir denn gar nichts auf?»

«Doch. Deine Haare sind ganz schön kurz. Aber das weißte ja selbst, hab ich ja auch schon gesagt. Warum warst du denn schon wieder beim Frisör? Drankleben können sie Haare doch noch nicht.»

«Na, eigentlich schon, das nennt man dann Extensions. Aber nein, das lasse ich natürlich nicht machen. Fällt dir nichts anderes auf?» Kokett wiegt sie den Kopf nach links und rechts.

«Nee.»

«Mensch, der Pony ist kürzer. Der neue Frisör hatte den viel zu lang gelassen, da hab ich die Haare immer vor den Augen gehabt.»

«Ach so.»

Na, das scheint Henner nicht wirklich zu interessieren. Typisch. «Ist ja auch egal. Jedenfalls wollen wir vom Häkelbüdel-Club uns heute Abend im Dattein treffen. Es gibt schließlich nur eine Möglichkeit, wie man Denise helfen kann: Wir müssen ihre Unschuld beweisen.»

«Das sieht Muddern auch so. Rudi kam heute Mittag überraschend reingeschneit. Der war echt fertig von der Richtung, in die sich die Ermittlungen entwickeln. Vor allem weil Schnepel Denise für die Täterin hält.»

«Dann müssen wir uns ja wirklich ordentlich ins Zeug legen. Am besten, wir fangen den tatsächlichen Täter. Dann ist Denise aus dem Schneider.» Rosa greift zur Tüte mit den Kürbissamen. «Ich hab bloß noch keine Idee, wie wir das anstellen sollen.»

Henner sieht sie mit einem entsetzten Blick an.

«Du willst doch nicht schon wieder auf Mörderjagd gehen?», fragt er mit einem komischen Unterton in der Stimme.

«Von wollen kann keine Rede sein. Es ist eine Frage der

Notwendigkeit. Wir alle müssen Denises Unschuld beweisen, allein schon für Sven. Und deshalb müssen wir aktiv werden.»

Sie guckt in sein Gesicht und muss unwillkürlich lächeln. «Keine Sorge. Uns wird schon etwas einfallen, wie wir dem wahren Täter eine Falle stellen.»

Frau Onken schaut auf und lächelt, als Rudi und Schnepel die Empfangshalle betreten.

«Na, Sie scheinen ja nicht genug von uns zu kriegen», sagt sie schäkernd.

«Da haben Sie recht», antwortet Schnepel und zwinkert ihr zu. «Und jetzt möchte ich noch etwas viel Persönlicheres von Ihnen als nur eine halbe Stunde Ihrer Zeit.»

Frau Onken wird rot. «Wie meinen Sie das?», fragt sie verlegen.

«Er meint, wir brauchen Ihre Fingerabdrücke», erklärt Rudi.

«Ach so. Wegen Buttkamp?»

«Genau. Auf der Lanze gab es etliche Abdrücke, und wir müssen feststellen, von wem sie stammen.»

«Meinetwegen, ich habe nichts zu verbergen. Wie geht das denn jetzt?»

«Wir haben ein Set mitgebracht, damit können wir das gleich vor Ort erledigen», sagt Schnepel, «dann brauchen Sie nicht extra nach Wittmund zu kommen. Obwohl ich Ihnen natürlich gern mal unsere Polizeiinspektion zeigen würde.» Wieder lächelt er charmant, um Rudi gegenüber gleich darauf seinen Angeberton anzuschlagen. «Rudi, walte deines Amtes.»

Blödmann, denkt Rudi und nimmt das Set aus der Umhängetasche. «Sollen wir das im Büro von Herrn Buttkamp erledigen?»

«Nein, da sitzt Herr Manninga, der guckt sich die Buchführung im Auftrag von Herrn Beninga senior an. Am besten, wir machen das direkt hier.»

Wenig später sind Frau Onkens Abdrücke festgehalten.

Denise sträubt sich zwar zunächst, sieht jedoch ein, dass sie sich dadurch noch verdächtiger macht, und hält Rudi schließlich ebenfalls die Hände hin. Die von den Herren Beninga erhalten sie ohne Weiteres, genau wie von Herrn Tönjes und Herrn Winter. Für die Damen des Reinigungsteams von «Alles sauber!» machen sie für morgen früh einen Termin aus. Nun fehlt nur noch Herr Held. Ihn finden sie im Aufenthaltsraum, wo er mit zwei Damen am Tisch sitzt und ihnen von seinen Erlebnissen auf den großen Bühnen der Schlagerwelt vorschwärmt.

Muss deprimierend sein, wenn man nur noch von der Vergangenheit zehrt, denkt Rudi, als sich Schnepel vor dem Tisch in Positur bringt und allseits vernehmlich sagt: «Herr Held, wir brauchen Ihre Fingerabdrücke.»

«Wieso das denn?»

«Das können Sie sich sicher denken. Wir ermitteln schließlich im Todesfall von Herrn Buttkamp.»

«Und was soll ich damit zu tun haben?»

Um Unterstützung heischend blickt er zu seinen Tischdamen.

«Ach, kommen Sie, Herr Held. Sie haben sich am Donnerstagvormittag mit Herrn Buttkamp gestritten. Dafür gibt es Zeugen. Muss ich hier offenlegen, worum es bei diesem Streit ging?»

Rudi hätte nicht gedacht, dass Schnepel so etwas wie Feingefühl besitzt, eher hätte er damit gerechnet, dass sein Kollege in aller Öffentlichkeit von den Mietschulden spricht.

«Muss das wirklich sein? Ich versichere Ihnen an Eides statt, dass ich nichts mit dem Tod von Buttkamp zu tun habe.» Held ziert sich immer noch.

«Haben Sie denn etwas zu verbergen, dass Sie sich so anstellen?», fragt Schnepel auftrumpfend, was die beiden Damen veranlasst, zu Boden zu schauen, um der peinlichen Vorstellung nicht zu viel Aufmerksamkeit zu schenken.

«Nichts.» Mit einem Ruck steht Udo Held auf. «Wo wollen wir es machen?»

Mit den gewünschten Abdrücken im Gepäck fahren sie zurück nach Wittmund. Kollege Kröver verdreht die Augen, als sie ihm die Karten überreichen. «Na, das kann dann ja ein langes Wochenende werden», sagt er. «Die Kollegin der Daktyloskopie kommt morgen extra früh, sie ist darüber auch außer sich vor Freude. Wollen wir hoffen, dass wir schnell fündig werden.»

Als Rosa kurz vor sieben an Janssen's Restaurant vorbeigeht, sind die Barhocker vor dem Dattein an der «schönsten Mauer Neuharlingersiels» allesamt besetzt. Kein Wunder bei dem herrlichen Wetter, auch wenn es abends durchaus noch frisch wird und der Wind die gefühlten Temperaturen senkt. Aber die Gäste haben sich entsprechend angezogen. Rosa grüßt mit einem freundlichen «Moin» und betritt die Hafenkneipe. Sie ist spät dran, nach der Bepflanzung ihres Hochbeets hat sie drei Aufsätze durchgesehen, und das hat mehr Zeit in Anspruch genommen, als sie dachte. Dennoch, wer weiß schon, was am Wochenende noch alles auf sie zukommt, da nutzt sie jede Minute.

Der Hakelbüdel-Club hat die «Zanzibar» belegt, die gemütliche Couch-Ecke rechts vom Eingang.

«Möchtest du auch eine Krabbensuppe?», fragt Tante Hildegard, kaum dass sie neben dem Tisch steht. «Wir haben eben gerade bestellt.»

Nachdem auch Rosa eine Suppe an der Theke geordert hat, setzt sie sich neben Adelheid auf das Sofa.

«Und, habt ihr schon eine Idee, was wir machen können?»

«Nein. Wir haben da eher auf dich gesetzt. Du hast doch immer die besten Einfälle», sagt Sigrid.

Das stimmt zwar nicht so ganz, aber das Lob tut Rosa gut.

«Wir müssen Denises Unschuld beweisen», wiederholt Rosa, was Tante Hildegard sicher bereits in aller Ausführlichkeit erzählt hat. «Wie es aussieht, hat sich Schnepel wohl regelrecht auf sie eingeschossen.»

«Das kann Rudi doch nicht zulassen», sagt Adelheid voller Empörung. «Sein Kollege ist schließlich für seine falschen Verdächtigungen bekannt.»

«Ganz so einfach ist das leider nicht», erklärt Rosa. «Denise hatte eine Liebesbeziehung mit Buttkamp, und sie war stinksauer, als sie erfahren hat, dass der auch mit der Beninga rummachte.»

«Eifersucht ist immer ein gutes Motiv», sagt Gisela. «Könnt ihr euch noch an die Schauspielerin erinnern, die vor vielen Jahren ihren jüngeren Geliebten umgebracht hat? Ihr wisst schon, wen ich meine. Die hat das alles lang und breit im Dschungelcamp erzählt. Ihre Strafe hat sie abgesessen. Und kam nachher wieder groß raus im Fernsehen.»

«Das war Ingrid van Bergen. Dreimal hat die auf ihren Geliebten geschossen. Weil der sie immerzu in ihrer eigenen Villa mit anderen Frauen betrogen hat», weiß Sigrid. «Und Buttkamp war in dieser Hinsicht nicht besser.» Auch in dieser Runde erzählt sie die Anekdoten, die sie vom Hafenfest mitbekommen hat. Rosa findet zwar, dass man das nicht unbedingt miteinander vergleichen kann, aber interessant ist es schon, dass vielleicht noch andere Männer einen Rochus auf Buttkamp hatten.

«Ich hab von Bärbel gehört, dass der sich im BadeWerk am liebsten auf die Liegen neben gut geformte Bikinifiguren gelegt hat, um dann mit den Frauen auf Teufel komm raus rumzuschäkern», sagt Gudrun. Ihre ältere Schwester arbeitet in der Kureinrichtung als Bademeisterin.

«Flirten ist nicht verboten», meint Rosa. «Und die Beobachtung hilft uns auch nicht dabei, Denise aus der Schusslinie zu bringen.»

«Aber vielleicht kommt jemand aus diesem Kreis als Täter infrage», lässt sich Gudrun nicht beirren. «Wenn die Polizei sich nur auf Personen aus der Beningaburg konzentriert, könnte sich das ja auch als Sackgasse herausstellen.»

Nun muss Rosa Gudrun doch recht geben. «Aber wie soll man all die amourösen Verwicklungen von Buttkamp aufdecken?»

Für einen Moment herrscht Schweigen am Tisch.

«Ludwig könnte in der Mitmach-Zeitung und auf Facebook einen Aufruf starten», schlägt Sigrid schließlich vor.

Tante Hildegard schüttelt den Kopf. «Wer weiß, was dabei alles hochkocht. Und nicht jedes Gerücht stimmt.»

«Aber wo Rauch ist, ist auch Feuer», kontert Sigrid.

Tante Hildegard fummelt an ihrem Ohr herum und zieht das Hörgerät heraus. «Das juckt da drinnen.»

«Gehen wir die Sache doch mal ganz anders an. Du hast gesagt, dass Denise kein Alibi für den Zeitpunkt von Buttkamps Tod hat. Wann ist der denn eigentlich gestorben?», hakt Adelheid nach.

«Am Donnerstag zwischen neunzehn und zwanzig Uhr dreißig, also nach dem Abendbrot und vor dem Ende der Karaoke-Veranstaltung», sagt Clara. «Das hat mir die Onken erzählt, als ich heute Morgen die Eingangshalle gründlichst gewienert habe.»

Die Onken scheint gerne zu tratschen, schießt es Rosa durch den Kopf.

«Kannst du das noch mal wiederholen?» Ohne das Hörgerät kriegt Tante Hildegard nur die Hälfte mit. Nachdem Clara die Angaben laut und deutlich wiederholt hat, will sie wissen, wo Denise zu der Zeit war. «Das ist doch die entscheidende Frage.»

«Stimmt. Und da liegt auch das Problem. Sie ist nach Feierabend zu Rudi gefahren. Das war so gegen sechs, halb sieben. Danach ist sie angeblich einkaufen gewesen, aber dafür gibt es keine Beweise. Theoretisch könnte sie von Rudi aus direkt in die Beningaburg gefahren sein, wo es dann zum Streit mit Buttkamp gekommen ist und sie ihn schlussendlich erstochen hat.»

Die Bedienung des Dattein tritt mit einem voll beladenen Tablett an den Tisch. «Meine Damen, die Krabbensuppen.»

Für eine Weile ist es still, man hört nur das Klappern der Löffel. Plötzlich schlägt Gisela mit ihrem Suppenlöffel leicht gegen das Weinglas. «Denises Problem ist gelöst. Ich kann ihr Alibi bestätigen.»

«Was willst du bestätigen?», fragt Tante Hildegard.

«Ihr Alibi», wiederholt Gisela laut.

«Du willst doch nicht etwa eine Falschaussage machen?», hakt Gudrun nach.

«Quatsch. Aber ich war gestern Abend noch bei Edeka. Ich bin da kurz vor den ‹heute›-Nachrichten hin, weil ich vergessen hatte, Klopapier zu kaufen. Jedenfalls hab ich Denise da vorm Weinregal stehen sehen. Ich kenn die ja nicht so gut, also bin ich auch nicht stehen geblieben, sondern gleich wieder zur Kasse.»

Rosa lässt ihren Suppenlöffel sinken. Wenn Gisela Denise im Supermarkt gesehen hat, dann stimmt ihre Aussage. Dann hat sie ein Alibi. Sie muss Rudi sofort anrufen. Bevor sie zum Handy greifen kann, öffnet sich jedoch die Tür, und Rudi und Henner kommen herein. Den Anruf kann sie sich sparen.

SAMSTAG

Es verspricht ein guter Tag zu werden, denkt Rudi, als er am Morgen die Rollläden hochzieht und die Sonne scheint. Der Rasen sieht grüner aus, die Blumen in den Beeten farbenfroher, und sogar die Hühner gackern munterer. So kommt es ihm zumindest vor.

Auch er selbst ist bestens gelaunt, denn Gisela Frerichs hat Denises Alibi gestützt. Und nicht nur das. Sein Vater hat gestern Abend noch angerufen und ihm berichtet, dass er als Erstes die Mieteingänge der Seniorenresidenz geprüft hat. Von Udo Held ist bislang keine einzige Zahlung des Residenzentgelts geleistet worden. Da kommt bei der nicht gerade geringen monatlichen Summe ganz schön was an Rückständen zusammen. Hoyko sagte auch, Buttkamp habe bereits zwei schriftliche Mahnungen an Held geschickt. Ganz offiziell. Vermutlich, um bei einer Räumungsklage etwas in der Hand zu haben. Das muss für beide sehr unangenehm gewesen sein. Für Held, aber auch für Buttkamp. Wer will schon gerne den Eigentümern einer solch exklusiven Anlage gestehen, man habe sich blenden lassen und ein faules Ei ins Nest geholt.

Bei der Besprechung mit Haueisen und Schnepel in Wittmund wird diese Information nachdenklich aufgenommen.

«Unter diesen Umständen hätte Held wahrlich ein Motiv, Buttkamp zu töten», schlussfolgert Haueisen.

Schnepel klatscht in die Hände. «Udo Helds Verhalten ist

absolut keine Heldentat. Entschuldigt, aber diesen Kalauer konnte ich mir nicht verkneifen.»

Rudi geht darüber hinweg. «Der Typ ist doch nicht dumm. Er müsste wissen, dass das seine Probleme langfristig nicht löst. Du siehst ja, sobald ein anderer die Geschäfte und die Buchführung in die Hand nimmt, fliegt das wieder auf. Es macht keinen Sinn.»

«Rudi, wenn man emotional unter Druck gesetzt wird, handelt man nicht unbedingt rational. Die beiden standen in der Halle, Buttkamp hat ihm gesagt, er würde die Zwangsräumung in die Wege leiten, und da ist Held ausgerastet. Hinterher hat er die Videoaufzeichnungen gelöscht, er hat ja gesagt, dass er sich früher immer um die Bühnentechnik bei seinen Shows gekümmert hat. Also dürfte das für ihn kein Problem dargestellt haben.»

«Aber der PC im Technikraum ist passwortgeschützt.» Rudi weiß das, weil Tönjes ihm das Passwort für die Überprüfung der Aufzeichnungen gegeben hat.

«Hast du nachgeschaut, ob das Passwort irgendwo notiert ist? Unter der Tastatur zum Beispiel? Das machen viele.»

«Nö. Aber das lässt sich ja leicht überprüfen. Ich frage mich allerdings, wer für Isabell Beningas Tod verantwortlich ist, sollte es im Fall Buttkamp Udo Held gewesen sein. Der hat doch aber für Isabell kein Motiv.»

«Wer sagt das denn?», widerspricht Schnepel. «Vielleicht war Isabell Beninga die Erste, die Held darauf angesprochen hat, dass er rückständig ist. Möglicherweise hat sie ihn als ‹Mieter› empfohlen, weil ihre Mutter ein großer Fan von ihm gewesen ist. Und vielleicht hat Buttkamp sie gefragt, wie er vorgehen soll, und sie hat gesagt, sie regelt das. Und dabei kam es zum Streit mit dem bekannten Ausgang.»

«Möglich ist es», meint auch Haueisen. «Es könnte bei Isabell ein Unfall gewesen sein, der den zweiten Todesfall nach sich zog.»

«Ein Unfall?», fragt Rudi. «Bei einem Unfall nehme ich keinen Stein und haue den einem anderen Menschen auf den Kopf.»

«Auch wieder wahr.» Haueisen seufzt und wirft einen Blick auf den Bildschirm seines PCs. «Oh. Der Kollege Erik Wolf von Sylt hat uns das von Brigitte Beninga unterschriebene Telefonprotokoll gemailt. Nebst Kopie ihres Personalausweises. Netter Kerl, dieser Wolf. Habe beim letzten Seminar in Sankt Peter-Ording neben ihm gesessen. Der hat eine italienische Schwiegermutter, die in seinem Haus lebt. Das ist bestimmt nicht einfach. Er hat allerdings mit einer gehörigen Portion Humor von ihr berichtet, als ich erwähnt hab, dass sich bei uns immer Frau Moll in die Ermittlungen einmischt.» Wieder zeigt er auf den Bildschirm. «Ach, und nun ist auch die Auswertung eines Teils der Fingerabdrücke da. Na, dann lassen Sie uns mal schauen. Vielleicht sind wir gleich ein Stück weiter.»

Tatsächlich scheidet auch Udo Held als Täter aus, seine Fingerabdrücke sind weder auf der Lanze noch auf der Tastatur des Computers im Technikraum. Darauf konnten nur die von Tönjes, Rudi und einer bislang unbekannten Person identifiziert werden. Weder die von Buttkamp noch die von Denise oder von Frau Onken.

«Also stehen wir wieder ganz am Anfang.» Rudi klingt enttäuscht.

«Das stimmt nicht», widerspricht Schnepel. «Die Abdrücke auf der Lanze sind noch nicht komplett auseinanderklamüsert. Die deiner Ex könnten da drauf sein. Sie ist also trotz des in meinen Augen mehr als fadenscheinigen Alibis – die Neuharlingersieler Frauen stecken doch alle unter einer Decke – noch nicht ganz aus dem Rennen.»

«Och, Helmut, hör auf. Ist ja lächerlich, wie du dich auf Denise versteifst.»

Schnepel ignoriert Rudi. «Steht da, wann wir die letzten Auswertungen kriegen, Chef?»

«Nein. Die Kollegen haben nur geschrieben, dass der Rest die reinste Mammutarbeit ist, da die gefundenen Teilabdrücke nun in ihren winzigen Einzelteilen mit den Abdruckproben verglichen werden müssen. Pro Spur muss es zwölf Übereinstimmungen mit einer Probe geben.»

«Hut ab, was Sie alles wissen.» Rudi ist geplättet.

«Wusste ich nicht, steht hier», gibt Haueisen schmunzelnd zu. «Und da uns das ja noch keinen Schritt weitergebracht hat, schlage ich vor, wir vertagen uns auf Montag, bis dahin werden die Experten uns sicher mehr zu den Abdrücken auf dem Schaft der Lanze sagen können.»

Gut gelaunt dreht Rosa das Wasser in der Dusche auf und lässt es auf ihren Körper prasseln. Das Treffen vom Häkelbüdel-Club gestern Abend war ganz nach ihrem Geschmack. Im Handumdrehen haben sie es geschafft, Denise als Hauptverdächtige im Fall Buttkamp zu streichen. Rudi war sprachlos, und Henner hat sie bewundernd angesehen. Dass dann die beiden *Datteiner* mit ihren Schifferklavieren für Stimmung sorgten, hat die gute Laune nur noch beflügelt. Tante Hildegard hat ihre Hörgeräte wieder ins Ohr gesteckt und war ganz aus dem Häuschen. Sie gab keine Ruhe, bis alle am Tisch mitgesungen und geschunkelt haben.

Noch im Bademantel geht Rosa in die Küche und setzt Teewasser auf. Nebenbei schiebt sie ein Stück Apfel in Pepes Käfig. «Guten Morgen, mein Lieber.»

«Halt die Klappe», schleudert ihr der Beo entgegen.

Während der «Be happy»-Kräutertee zieht, föhnt sich Rosa die Haare und sinniert vor sich hin. Denise ist also aus dem Schneider. So weit, so gut. Aber wer hat Buttkamp dann umgebracht? In Gedanken geht sie noch einmal alles über die beiden Todesfälle durch, was Rudi ihr gestern erstaunlich freimütig verraten hat. Vermutlich aus Dankbarkeit, schließlich hat sie dabei geholfen, Denises Alibi zu untermauern.

Je länger Rosa nachdenkt, umso mehr verdächtigt sie Erich Beninga. Alles, was sie gestern Abend über quälende Eifersucht besprochen haben, trifft auch auf ihn zu. So wie die alternde Schauspieler-Diva vor vielen Jahren den Demütigungen ihres Partners ein Ende gesetzt hat, könnte auch der Hörgerätemogul von Isabells Treulosigkeit die Faxen dicke gehabt haben und durchgedreht sein. Theoretisch. Praktisch ist er ja eher ein wenig klapprig. Aber das kann täuschen. Und was ist mit seinem Sohn Wolfgang? Der hat Isabell geschwängert. Vielleicht ist er ja das nächste Opfer. Oder der Mörder. Vielleicht versteigt sie sich aber auch in absurde Vermutungen.

Nach der zweiten Tasse Tee steht ihr Entschluss fest. Sie wird Peter Beninga einen Besuch abstatten. Wenn jemand Wolfgang Beninga kennt, dann er. Vielleicht erfährt sie durch ihn etwas, das Licht ins Dunkel bringt.

Auf dem Weg von Wittmund nach Hause überlegt Rudi fieberhaft: Von wem stammen die unbekannten Fingerabdrücke? Das müssen dann wohl die vom Täter sein. Oder? Die

Landschaft zieht an ihm vorbei, er muss sich konzentrieren, um nicht zu sehr vom Verkehrsgeschehen abgelenkt zu sein. Der Wind treibt die Wolken über den Himmel, und ein wenig getrieben kommt Rudi sich auch vor. Es ist das erste Mal, dass sich sein Job mit seinem Privatleben kreuzt. Zugegeben, so wirklich gehört Denise nicht mehr dazu, aber sie ist nun mal die Mutter seines Sohnes. Und allein deswegen schuldet er ihr Dank. Oder Respekt. Nö, Respekt nicht, schließlich ist sie damals einfach so gegangen. Eher ist es Dank, dass sie Sven bei ihm gelassen und ihn nicht mitgenommen hat. Sonst wäre ihr Vater-Sohn-Verhältnis heute so lausig wie das zwischen Sven und Denise.

Zurück zu den Fingerabdrücken. Von wem könnten die stammen? Sie haben doch die von allen Personen, die mit den beiden Todesfällen zu tun haben. Doch wer von denen hatte Zugang zu dem Raum, kennt das Passwort und hätte Interesse, die Videoaufzeichnungen aus der Halle zur fraglichen Zeit zu löschen? Ganz klar: der Mörder. Beziehungsweise die Mörderin.

Cherchez la femme, würde Rosa jetzt sagen. Aber Frau Onken war es nicht. Denises Abdrücke waren es auch nicht. Isabell war zu dem Zeitpunkt schon tot. Und was ist mit Brigitte Beninga? Die hat zwar behauptet, von Sylt aus mit ihrem Mann telefoniert zu haben, aber was, wenn sie doch vor Ort gewesen ist? Unsinn, das ließe sich schnell anhand der Funkzellen überprüfen. Außerdem hat der Sylter Kollege Wolf mit ihr persönlich gesprochen.

Rudi fährt in den Kreisel ein, nimmt aus einer Eingebung heraus jedoch die zweite Ausfahrt, die auf die Umgehungsstraße von Neuharlingersiel führt. Das ist der direkte Weg zur Seniorenresidenz.

Plötzlich fällt ihm etwas ein. Na klar, da hätte er auch eher drauf kommen können. Die unbekannten Abdrücke auf der Tastatur des Computers werden von Fräulein Klostermann sein. Sie hat ihm doch bei der Sichtung der Videoaufnahmen geholfen. Aber hat sie auch die Tastatur angefasst? Er wird einfach mit ihr reden. Vielleicht hat sie eine Idee, von wem die Abdrücke stammen könnten. Rudi beschleunigt. Sie selbst wird ja nicht …? Nein. Warum sollte sie?

Andererseits weiß sie, wie die Kameras funktionieren.

Ein unvorstellbarer Gedanke drängt sich ihm auf. Hat sie etwa versucht, Erich Beninga zu decken? Hat er tatsächlich seine fremdgehende Ehefrau und den Nebenbuhler ausgeschaltet?

Rosa schlüpft in ihre weiße Hose und entscheidet sich nach langem Überlegen für die neue grüne Bluse, die steht ihr besonders gut. Dazu die weiße Daunenjacke, dann ist sie gegen die morgendliche Frische gewappnet.

Statt jedoch das Fahrrad aus dem Schuppen zu holen, steigt sie ins Auto. Wenn sie Pech hat, trifft sie den Ornithologen nicht an. Ist ja nicht gesagt, dass der jeden Samstag arbeitet.

Doch sie hat Glück. Schon als der Parkplatz in Sichtweite ist, entdeckt sie den Pick-up vor der Garage.

Henner hat ein wenig länger geschlafen als üblich. Ist gestern ja ein bisschen später geworden. Außerdem ist heute sein freier Samstag. Rudi war ganz schön erleichtert, dass es nun eine Zeugin für Denises Behauptung gibt, eingekauft zu haben. Da hat er erst mal eine Runde ausgegeben. Und Rosa hat die Gunst der Stunde genutzt und ihm alle möglichen Informationen über den Stand der Ermittlungen aus der Nase gezogen, bei denen sein Kumpel sonst mauert.

Und das gefällt Henner gar nicht. Denn so gut kennt er Rosa mittlerweile, dass er weiß, wenn sie so bohrt, führt sie meist etwas im Schilde. Garantiert will sie wieder auf eigene Faust nach dem Mörder suchen. Schon mehrmals hat sie sich bei diesem eigenmächtigen Vorgehen in Gefahr begeben. Und im aktuellen Fall sind bereits zwei Menschen ums Leben gekommen. Da ist es dem Mörder mit Sicherheit egal, ob er noch eine dritte Person tötet. Am besten, er passt Rosa gleich unter einem Vorwand ab und redet ihr aus, wieder selbst aktiv zu werden. Er könnte sie auf einen Kaffee bei Bäcker Hinrichs einladen. Ja, das ist eine gute Idee.

Frisch geduscht und rasiert marschiert Henner nach oben und klingelt. Rosa öffnet nicht, nur Pepe schreit: «Halt die Klappe.» So tief kann sie doch nicht schlafen. Er wirft einen Blick aus dem Flurfenster; ihr Wagen ist fort. Wo mag sie wohl stecken? Er wählt ihre Nummer auf dem Handy. Sie reagiert nicht.

Schlagartig macht er sich Sorgen. Ob er Rudi anrufen soll, damit man Rosas Handy ortet? Vielleicht hat sie sich wieder in Schwierigkeiten gebracht. Andererseits könnte das auch ein bisschen übertrieben wirken.

Rosa stoppt den Fiat direkt neben Beningas Pick-up und steigt aus. Ihr Telefon vibriert. Henner. Den kann sie nachher zurückrufen. Sie steckt es zurück in die Tasche.

Von dem Ornithologen ist nichts zu sehen, dafür steht die Tür zur Wattenmeerstation weit offen. Ohne lange zu überlegen, geht sie hinüber. Von drinnen hört sie seine Stimme. Sie steckt den Kopf durch die Tür. Peter Beninga steht mit dem Rücken zu ihr und telefoniert. Neben ihm ein Koffer.

«... ja ... genauso mache ich das ... das ist perfekt. Danke. Wir werden uns sicher einig.» Er lacht heiser.

«Guten Morgen, Herr Beninga», grüßt Rosa ihn betont fröhlich und betritt das Haus, obwohl der aufgeschnappte Satz sie irritiert. Was ist perfekt? Was will er machen? Etwa Wolfgang töten? Hat sie den falschen Bruder verdächtigt? Geht es gar nicht um Eifersucht, sondern vielmehr ums Erbe? Immerhin ist das Hörgeräte-Imperium Millionen wert. Mindestens.

Peter Beninga verstummt, dreht sich zu ihr um und steckt sein Handy in die Hosentasche. «Was wollen Sie denn schon wieder?»

«Sie verreisen?», kontert Rosa verwundert.

«Was geht Sie das an?»

«Davon haben Sie gestern gar nichts erzählt.»

«Warum sollte ich?»

«Na ja, ich dachte ... Können Sie Ihren Vater und Ihren Bruder denn jetzt alleinlassen?»

«Und ob ich das kann.» Er hebt die Augenbrauen und schiebt seinen Koffer mit dem Fuß zur Seite. «Spionieren Sie mir nach?»

«Nein, ich ...»

«Machen Sie es kurz. Worum geht's?» Sein Blick verfinstert sich. Ein Windzug geht durchs Haus, die Tür fällt mit lautem Krachen ins Schloss. Rosas Beine zittern. Sie hat Angst. Warum zum Teufel ist sie hier? Sie will zur Tür rennen. Doch Beninga verstellt ihr den Weg.

Die Vögel zwitschern, als Rudi das Gelände der Beningaburg betritt. Eine Elster hüpft über den Rasen. Ob es Winters zahme Elster ist? Am Teich ist Fräulein Klostermann nicht, auch sonst kann er sie nicht entdecken. Zurück in der Eingangshalle, wendet er sich an Frau Onken.

«Wissen Sie, ob Fräulein Klostermann in ihren Räumen ist oder ob sie sich bei Herrn Beninga aufhält?»

«Sie wird oben in ihrem Apartment sein», gibt Frau Onken Auskunft, «der Physiotherapeut ist gerade zur Lymphdrainage bei Herrn Beninga, das dauert in der Regel eine Stunde.»

Das trifft sich gut. Rudi würde ohnehin lieber mit seiner ehemaligen Lehrerin unter vier Augen sprechen. Sicher ist sie dann offener.

Zügigen Schrittes nimmt er die Treppen in den ersten Stock und klopft an ihre Tür. Er muss nicht lange warten, bis sie ihm öffnet.

«Rudi, was für eine Überraschung. Komm doch rein. Was kann ich für dich tun?»

Ihr freundliches Lächeln zaubert auch Rudi ein Lächeln aufs Gesicht. «Ich brauche Ihren Rat.»

«Setz dich doch, mein Junge.» Sie legt ihr Strickzeug beiseite und deutet auf einen Sessel, der ihrem gegenübersteht.

«Bitte tun Sie mir nichts.»

Peter Beninga sieht Rosa mit unbewegtem Gesichtsausdruck an.

«Ich gehe auch gleich wieder.» Sie muss ihn hinhalten. Und dann sehen, dass sie abhauen kann.

«Warum sollte ich Ihnen was tun? Das Fenster hinten ist

auf, deshalb ist die Tür zugeknallt. Kein Grund zur Panik.» Er schmunzelt.

«Aber …», stottert sie und zeigt auf den Koffer.

«Das mit dem Kongress hat sich kurzfristig ergeben. Einer der Teilnehmer ist ausgefallen, ich bin Nachrücker und habe gerade mit dem Kollegen telefoniert, mit dem ich das Zimmer teilen werde», sagt er einen Tick freundlicher. Er zeigt auf einen Textausdruck, der auf dem Tisch liegt. «International Conference on Marine Bioinvasions. Auf den Galapagosinseln. Da wollte ich immer schon mal hin. Es wird interessante Vorträge geben. Zum Beispiel darüber, wie man die lokale Ausbreitung von exotischen Arten eindämmen kann, die sich durch den Schiffsverkehr im Meer ausbreiten. Das ist auch für die Nordsee interessant.»

«Dann gehe ich mal lieber wieder. Sie haben anscheinend nicht viel Zeit.» Sie will nun endgültig hier raus.

«Moment! Was wollten Sie denn von mir?»

«Ach, ich wollte eigentlich nur mit Ihnen über Ihren Bruder sprechen.»

Sofort verschließt sich Peter Beningas Gesicht wieder. «In dem Fall kann ich Ihnen sowieso nichts sagen. Seit wir erwachsen sind, haben wir so gut wie keinen Kontakt zueinander.»

«Ja, dann, entschuldigen Sie die Störung. Und haben Sie eine interessante Zeit auf den Galapagosinseln.» Rosa eilt zu ihrem Auto und atmet erleichtert aus, als sie mit Vollgas vom Parkplatz fährt.

«Worum geht es denn?» Fräulein Klostermann nimmt das Strickzeug wieder in die Hand.

«Um die beiden Todesfälle. Ich vermute, dass der eine ein

unglücklicher Unfall war, der den anderen Todesfall nach sich gezogen hat.»

«Aber dein Chef glaubt das nicht?»

«Doch, der sieht das auch so.»

«Na, dann müsst ihr nur noch den Täter finden, und schon ist alles in Butter.»

«Wenn es denn so einfach wäre.» Rudi nimmt allen Mut zusammen und beugt sich vor. «Darf ich ganz offen mit Ihnen sprechen?»

«Natürlich, Rudi.»

«Und sind Sie mir gegenüber dann auch ganz offen und ehrlich?»

Verwundert blickt die alte Frau ihn an. «Das hört sich aber sehr geheimnisvoll an. Schieß los. Sag, was du auf dem Herzen hast.»

«Wir haben doch von einigen Personen Fingerabdrücke genommen, um sie mit denen zu vergleichen, die wir im Fall Buttkamp gefunden haben.»

«Ja, und?»

«Auf der Tastatur im Technikraum waren welche, die wir nicht erfasst haben.»

Fräulein Klostermann wendet die Nadel und beginnt eine neue Reihe. «Und nun?»

«Ich habe überlegt, von wem die wohl stammen können. Und eigentlich bleiben nur Sie übrig.» So, nun ist es raus.

Fräulein Klostermann strickt ungerührt weiter. «Ja, und? Wir waren doch zusammen dort und haben die Videoaufnahmen angeschaut.»

«Fräulein Klostermann ... kann es sein, dass Herr Beninga erst im Streit seine Frau und später Herrn Buttkamp getötet hat?»

Die alte Dame lässt das Strickzeug auf ihren Schoß sinken.

«Haben *Sie* die Videoaufnahmen gelöscht, um Ihren alten Schulfreund zu schützen? Sagen Sie es mir, wir werden es letztlich doch herausfinden.»

Auf dem Rückweg lacht Rosa laut über sich selbst. Herrschaftszeiten, da hat sie sich aber ordentlich blamiert. Hat Peter Beninga schon als den Mörder seiner Schwägerin und deren Liebhaber gesehen, dabei hat er nur mit jemandem gesprochen, mit dem er sich auf einem Seminar ein Zimmer teilt. Sie sieht wirklich überall Gespenster.

Aber was ist mit Wolfgang Beninga? Ist er der Gute und schwebt vielleicht in Gefahr? Oder ist er der Böse, der zwei Menschen auf dem Gewissen hat? Wie findet sie das bloß heraus? Sie sollte einfach noch mal zur Seniorenresidenz fahren. Natürlich kann sie ihn schlecht darauf ansprechen, aber sie könnte vorgeben ... ja, was ...? Dass sie ein Blumengesteck für die Trauerfeier von Isabell machen lassen will, das wäre eine Idee. Und da sie den Witwer nicht unnötig behelligen möchte, wollte sie eben ihn fragen, welches Isabells Lieblingsblumen gewesen sind. Vielleicht kann sie so einen Bogen schlagen und irgendwas aus ihm rauskitzeln. Ihr wird schon was einfallen. Auf ihre Intuition ist eigentlich immer Verlass.

Fräulein Klostermann kneift die Augen zusammen. «Mit wem hast du darüber schon gesprochen?»

«Wie meinen Sie das?»

«Wem hast du deinen Verdacht mitgeteilt, dass Erich der Täter war und ich mich um die Kamera gekümmert habe?»

«Mit niemandem.» Schlagartig wird Rudi klar, dass sie seinen Verdacht gerade bestätigt hat. Er schluckt. «Er war es also tatsächlich? Erich Beninga hat seine Frau und Jochen Buttkamp getötet?»

«Und wenn? Wie willst du das beweisen?» Käthe Klostermann lächelt kühl und nimmt das Strickzeug wieder auf.

«Er kommt in Untersuchungshaft. Wir werden ihn in die Zange nehmen, bis er die Morde gesteht. Und Sie müssen unter Eid vor Gericht aussagen. Das wird ihn für den Rest seines Lebens hinter Gitter bringen. Fräulein Klostermann! Er hat zwei Menschen getötet! Er kann nicht einfach so davonkommen.»

In diesem Moment springt seine alte Lehrerin auf. Wie ein Zerberus steht sie vor ihm, das Strickzeug in der Hand.

«Nichts wirst du, Rudi. Du wirst mir Erich nicht nehmen. Ich habe so lange auf ihn warten müssen. Niemand nimmt ihn mir jetzt noch weg. Er wird den Rest seines Lebens mit mir verbringen. Wir werden die Untersuchung in Hannover machen lassen, dann bekommt er die Drainage, und wir werden endlich zusammen glücklich sein.»

«Fräulein Klostermann. Er ist ein eiskalter Mörder!»

Mit einer schnellen Bewegung zieht sie die Stricknadel aus den Maschen und zielt voller Hass auf Rudis Hals.

Als Rosa auf den Parkplatz der Beningaburg fährt, sieht sie Rudis Ente und wundert sich. Hat er etwa eine Spur, von der er gestern nichts verraten hat? Aufgeregt eilt sie zum Haupthaus. Es ist still in der Eingangshalle.

«Ist denn schon Mittagessen-Zeit?», fragt Rosa nach einem schnellen Blick auf die Uhr.

«Nein.» Frau Onken lacht. «Das ist die Ruhe vor dem Sturm. In einer Viertelstunde sammeln sich alle auf der Terrasse vor dem Speisesaal oder hier unten in der Sitzecke, und in der Stunde nach der Mahlzeit ruhen sich alle in ihren Räumen aus. Sie glauben gar nicht, was die Alten zum Teil verputzen können. Man hat beinahe den Eindruck, sie versuchen, das Residenzentgelt auf diese Art wieder reinzubekommen.»

«Ich wollte zu Herrn Wolfgang Beninga», sagt Rosa. «Aber ich habe das Auto von Kommissar Bakker auf dem Parkplatz gesehen. Dann ist er wohl schon bei ihm?»

«Nein, der Kommissar ist bei Fräulein Klostermann.»

Bei seiner alten Lehrerin? Was will Rudi denn von der? Rosas Nase kribbelt, wie immer, wenn ihr etwas nicht ganz geheuer ist.

«Wo finde ich das Apartment der Dame?»

Reflexartig hebt Rudi den Arm, um sich zu schützen, als ein höllischer Schmerz seine Hand durchzuckt. Fräulein Klostermann schaut ihm direkt in die Augen.

«Niemand, hörst du, *niemand* nimmt mir Erich jetzt noch weg», zischt sie. «Ich habe mein Leben lang auf ihn gewartet, musste akzeptieren, dass er nach der gemeinsamen Schulzeit eine andere Frau geheiratet und mit ihr Kinder bekommen hat. Dass er nach ihrem Tod dieses ... dieses geldgeile Luder zur Frau nahm, nur um sich und seinem Sohn zu beweisen, was für ein toller Hengst er ist. Aber dann endlich schlug meine Stunde. Als er diese Residenz baute und erleben musste, dass seine junge Frau ihn eiskalt hierher abschob.» Sie zuckt mit den Schultern. «Erich war mit allem überfordert. Doch das ist keine Demenz, was er hat. Ganz sicher nicht. Aber

Isabell riet ihm von Untersuchungen ab. Ihr war es nur recht, wenn er Schritt für Schritt in eine richtige Demenz abdriftete. Sie wollte gar nicht mit ihm leben, sondern dachte immer nur an sich, an Geld und Vergnügen. Erich war vollkommen durch den Wind, als er mitbekam, dass Isabell was mit Buttkamp am Laufen hatte. Er machte ihr Vorwürfe, aber sie lachte nur und ließ ihn im Bungalow allein. Weil sie einen Termin mit einem Rechtsanwalt hätte und danach nach Hamburg fahren würde.

Wenige Minuten nachdem Isabell gegangen ist, kam ich zu Erich, er war noch völlig aufgelöst und mit den Nerven am Ende. Am liebsten wäre er Isabell nachgerannt, um sie aufzuhalten. Aber an dem Tag war er zu schwach.

Ich hab ihn gefragt, was um Himmels willen denn los sei, und er hat mich ins Vertrauen gezogen. Da habe ich mich auf den Weg gemacht und das Flittchen gesucht. Sie saß auf der Bank am Teich. Wirkte etwas aufgewühlt. Ich setzte mich neben sie und hab sie zur Rede gestellt. Hab ihr gesagt, dass es mir herzlich egal ist, mit wem sie das Bett teilt. Mir ist nur Erichs Gesundheit wichtig, hab ich ihr gesagt. Sie müsse dafür sorgen, dass er in Hannover untersucht wird. Da hat sie mich ausgelacht. Er sei hier bestens versorgt.

Ich wurde wütend, sie lachte noch lauter. Bezeichnete mich als alte Jungfer, die nichts aus ihrem Leben gemacht hat, sondern einfach nur ihrer Jugendliebe nachgetrauert hat.» Fräulein Klostermann atmet laut ein und aus. «Das hat das Fass zum Überlaufen gebracht. Ich habe den Stein genommen und zugeschlagen.»

«Und Buttkamp?», fragt Rudi, der trotz seiner Schmerzen ruhig zuhört. Seine Hand blutet ganz schön, aber er muss jetzt die ganze Geschichte hören.

«Der hat tatsächlich geahnt, dass ich für Isabells Tod verantwortlich bin. Er hat uns kurz vor dem Streit zusammen am Teich gesehen und sprach mich an, als ich Donnerstagabend nach Erich sehen wollte. Er drohte mir. Da blieb mir keine Wahl.» Sie zuckt mit den Achseln. «Du siehst, das war beides nicht geplant, es hat sich einfach so ergeben. Die Videoaufnahmen zu löschen, war ein Kinderspiel. Herr Tönjes und ich haben schon mehrfach gemeinsam im Technikraum gesessen.» Bedächtig wiegt sie den Kopf hin und her. «Tja, Rudi, was mache ich jetzt mit dir? Ich denke, zwei Tote sind genug. Du musst dafür sorgen, dass ich nicht ins Gefängnis komme. Schließlich muss ich mich ja nun um Erich kümmern. Das Gericht muss anerkennen, dass ich nicht vorsätzlich gehandelt habe. Und außerdem: Gefängnis ist in meinem Alter nicht mehr angebracht.» Sie lächelt und hebt die Hand, um ihm die Wange zu tätscheln. Es klopft an der Tür.

Weder Rudi noch Fräulein Klostermann reagieren.

Die Tür wird geöffnet.

Rosa steckt ihren Kopf herein. «Rudi?»

Entsetzen breitet sich auf ihrem Gesicht aus.

«Fräulein Klostermann!» Rosas Augen flitzen hin und her. Bleiben am Stockschirm unter der kleinen Garderobe hängen. Blitzschnell hat sie den in der Hand. «Weg von Rudi!», brüllt sie, zückt den Schirm wie einen Degen und geht auf die alte Frau zu.

Die hebt ergeben die Schultern und lässt sich wieder auf ihren Sessel fallen. «Alles umsonst», sagt sie leise, und Tränen rinnen ihr über die Wangen. «Alles umsonst.»

EPILOG

In den Tagen nach Pfingsten herrscht fast sommerliches Wetter in Ostfriesland. Muddern hat deshalb für Sonntag zum Essen im Garten eingeladen. Gemeinsam mit Rudi und Sven hat Henner die Bierzeltgarnituren unter den Walnussbaum getragen, von dort hat man einen guten Blick auf die Alpakas. Alles ist mit weißen Tischtüchern, Stoffservietten und Holunderblüten festlich eingedeckt und dekoriert.

In der Küche herrscht seit dem frühen Morgen geschäftiges Treiben, jetzt kann es endlich losgehen, alle sind eingetrudelt. Clara serviert das Begrüßungsgetränk: Limoncello Spritz. Irgend so ein neumodisches Getränk. Henner beäugt es misstrauisch; ein Bier wäre ihm lieber.

«Wie schön, dass wir heute beisammen sind», begrüßt Muddern die Großfamilie. Als alle sitzen, klopft Denise mit einem Teelöffel an ihr Glas.

«Diese Einladung ist für mich eine große Freude und bedeutet mir viel. Ich möchte mich bei euch allen bedanken. Erst mit eurer Hilfe konnte mein Alibi bestätigt werden. Danke dafür und Prost!»

Klatschen und Gläserklirren folgen als Antwort.

«Das mit deinem Alibi ist wirklich blöd gelaufen», räumt Rudi ein. «Die Kassiererin, die Bernie befragt hat, war eine Aushilfe; eine Schülerin am ersten Arbeitstag. Das Mädel wusste nichts von den Videoaufzeichnungen im Kassenbereich. Nach Giselas Zeugenaussage haben wir den Geschäftsführer darauf angesprochen, und die Aufnahmen haben deine Angaben bestätigt.» Rudi prostet ihr zu. «Tut mir leid, das war unser Fehler.»

«Trotzdem danke», sagt Denise. «Mit dem Anwalt habe ich übrigens Kontakt wegen des Patents aufgenommen. Das Projekt mit dem Rollator möchte ich auf jeden Fall weiterverfolgen.»

Nun nimmt auch Henner einen Schluck von dem gelben Zeugs. Das ist klebrig, süß und prickelt ein bisschen. Nein, das ist wirklich nichts für ihn. Aus den Augenwinkeln bemerkt er, dass Vaddern sein fast volles Glas unauffällig ins Blumenbeet kippt.

«Ich wäre ja nie im Leben darauf gekommen, dass Fräulein Klostermann für die Todesfälle verantwortlich ist», sagt Rosa. «Da hatte ich ganz andere im Verdacht.»

«So viel also zu deinem Detektivinnen-Instinkt.» Rudi zwinkert ihr zu und hebt seine immer noch bandagierte Hand. Dann wendet er sich erneut an Denise. «Was hat denn die Untersuchung von Erich Beninga in Hannover ergeben?»

«Sein Sohn Wolfgang ist mit ihm zum Termin gefahren. In seinem Kopf wird tatsächlich zu viel Gehirnflüssigkeit produziert. Die soll nun abgeleitet werden.» Rudi hat sich mittlerweile im Internet schlaugemacht. «Diese Art Drainage wird nächste Woche gelegt. Vom Kopf in den Magen. Ich mag mir das gar nicht vorstellen.»

Henner auch nicht. Ein Kopf ist doch kein nasser Acker.

«Und was hat es nun mit dieser Elster und dem Schmuck auf sich?», will Muddern wissen, die nicht so gerne über Krankheiten redet.

«Der Schmuck ist zurück bei den Besitzern», sagt Rudi. «Die Anzeigen sind zurückgezogen. Und die Rolex wurde nie gestohlen. Die hatte Udo Held schon längst zum Pfandleiher gebracht.»

«Herr Held ist übrigens vor ein paar Tagen aus der Residenz ausgezogen», erklärt Denise. «Einige unserer Bewohner bedauern das sehr, sie hatten viel Spaß am Karaoke. Nun suchen sie nach jemandem, der das übernehmen könnte. Vielleicht fällt euch jemand ein?»

Vaddern guckt zu Hoyko. «Wäre das nicht was für dich? Du hast uns doch schon früher bestens mit Seemannsliedern unterhalten.»

«Warum nicht?», sagt der zu Henners Überraschung. «Ich könnte das ja mal ausprobieren. Wenn es bei den Leutchen ankommt, sehen wir weiter. Ich bin im Moment ja eh täglich im Heim, bis sie einen Nachfolger für Buttkamp gefunden haben.»

«Da bin ich dabei. Ich singe doch so gern! Vor allem *Dancing Queen* von ABBA.» Muddern klingt begeistert.

Hoyko sieht Rosa an. «Hast du nicht Lust, mich beim Karaoke zu unterstützen?»

«Das ist eine Superidee! Mudder Steffens, gemeinsam rocken wir die Beningaburg.» Breit grinsend prostet Rosa Hoyko zu. Ihr Glas ist nur noch halb voll. Sie scheint Geschmack an dem Zeugs zu finden, Henner hingegen macht es wie sein Vater, entledigt sich unauffällig der Flüssigkeit, steht auf und fragt: «Möchte noch jemand ein Bier?»

Wie auf Kommando heben alle Männer am Tisch die Hand. Henner grinst.

«Echt irre, was ihr so auf die Beine stellt», sagt Sven bewundernd. «Demnächst soll übrigens ein *Cannabis Social Club* in Neuharlingersiel gegründet werden. Jörn Jörensen plant eine Plantage. Wäre das nicht auch was für euch?»

«Für mich auf jeden Fall.» Clara hat vor einiger Zeit ein paar Cannabispflanzen von einem toten Musiker zur Pflege übernommen. «Vielleicht bekomme ich dann ein paar Tipps.»

«Das könnte auch was für die Karaoke-Gang der Seniorenresidenz sein», sagt Hoyko amüsiert. «Am Morgen ein Joint, und der Tag ist dein Freund – und wir Alten schwingen entspannt die morschen Knochen.»

«Cannabis Social Club? Das hört sich interessant an.» Fräulein Klostermann kommt aus dem Haus und schließt sich der munteren Runde an. «Leider werde ich wohl keine Zeit haben, mich dort zu engagieren.»

Seit Anklage gegen sie erhoben wurde, wohnt sie nicht mehr in der Beningaburg. Erich Beninga will nicht, dass sie ihm noch einmal unter die Augen kommt. Und die Bewohner wehren sich dagegen, mit einer Mörderin – wie sie sagen – unter einem Dach zu leben. Vorneweg Grete Kleinmeier, mit der die Klostermann noch vor ein paar Wochen ganz dicke gewesen ist. Da Fräulein Klostermann keine Angehörigen hat, hat Muddern sie auf dem Steffens-Hof aufgenommen, bis ihr der Prozess gemacht wird. Danach hat sie vermutlich für die nächsten Jahre ein Zuhause mit Gittern vorm Fenster.

Henner und einige seiner Schwestern waren zwar dagegen, aber Vaddern war ausnahmsweise mit Muddern einer Meinung. «Sie kann ruhig bei uns wohnen. Die tut uns nichts», hat er alle Proteste weggebügelt. Diese Haltung hat Henner anfangs verwundert. Bis ihm klar wurde, dass es in dieser Zeit außer Fräulein Klostermann keine anderen Pensionsgäste geben würde. Und da hat er die tieferen Beweggründe seines Vaters verstanden. Sein alter Herr hat es immer noch faustdick hinter den Ohren.

«So, nun wird aber gegessen», ruft Muddern, nachdem Bärbel ihr ein Zeichen gegeben hat. «Helft mal beim Auftragen.»

Kurz darauf stehen mehrere Schüsseln mit Salzkartoffeln auf dem Tisch, daneben Schalen mit Spargelstangen, klein gehackter Petersilie und geräuchertem Schinken, den Henner vorhin aufgeschnitten hat. Dazu geklärte Butter und Sauce hollandaise.

«Das ist ja ein richtiges Festessen.» Denise lächelt Sven und Rudi an.

Für einen langen Moment fühlt Henner pures Glück in sich aufsteigen, Dankbarkeit dafür, so eine Familie zu haben. Dazu noch solche Freunde. Er blinzelt Rosa und Rudi zu. Mit den beiden wird es nie langweilig. Das steht fest.

Aber jetzt freut er sich auf ein paar ruhige Sommerwochen. Er sollte mal angeln gehen. Vielleicht fängt er mit Fliegenfischen an. Das soll unglaublich entspannen.

Obwohl, mal ganz ehrlich, wie viel Entspannung braucht er noch?

DAS STAMMPERSONAL DER SERIE

UNSER LIEBENSWERTES TRIO:

Rudi Bakker – ist Dorfpolizist. Und alleinerziehender Vater von Sven.

Henner Steffens – der Dorfpostbote ist Single und hatte noch nie eine feste Beziehung, dafür hat er acht Schwestern. Da er gegen Tierhaare allergisch ist, kann er den elterlichen Hof nicht übernehmen.

Rosa Moll – ist aus Hannover nach Neuharlingersiel gezogen. Sie ist Lehrerin und Krimifan. Versucht sogar, selbst welche zu schreiben.

DIE WITTMUNDER POLIZISTEN:

Kriminalhauptkommissar Siegfried Haueisen – sehnt den Ruhestand herbei. Unrasiert und mit tiefen Ringen unter den Augen wirkt er müde und angeschlagen. Seit 25 Jahren verheiratet.

Kriminaloberkommissar Helmut Schnepel – ein Wichtigtuer, der gern den großen Kommissar herauskehrt und der auf Freiersfüßen wandelt, seit seine Frau Susanne ihn verlassen hat.

UND HIER DER REST UNSERES STAMMPERSONALS:

Neu ist die **Rechtsmedizinerin Doktor Irina Buschkowski**, die den erkrankten Doktor Emterbäumler vertritt.

Klaus Kröver – Chef der Spurensicherung. Ein Womanizer.

Bernie Bütefisch – Rudis Kollege in der Polizeistation Esens. Er löst gerne Kreuzworträtsel und liebt Kuchen und Mettbrötchen.

DIE NEUHARLINGERSIELER:

Sven – Rudis fast erwachsener Sohn.

Denise Bakker – Rudis Ex-Frau und Svens Mutter, sie arbeitet seit ein paar Wochen in der Beningaburg.

Hoyko Maninga – Vater von Rudi

Ludwig Twenge – Frührentner, Mitmachreporter, gehbehindert.

Sigrid – Ludwigs Frau, hilft im Andenkenladen von Adelheid aus.

Gisela Frerichs – größte Tratschtante Neuharlingersiels.

HENNERS GROSSE FAMILIE:

Seine Eltern:

Gerda und **Heinrich Steffens** – haben sich inzwischen damit abgefunden, dass Henner den Hof nicht übernehmen kann.

Seine acht Schwestern:

Adelheid – führt den Andenkenladen. Ihre Freundinnen kommen oft zum Elführtje.

Gudrun – führt den Frisörsalon. Da ist stets etwas los, und auch ihr Hund Schecki ist immer dabei.

Bärbel, Clara, Doro, Engeline, Friederike und Ina

Tante Hildegard – gehört das Haus, in dem Henner die Erdgeschosswohnung bewohnt. Über ihm wohnt Rosa.

WEITERE PERSONEN IN DIESEM FALL:

Isabell Beninga – zweite Ehefrau von Erich und über 40 Jahre jünger als er.

Erich Beninga – hat das Hörgeräte-Imperium HörGut aufgebaut, sich aber mittlerweile aus dem Geschäftsleben zurückgezogen.

Wolfgang Beninga – ältester Sohn. Geschäftsführer von HörGut.

Peter Beninga – jüngerer Sohn, Ornithologe.

Jochen Buttkamp – Leiter der Seniorenresidenz Beningaburg.

Frau Onken – arbeitet am Empfang in der Seniorenresidenz.

Herr Winter – Gärtner.

Herr Tönjes – Hausmeister.

Bewohner der Beningaburg

Fräulein Klostermann, Frau Kleinmeier, Frau Hollweg, Frau Wagenstedt, Herr Held, Herr Schnieder

REZEPTE

ROSAS FRISCHKÄSE

Das Rezept hat Rosa Rudi verraten. Und weil es so einfach ist, macht er es gern nach.

Er braucht dazu eine Schüssel, ein großes Sieb, ein sauberes Geschirrhandtuch und:

500 g Quark 40 %
(Magerquark ist in dem Fall nicht so gut)
½ TL Salz
Kräuter und Gewürze, je nach Geschmack

Salz und Kräuter/Gewürze vermischt Rudi mit dem Quark, legt das Sieb mit dem sauberen Geschirrtuch aus, füllt den Quark hinein und stellt das Sieb auf einem tiefen Teller in den Kühlschrank. Nach ungefähr drei Stunden ist die Molke abgeflossen und der Frischkäse ist fertig.

Dann füllt er ihn in kleine Schraubdeckelgläser.

MUDDERNS PHÄNOMENALE HOLUNDERBLÜTENMARMELADE

Von Mitte Mai bis Anfang Juli blüht der Schwarze Holunderbusch auf dem Steffens-Hof. Dann schneidet Muddern die süßlich duftenden Holunderblüten ab und zaubert daraus ihre beliebte Marmelade.

Zutaten für 5 Gläser:
30 Holunderblütendolden
Etwa 1 l Apfelsaft
500 g Gelierzucker 2:1

Ungewaschen gibt Muddern die Dolden in eine große Schüssel, übergießt sie mit dem Apfelsaft und lässt sie über Nacht stehen.

Am nächsten Tag gibt sie den Inhalt der Schüssel in einen Kochtopf und lässt die Blüten etwa 15 Minuten köcheln. Anschließend gießt sie alles in ein Sieb und fängt die Flüssigkeit auf. Nun misst sie die genaue Menge ab (vermutlich ein Liter), rührt den Gelierzucker ein (in Gramm genau die Hälfte der Flüssigkeitsmenge) und bringt es für etwa 3–5 Minuten zum Kochen. Dabei rührt sie die Masse immer wieder um, damit nichts anbrennt.

INSETT BOHNEN

Der typisch ostfriesische Ausdruck bezeichnet Schnippelbohnen, also klein geschnittene (geschnippelte) Bohnen.

800 g Schnippelbohnen
500 g luftgetrockneter, durchwachsener Speck
4 Mettwürstchen
550 g Kartoffeln
Pfeffer und Salz

Die eingelegten Bohnen werden über Nacht gewässert und am nächsten Tag gut abgespült. Muddern setzt frisches Wasser auf und kocht die Schnippelbohnen noch einmal zehn Minuten auf. Anschließend gießt sie das Wasser ab und setzt sie mit frischem Wasser wieder auf. Nun gibt sie Speck und Mettwurst dazu und kocht alles etwa 90 Minuten.

In der Zwischenzeit schält sie die Kartoffeln, schneidet sie in Würfel, kocht sie in circa einem Liter Wasser etwa 20 Minuten und gibt sie zu den Bohnen.

Nach den 90 Minuten nimmt sie Speck und Mettwürste heraus, stampft kurz die Bohnen samt Kartoffeln und schmeckt mit Salz und Pfeffer ab. Oft haben die Würste und der Speck schon genügend Aromen abgegeben, sodass sie auf Salz verzichtet und nur zur Pfeffermühle greift.

WIE MUDDERN DIE SCHNIPPELBOHNEN SELBER FERMENTIERT

Fermentieren macht die Bohnen länger haltbar und gibt ihnen einen salzig-sauren Geschmack. Im Norden kann man sie fertig in den Kühltheken der Supermärkte kaufen. Muddern fermentiert natürlich selber.

800 g Stangenbohnen oder grüne Bohnen
20 g Meersalz
Ein Einmachglas mit circa 1 l Fassungsvermögen

Muddern wäscht die Stangenbohnen, entfernt die Enden und schneidet sie dann in Stücke. Anschließend gibt sie sie für circa 10 Minuten in kochendes Wasser und blanchiert sie.

Danach kommen die Bohnen zum Abkühlen in Eiswasser, so behalten sie ihre Farbe und bleiben knackig.

Im zweiten Schritt gibt sie die Bohnen in eine Schüssel, vermischt sie mit dem Salz und knetet sie fest, bis etwas Saft austritt. Nun gibt sie das Gemisch schichtweise in das Glas und drückt die einzelnen Schichten mit einem Mörser oder Stampfer fest.

Ganz wichtig: Die Bohnen müssen komplett von der Lake bedeckt sein. Muddern drückt die Schichten mit einem Glasgewicht nach unten. Außerdem lässt sie etwa zwei Zentimeter Platz zum oberen Rand, damit beim Fermentieren nichts überlaufen kann. Das gut verschlossene Glas steht die erste Woche bei Muddern auf dem Küchenschrank, damit die Fermentation in Gang kommt.

Danach kommt es in den Kühlschrank, damit es nicht zu sauer wird. Nach etwa zwei Wochen sind die fermentierten Bohnen fertig.

MUDDERNS RINDERROULADEN MIT GRÜNEN BOHNEN UND KLÖSSEN

Die ganze Familie Steffens liebt Mudderns Rinderrouladen nach altem Familienrezept, die ganz ohne Schnickschnack auskommen.

Pro Roulade:
2 Scheiben Frühstücksschinkenspeck
1 TL Senf
1 kleine Zwiebel in dünnen Scheiben
1 Essiggurke in dünnen Scheiben

Salz, Pfeffer
2 Möhren
1 Lauchstange
1 Drittel Sellerie
Rapsöl zum Anbraten

Muddern lässt sich beim Schlachter groß geschnittene, dünne Scheiben aus der Rinderkeule schneiden, meist aus der Ober- oder Unterschale.

Sie legt die Fleischscheiben nebeneinander auf ein großes Brett und drückt sie mit der Hand flach. Dann würzt sie sie mit Salz und frisch gemahlenem Pfeffer und verstreicht den Senf darauf. Anschließend legt sie die beiden Speckscheiben darauf und verteilt die Zwiebel- und Gurkenscheiben gleichmäßig auf dem Fleischstück.

Jetzt rollt sie das Fleischstück von der schmalsten Seite auf und achtet darauf, dass die Füllung nicht rausrutscht. Manchmal klappt sie deshalb die Enden wie ein kleines Paket ein. Nach alter Methode nimmt sie Küchengarn und verschnürt nun alles zu einem Rouladenpaket, wie sie es nennt. Ihre Tochter Gudrun bevorzugt Rouladennadeln dafür, Adelheid nimmt Rouladenklammern. Geht beides.

Muddern brät die fertig gerollten Rouladen mit Rapsöl in ihrem Schmortopf von allen Seiten kräftig an. Vor dem Wenden gibt sie das klein geschnittene Gemüse in den Schmortopf, das gibt der Sauce einen kräftigeren Geschmack und bindet sie gleichzeitig. Gudrun lässt das aber weg. Muddern füllt den Topf dann mit Wasser auf, bis das Fleisch halb bedeckt ist. Adelheid nimmt dazu hälftig Rotwein. Aber das ist Geschmackssache, findet Muddern – und wegen der vielen Kinder hat sie das früher nie gemacht.

Nun muss alles 1,5–2 Stunden bei niedriger Temperatur und geschlossenem Deckel schmoren. Gudrun gibt die Soße anschließend durch ein Sieb und verfeinert sie mit Crème fraîche. Für Muddern ist das zu viel Schnickschnack. Sie schmeckt nur mit Salz und Pfeffer ab.

Dazu reicht Muddern Kartoffelklöße und Rotkohl oder Schnippelbohnen. Siehe oben.

MUDDERNS REZEPT FÜR KARTOFFELKLÖSSE

Für 4 Personen:

1 kg mehligkochende Kartoffeln

75 g Speisestärke

1 Ei

Salz, Muskat

Zuerst wäscht Muddern die Kartoffeln und kocht sie dann bei mittlerer Hitze 20–25 Minuten, bis sie weich sind. Anschließend gießt sie das Wasser ab und lässt die Kartoffeln im Topf ausdampfen. Mudderns Hände sind im Laufe der Jahre regelrecht abgehärtet, deshalb pellt sie die noch heißen Kartoffeln schon kurz darauf und drückt sie durch die Kartoffelpresse. Adelheid bevorzugt den Kartoffelstampfer, der ist genauso gut, Hauptsache, es gibt eine breiige Masse, die in einer Schüssel abkühlt.

Nun kommt die Feinarbeit. Muddern gibt Salz und geriebene Muskatnuss dazu, genau wie das Stärkemehl und das Ei, und vermengt alles mit den Händen zu einem geschmeidigen Teig, der nicht auseinanderfallen darf. Sollte das der Fall sein, gibt sie noch etwas mehr Speisestärke oder Mehl unter den Teig.

Mit geübtem Griff teilt sie jetzt die Masse in acht Portionen und formt daraus Kugeln. Sind sie zu klebrig, befeuchtet sie ihre Hände mit ein wenig Wasser (genauso macht man es, wenn man fertigen Knödelteig aus der Packung nimmt).

In der Zwischenzeit hat sie in einem großen Topf Salzwasser zum Kochen gebracht und schaltet nun die Temperatur herunter, gibt die Knödel in das simmernde Wasser und lässt sie mindestens 15 Minuten garziehen, bis die Knödel im Wasser aufsteigen. Mit der Kloßkelle (gelöcherte Kelle) nimmt sie sie aus dem Wasser und lässt sie gut abtropfen. Dann legt sie sie behutsam in eine Porzellanschüssel, auf deren Boden sie einen kleinen Teller legt, damit überschüssiges Restwasser ablaufen kann. Nun wird serviert.

Psst: Wenn es mal schnell gehen soll, hat Muddern natürlich auch fertigen Knödelteig in der Speisekammer. Sie nimmt aber nicht den in Kochbeuteln, sondern den zum Selberformen. Da merken Vaddern und Henner nicht den Unterschied. Höchstens Adelheid.

LINSENSUPPE

Mudder Steffens kocht die Linsensuppe immer nach Gefühl.

Da ja meistens nicht nur Henner, sondern oft auch noch eine seiner Schwestern mit am Tisch sitzt, nimmt sie:

500 g braune Linsen
1 Bund frisches Suppengemüse (meist sind das 800 g)
300 g geräucherten Speck

6 geräucherte Kochwürste
3 Pfund Kartoffeln
Salz, Pfeffer, frische Petersilie
Essig und Zucker zum Nachwürzen

Die braunen Linsen kocht Muddern einmal auf, gießt dann das Wasser ab, fügt Salz, klein gehacktes Suppengemüse, geräucherten Speck und/oder geräucherte Kochwürste hinzu und kocht Linsen und Fleisch.

In der Zwischenzeit schneidet sie die Kartoffeln in kleine Würfel.

Kurz bevor die Suppe gar ist, fügt sie die Kartoffelwürfel hinzu und lässt die für fünf Minuten mitkochen.

Die Kochwürste und/oder den Speck nimmt sie dann raus, schneidet es klein und gibt es wieder in die Suppe.

Auf den Tisch stellt Muddern dann Essig und Zucker, damit jeder die Suppe so «süßsauer» abschmecken kann, wie er oder sie möchte.

SCHOLLE

4 Schollen in ordentlicher Größe
Zitronensaft
Salz
Etwas Mehl

Muddern kauft die Schollen küchenfertig in der Fischereigenossenschaft, sie sind also schon ausgenommen und ohne Kopf.

Nun wäscht Muddern die Schollen mit kaltem Wasser ab

und beträufelt sie mit frisch gepresstem Zitronensaft. Dann lässt sie die Fische fünf Minuten ruhen, bevor sie sie salzt. Anschließend tupft sie die Schollen mit einem Küchentuch trocken, bevor sie sie von beiden Seiten in Mehl wälzt.

In einer gusseisernen Pfanne erhitzt Muddern Rapsöl (das kann ordentlich heiß werden), dann brät sie die Schollen von beiden Seiten goldbraun.

Dazu reicht sie Salzkartoffeln und grünen Salat.

PARMESANCRACKER MIT THYMIAN

Selbst gemachte Parmesancracker sind ein tolles Mitbringsel, findet Rosa. Und auch für Rudi und Henner backt sie die gern. Dafür nimmt sie:

50 g Parmesan
2 Zweige Thymian
175 g Dinkelvollkornmehl
½ TL Salz
2 EL Sahne (Sojasahne geht auch)
50 ml Olivenöl
50 ml Wasser
Meersalz zum Bestreuen

Den Parmesan reibt sie fein, fügt anschließend Mehl, Salz, Sahne, Olivenöl, Wasser, die abgezupften Thymianblätter dazu und vermengt es gründlich zu einem Teig.

Dann heizt sie den Backofen auf 200 Grad vor.

Aus dem Teig formt sie zwei Kugeln, die sie jeweils circa

2–3 Millimeter dick ausrollt. Mit einem Messer schneidet sie den Teig in Quadrate und legt die auf zwei mit Backpapier ausgelegte Backbleche. Nun werden die Cracker mit dem Meersalz bestreut, bevor Rosa die Bleche für 12–15 Minuten in den Backofen schiebt.

PANNFISCH MIT BRATKARTOFFELN UND SENFSOSSE

Ursprünglich war Pannfisch ein preiswertes und zugleich nahrhaftes (Reste-)Essen in ärmeren Haushalten. Auch Muddern hat bei neun Kindern ziemlich haushalten müssen, inzwischen aber kauft sie die Fischfilets extra für das Gericht ein.

Meistens sitzt ja Henner mit am Mittagstisch, und darum bereitet sie das Essen vorsichtshalber für vier Personen zu.

Die Pellkartoffeln für die Bratkartoffeln kocht sie am Vortag.

Die Senfsoße kocht Muddern, während die Bratkartoffeln knusprig werden. Manchmal bereitet sie die Soße auch am Vortag schon zu, während die Pellkartoffeln kochen. Das ist einfacher.

Dafür braucht sie:

2 kleine, gewürfelte Zwiebeln
1 Klecks Butter
150 ml trockener Weißwein
500 ml Fischfond
200 ml Sahne

200 g Crème fraîche
3 EL feiner Senf
1 ½ EL grober Senf
1 guter Spritzer Zitronensaft
1 Prise Zucker

Die Zwiebeln schwitzt Muddern in Butter an, löscht sie dann mit Weißwein und Fischfond ab und lässt das Ganze auf die Hälfte reduzieren.

Dann rührt sie die Sahne, die Crème fraîche und den Senf ein.

Für den Pannfisch nimmt sie:

500 g Fischfilet
(Kabeljau-, Rotbarsch- oder Seelachsfilet)
3 Zwiebeln
100 g durchwachsener Räucherspeck
100 g Mehl
80 g Butter
Saft von 1 Zitrone

Als Erstes bereitet Muddern den Fisch vor und schneidet die Filets in Portionsstücke, aber nicht zu klein. Dann beträufelt sie sie mit Zitronensaft, salzt sie und wälzt sie in Mehl.

Speck und Zwiebeln schneidet Muddern in kleine Würfel und dünstet sie in der Pfanne in etwas Butter, dann gibt sie die in Scheiben geschnittenen Kartoffeln hinzu und brät sie schön knusprig.

Während die Kartoffeln braten, bereitet sie eine zweite Pfanne vor, lässt die restliche Butter aus und brät die Fischstücke von beiden Seiten goldbraun.

Am Schluss legt sie die gebratenen Fischstücke auf die Bratkartoffeln und stellt die große Pfanne auf den Tisch. Dort stehen auch schon Rote Bete und Gewürzgurken und die Senfsoße bereit.

SPARGEL IM PÄCKCHEN AUS DEM BACKOFEN

Wenn mal wieder die ganze Familie zusammensitzt, greift Mudder Steffens neuerdings gern auf ein praktisches Rezept zurück. Dafür braucht sie für 2 Personen:

700 g Spargel
80 g Butter
1 Zitrone
½ TL Salz
1 TL Zucker
und natürlich Backpapier!

Muddern schält den frischen Spargel und verteilt ihn auf zwei Backpapiere, die sie mit Backofen-/Kochband zu einem Schiffchen zusammenbindet. Sie gibt etwas Zitronensaft darüber, etwas Salz und eine Prise Zucker, ein paar Butterflöckchen, deckt sie mit einem weiteren Backpapier ab und schiebt die Päckchen für circa 35 Minuten in den auf 200 Grad vorgeheizten Backofen.

Bei wenigen Päckchen legt sie die in eine Auflaufform, bei vielen packt Muddern sie eng an eng auf das Backblech, das sie auch für Blechkuchen benutzt, und deckt es dann mit einem weiteren Backpapier ab.

DANKE!

Was für ein schönes Gefühl, dass unser Trio auch dieses Abenteuer wieder so gut überstanden hat.

Wir freuen uns sehr, dass Rudi, Henner und Rosa dabei von so vielen treuen Freunden und Fans begleitet werden. Danke dafür.

Neuharlingersiel ist für uns zu einer zweiten Heimat geworden und das Dattein zu unserem Wohnzimmer. Manchmal rechnen wir direkt damit, dass der Häkelbüdel-Club gleich um die Ecke kommt. Und daher gehen uns die Ideen für weitere Geschichten nicht aus, wir sind bereits mitten in Fall dreizehn. So viel können wir schon mal verraten: Ihr werdet wieder jede Menge Spaß haben.

An dieser Stelle möchten wir auch unserer Lektorin Nina Grabe, dem Team des Rowohlt Verlags, unserer Literaturagentur Schlück und den vielen engagierten BuchhändlerInnen dafür danken, dass sie nach wie vor so begeistert von Rudi, Rosa und Henner und ihren Abenteuern sind.

Übrigens sind auch Schnepel und Haueisen weiterhin gut beschäftigt. Wer möchte, kann sie beim Krimispiel «Endstation Ostfriesland» begleiten. Mehr darüber erfahrt ihr auf unserer Homepage: www.kuestenkrimi.de.

In diesem Sinne sagen wir «Tschüs» bis zum nächsten Jahr.

Ganz herzlich eure
Cornelia Kuhnert und Christiane Franke

Weitere Titel

Henner, Rudi und Rosa

Krabbenbrot und Seemannstod

Der letzte Heuler

Miss Wattenmeer singt nicht mehr

Mörderjagd mit Inselblick

Muscheln, Mord und Meeresrauschen

Zum Teufel mit den fiesen Friesen

Krabbenkuss mit Schuss

Wenn Wattwürmer weinen

Es muss nicht immer Labskaus sein

Tote Lämmer lügen nicht

Faule Fische fängt man nicht

Ein Heißmangel-Krimi

Frisch ermittelt: Der Fall Vera Malottke

Frisch ermittelt: Der Fall Kaltwasser

Frisch ermittelt: Der Fall Hartnagel